ullstein

Piper Rayne

Secrets of a Small Town Girl

Roman

Aus dem Amerikanischen
von Cherokee Moon Agnew

Ullstein

Besuchen Sie uns im Internet:
www.ullstein.de

Deutsche Erstausgabe im Ullstein Taschenbuch
1. Auflage Februar 2022

Die amerikanische Originalausgabe erschien 2020 unter dem Titel: *Secrets of the World's Worst Matchmaker*

Umschlaggestaltung: zero-media.net, München
Titelabbildung: © FinePic®, München
Gesetzt aus der Quadraat Pro powered by pepyrus.com
Druck und Bindearbeiten: CPI books GmbH, Leck
ISBN 978-3-548-06550-2

Kapitel 1

JUNO

Ich stehe gerade an der Bar und warte auf meine Erdbeerlimo mit Wodka, als die Gäste der Bailey-Babyparty anfangen, irgendetwas von Autos, Krankenhaus und Kindern zu brüllen.

Ich blicke über die Schulter. Mit besorgtem Gesichtsausdruck schlängelt sich Colton zwischen Tischen und Stühlen hindurch. Ich rolle mit den Augen und drehe mich wieder um. Zum Glück reicht mir der Barkeeper meinen Drink, bevor Colton bei mir ist. Ich habe erst dreimal daran genippt, als er mir den Plastikbecher aus der Hand reißt und ihn in den Müll befördert.

»Hey, dafür habe ich bezahlt«, schimpfe ich.

»Die Drinks hier sind umsonst. Savannah bekommt ihr Baby.«

»Gut zu wissen.« Er packt mich am Oberarm. Ich versuche, mich aus seinem Griff zu befreien, jedoch erfolglos. »Solltest du nicht bei deiner Verlobten sein?« Mein Tonfall klingt schnippischer als gewöhnlich.

»Sie musste in die Praxis. Mr. Beechers Hündin bekommt auch ihre Babys.«

Ich kneife die Augen zusammen. »Du bist viel qualifizierter als sie.«

Schnaubend führt er mich aus Denvers und Cleos Flugzeug-Hangar, in dem die dreifache Babyparty stattfindet, denn zwei meiner Schwestern und meine Schwägerin sind alle gleichzeitig schwanger geworden. Und mein Bruder Denver ist jetzt verlobt, was bedeutet, dass ich schon bald noch eine Schwägerin haben werde. Harley, meine andere Schwägerin, ist gerade zum vierten Mal schwanger.

»Ich habe jede Menge Schwägerinnen«, sage ich. »Sollen sie sich darum kümmern.«

Colton starrt mich an. »Du bist betrunkener, als ich dachte. Ich habe keine Ahnung, warum du mit diesem Trey Galger abhängst.« Er schüttelt den Kopf und blickt finster drein. Das tut er nur selten.

Meine Absätze bohren sich in den Kies. Kurz schwanke ich, bevor ich wieder festen Halt finde. »Guck nicht so. Du bist der, der immer lächelt. Deshalb lieben dich die Frauen.« Ich tätschle seine Wange.

Seine finstere Miene verwandelt sich in ein Lächeln, und er lockert ein wenig den Griff.

Ich spüre, wie ich torkle, und mein Kopf beginnt, sich zu drehen. »O Gott, ich glaube, mir wird schlecht.«

Colton hat mich bereits in allen möglichen Situationen erlebt. Er hat schon so oft meine Haare gehalten, dass er genau weiß, was er tun muss, damit sich die Kotze nicht darin verfängt. Was das angeht, ist er der reinste MacGyver.

»Moment.« Er führt mich zur Seite.

Als ich Grün sehe, kommt mir alles hoch, und ich übergebe mich ins Gebüsch.

»Du kannst dich bei deinem Kumpel Trey dafür bedanken, dass er dich so mit Wodka abgefüllt hat«, bemerkt er, während er tapfer meine Haare hält.

»Bring mich bitte einfach nach Hause«, murmle ich.

• • •

Meine Wange schabt über die Fensterscheibe, als sie hoch- und runtergefahren wird. Ich blinzle ein paarmal und sehe mich irritiert um. Coltons Truck steht in der Spring Street am Bürgersteig.

Die Situation war ziemlich kritisch – ich habe den Kopf aus dem Fenster gehängt wie ein hechelnder Hund.

»Du hättest mich einfach wach rütteln können«, knurre ich.

Colton lacht leise. »Wo bleibt denn da der Spaß?«

Ich seufze. Ich habe nicht mal mehr genügend Energie, um die Augen zu verdrehen.

»Nicht in meine Richtung atmen. Dein Atem ist tödlich.«

Er wedelt sich vor der Nase herum, lacht über seinen dummen Witz und steigt aus. Zehn Sekunden lang sitze ich allein in seinem Truck, bevor er die Beifahrertür öffnet. »Los! Du bist zu Hause.«

Ich setze den Fuß auf das Trittbrett und halte mich an

der Stange fest, um auszusteigen. »Lass mich gefälligst los«, schimpfe ich und rudere mit den Armen.

»Meine Güte, Juno. Du bist noch angeschnallt.«

Ich blicke an mir herab und stelle fest, dass er recht hat. »Das kann jedem mal passieren.«

Er beugt sich in die Fahrerkabine, sein Hals gefährlich nahe an meinen Lippen. Ich atme den Duft seines Duschgels ein. Seinen Duft. Colton hat noch nie großartig Parfüm getragen, abgesehen von einer kurzen Phase in der Highschool, als er angefangen hat, sich für Mädchen zu interessieren. Leider wird mich der Duft des Polo-Parfüms für immer und ewig an meinen ersten Kuss erinnern.

»Hast du gerade an mir geschnüffelt?«, fragt er und löst meinen Sicherheitsgurt. Endlich verschwindet der Druck von meiner Brust.

»Nein.« Ich schüttle den Kopf und vermeide den Blickkontakt. »Komm schon, Colton. Oder willst du etwa, dass ich in deinen Truck kotze?«

Er tritt beiseite, und ich steige aus. Als sich mein Absatz irgendwo verfängt, lande ich auf dem Asphalt.

»Du bist heute wirklich in Höchstform.« Colton hebt mich hoch, als wäre ich seine Braut. Doch das bin ich nicht. Er hat schon eine Braut. Oder zumindest eine zukünftige Braut.

»Ich habe schon immer gewusst, dass du mal ein guter Ehemann sein wirst«, sage ich und streichle seine Bartstoppeln. Morgens verlässt er frisch rasiert das Haus – und abends kommt er mit einem Bart zurück, den jetzt alle Typen tragen wollen. Das ist nur eines der vielen Dinge, die ich über meinen besten Freund weiß.

Er schließt mich noch fester in die Arme. »Juno, hol die Schlüssel aus deiner Handtasche.«

Ich öffne meine Tasche und bin ein wenig enttäuscht, dass er mein Kompliment einfach ignoriert. »Ich kann sie nicht finden.« Ich wühle und wühle. »Hm.« Als ich die Handtasche umdrehe, fällt der gesamte Inhalt auf mich drauf.

Colton stöhnt. »Ernsthaft, Juno?«

»Woher sollen wir sonst wissen, ob sie da drin sind?« Ich blicke auf meinen Bauch, um die Gegenstände zu begutachten, die nicht auf den Bürgersteig gefallen sind. Und da sind sie. »Aha!« Ich greife nach dem Schlüsselbund, als hätte ich gerade einen Hundert-Dollar-Schein auf der Straße gefunden.

»Dann lass uns mal sehen, ob du ihn ins Schlüsselloch kriegst.«

Ich beuge mich weiter zu ihm. »Forderst du mich etwa heraus, Colton Stone?«

»Falls du dann den Schlüssel schneller reinkriegst und ich dich schneller loswerde, ja.«

Ich runzle die Stirn und richte meine Aufmerksamkeit auf das Türschloss. Colton versucht, mich ein wenig nach rechts oder links zu schieben, wenn ich es mal wieder um Haaresbreite verfehle. Doch schließlich schaffe ich es. Ich treffe das Schlüsselloch, und voilà – wir sind drin.

Er steigt die Treppen meines Wohnhauses hinauf und

seufzt, als wir vor meiner Wohnungstür stehen. »Hoffen wir mal, dass du das zweite auch noch schaffst.«

Ich treffe bereits beim ersten Versuch und hebe grinsend die Hände.

Colton betritt mein Apartment und lädt mich sofort auf dem Sofa ab. »Sitzen bleiben. Bin gleich wieder da.«

Dann joggt er wieder die Treppe hinab. Ich schlüpfe aus meinen High Heels und gehe ins Schlafzimmer, um mich umzuziehen.

Ich habe mein Kleid gerade halb ausgezogen, als Colton hereinkommt. »Ich habe dir doch gesagt, du sollst sitzen bleiben.«

Beim Anblick meines Spitzen-BHs weiten sich seine Augen ein wenig. Keine Ahnung, warum ich heute so schöne Unterwäsche angezogen habe, aber jetzt bin ich froh, dass ich es getan habe – obwohl mich Colton im Laufe der Jahre schon in weitaus weniger hübscher Unterwäsche gesehen hat.

Ich habe immer noch mit meinem Kleid zu kämpfen, denn der Reißverschluss weigert sich, zu kooperieren.

»Komm her.« Als sich der Stoff immer mehr verklemmt, gibt Colton schließlich nach und kommt auf mich zu.

Heute Abend hat er nur wenig Geduld für meine Mätzchen. Ich bin kurz davor, ihn an all die Male zu erinnern, die ich ihn gesund gepflegt habe. Wie das eine Mal, als wir beschlossen haben, mit seinem Kumpel vom College in Anchorage eine Kneipentour zu machen. Da hatte er einen Rekordkater von zwei Tagen.

Als seine Finger meine Haut berühren, verschwimmt alles vor meinen Augen. Seine sanfte Berührung und sein Duft beruhigen meine Nervosität. Wie immer.

Es ist einer der Gründe, warum ich mir geschworen habe, mit Colton niemals eine romantische Beziehung einzugehen. Warum ich ihn für immer in meinem Leben brauche und nicht nur für eine kurze Affäre. Wenn es zwischen uns nicht klappt, verliere ich ihn. Doch jetzt kommt mir das alles so sinnlos vor. Meine Eifersucht auf seine Verlobte ist wie ein lebendiges, atmendes Wesen, das sich in meinem Körper eingenistet hat. Ich beobachte, wie er an meinem Reißverschluss herumfummelt und sich der Stoff löst. Als wir einander in die Augen sehen, hält er dem Blick stand.

Ich will ihn. Ich will, dass er mir verspricht, dass ich nicht einsam sterben werde. Aber es sind nicht seine Worte, die ich will. Ich will seinen Körper auf meinem spüren. Seine Hände, die mich langsam erkunden. Seine sengenden Augen verraten mir, dass er das Gleiche denkt. Dass er mich auch will.

Ich stelle mich auf die Zehenspitzen, und mein Kleid fällt zu Boden. Sein Blick wandert nach unten. Das Lodern in seinen Augen lässt mich vermuten, dass ich nun sein Interesse geweckt habe.

»Juno«, flüstert er.

Ich lege den Zeigefinger auf seinen Mund, drücke meine Lippen auf seinen Hals und bedecke seinen gesamten Kiefer mit kleinen Küssen. Ich stelle mir vor, wie es wäre, seine Bartstoppeln zwischen meinen Beinen zu spüren. Ich brauche ihn. Wenn auch nur heute Nacht.

Plötzlich packt er mich an den Oberarmen und schiebt mich von sich. »Du weißt, dass es nicht geht.«

Ich schlage die Augen auf, als hätte mich jemand aus einer Hypnose geholt.

»Danke, dass du mich nach Hause gebracht hast«, murmle ich und mache einen Schritt rückwärts.

»Juno, lass uns reden. Ich meine …« Er hält inne, als ich ihm den Rücken zudrehe und unter meine Bettdecke krieche.

»Tut mir leid. Das hätte ich nicht tun sollen. Du kannst jetzt nach Hause gehen. Zu Brigette.« Die Entschuldigung ist ernst gemeint, aber das Schamgefühl, das gerade jede Zelle meines Körpers überflutet, hat komplett die Kontrolle übernommen. Ich habe mich einem verlobten Mann an den Hals geworfen. Was zur Hölle ist nur los mit mir?

Die Matratze neben meinen Füßen senkt sich. »Ich bleibe bei dir und passe auf, dass du dich nicht wieder übergeben musst.«

Ich wickle die Bettdecke fester um meinen Körper. »Geh nach Hause.«

• • •

Als ich am nächsten Morgen mit hämmernden Kopfschmerzen und verschwommener Sicht aufwache und nach meinem Handy greife, erwartet mich eine Million Sprach- und Textnachrichten von meiner Familie.

»*O mein Gott!*«, kreische ich, und vor meiner Schlafzimmertür ertönt ein lauter Knall.

Was zum Teufel war das?

Ich schnappe mir ein Paar Schuhe aus dem Schrank und öffne vorsichtig die Tür.

»Verdammt noch mal!« Colton kniet auf allen vieren auf dem Fußboden und ist gerade dabei, aufzustehen. Er trägt lediglich seine Boxershorts.

»Du bist geblieben?«, frage ich und krümme mich, denn meine Stimme bringt mein Gehirn zum Vibrieren. Mein Blick wandert über seine Brust und seinen durchtrainierten Bauch.

»Ich wollte dich in dieser Verfassung nicht allein lassen«, erwidert er, greift nach seiner Hose und schlüpft hinein.

»Ich muss los. Sie haben alle ihre Babys bekommen.« Ich lasse ihn stehen, gehe wieder ins Schlafzimmer und hole eine Yogahose und ein Sweatshirt hervor.

»Findest du nicht, dass du zuerst duschen solltest?« Als ich aus dem Schlafzimmer komme und nach meiner Handtasche greife, mustert er mich von Kopf bis Fuß. »Du siehst aus, als wärst du von einem Sattelschlepper überfahren worden.«

Ich verenge die Augen zu Schlitzen. »Wie nett von dir. Hast du Brigette so dazu gebracht, deinen Heiratsantrag anzunehmen?«

Schweigend senkt er den Blick. Ich gehe ins Badezimmer, um mir wenigstens die Zähne zu putzen. Er kommt herein und nimmt mir die Flasche mit dem Mundwasser aus der Hand. Als wir gleichzeitig ins Waschbecken spucken, treffen sich unsere Blicke nur ganz kurz, doch es ist, als würde man den Badewannenstöpsel ziehen. Die Erinnerungen an gestern Nacht kommen zurück.

Ich versuche, die Fetzen in eine chronologische Reihenfolge zu bringen. Die Drinks. Die Säure der Limonade, die noch immer in meinem Hals brennt. Er verlässt das Badezimmer, während ich versuche, mich an noch mehr zu erinnern. Seine Hände auf meinem Körper, als er mir mit dem Kleid geholfen hat. Mein Mund auf seiner Haut. *Scheiße.*

Als ich aus dem Bad komme, sehe ich, wie er auf seinem Handy herumtippt. Bestimmt schreibt er Brigette und erklärt ihr, warum er gestern Nacht bei mir bleiben musste. Wahrscheinlich denkt sie sich nichts dabei, denn sie sieht mich nicht als Gefahr. Schließlich bin ich nur Coltons beste Freundin. Sie vertraut mir. Und ich habe ihr und Coltons Vertrauen gestern Nacht missbraucht.

Fuck, Juno. Reiß dich gefälligst am Riemen.

Er schiebt sein Smartphone in die Hosentasche. »Ich fahre dich zum Krankenhaus.«

»Ich kann selbst fahren.« Ich will meine verwirrenden Gefühle für Colton einfach ignorieren. Und das geht nur, wenn ich nicht mehr in seiner Nähe bin.

»Sie sind quasi auch meine Geschwister. Ich will die Babys auch sehen.« Er öffnet mir die Tür.

Ich habe nicht vor, so zu tun, als könnte ich mich an gestern Nacht erinnern. Aber irgendwann wird mich Colton darauf ansprechen. Hoffentlich erst, wenn ich mir eine exzellente Ausrede habe einfallen lassen.

Kapitel 2

JUNO

Eine Woche später …

»Tut mir leid, alles ausverkauft«, sagt Greta. Ihre Schürze ist mit Glasur beschmiert – der Beweis dafür, dass sie einen wirklich anstrengenden Morgen hatte. Sie backt nur eine bestimmte Menge, und wenn sie ausverkauft ist, dann ist sie eben ausverkauft.

Partnervermittler vertrauen ihrem Bauchgefühl. Ich hätte auch auf meines hören sollen, als ich heute Morgen mit einem flauen Gefühl im Magen aufgewacht bin. Ich hätte mir die Decke über den Kopf ziehen, mich zusammenrollen und für den Rest des Tages vergessen sollen, dass da draußen noch etwas anderes existiert. Doch mein schlecht laufendes Business, gepaart mit Versagensangst, hat mich schließlich aus dem Bett getrieben.

Jetzt stehe ich vor der leeren Theke von Sweet Suga Things, die eigentlich mit Donuts gefüllt sein sollte. Wahrscheinlich hätte ich schon vor einer Stunde hier sein müssen.

»Dein Bruder hat eine ganze Ladung für den Highschool-Wissenschaftsklub mitgenommen«, erklärt Greta.

Austin, denke ich mürrisch. Statt Greta meine Verärgerung zu zeigen, lächle ich und begutachte die Auslage. »Schon okay. Ich finde bestimmt etwas anderes.«

Heute kommt ein potenzieller neuer Kunde vorbei. Da will ich einen professionellen Eindruck machen. Ich dachte, ein paar süße Teilchen und Kaffee von Brewed Awakenings könnten ihn bestimmt dazu bringen, auf der gepunkteten Linie zu unterschreiben.

Während ich die Cookies begutachte, höre ich, wie jemand hinter mir meinen Nachnamen erwähnt. Um genau zu sein, sind es zwei Personen, die sich über meine Familie unterhalten. Vorsichtig linse ich über die Schulter und entdecke zwei ältere Damen in Grandma Doris Alter an einem Tisch sitzend.

»Drei von ihnen haben gerade Babys bekommen. Eine von ihnen ist mit ihrem vierten Kind schwanger. Sie ist jetzt sechsfache Urgroßmutter«, sagt die eine.

»Sie muss sehr erschöpft sein«, erwidert die andere.

»Du kennst doch Dori. Je mehr Kinder, desto mehr kann sie angeben«, fährt die erste Dame fort.

Haben sie mich denn nicht bemerkt, als ich hereingekommen bin?

»Sie tut, als wären sie alle so perfekt. Selbst oben in Fairbanks habe ich Geschichten über die Zwillingsjungen gehört. Führen immer etwas im Schilde.«

»Nun.« Die Erste senkt die Stimme. »Ich habe gehört, dass inzwischen alle bis auf drei in festen Händen sind. Selbst diese Phoenix lebt mit irgendeinem erfolgreichen Musikproduzenten aus L.A. zusammen.«

»Meine Tochter hat mir davon erzählt ...«

Gretas erwartungsvoller Blick bringt mich dazu, nicht weiter dem Gespräch der beiden Damen zu lauschen, die meinen, meine Familie würde sie etwas angehen.

»Zwei davon und drei davon.« Wahllos deute ich auf irgendwelche Cookies. »Und füll den Rest mit denen hier auf.«

Gretas Blicke folgen meinem Finger. Dann schnappt sie sich eine Schachtel und eine Serviette und macht sich an die Arbeit.

»Und was gibt es sonst noch Neues?«, fragt die zweite Dame.

»Colton Stone ist verlobt.«

Mein Herz zieht sich schmerzvoll zusammen. Wer sind diese Frauen? Und warum sehen sie nicht, dass ich direkt hier an der Theke des kleinen Ladens stehe?

»Leta Stones Enkel?«, fragt die eine.

»Du weißt, dass sie verstorben ist, oder? Inzwischen ist es zehn Jahre her.«

Ich denke an den Herbsttag. Wie ich auf die Blumen gestarrt habe, um nicht an meine Eltern zu denken, während der Pastor davon gesprochen hat, was für ein toller Mensch Coltons Großmutter gewesen sei und dass wir sie alle in guter Erinnerung behalten sollten.

»Oh, das habe ich ganz vergessen. Es ist schon so lange her, dass ich hier gewesen bin«, sagt die zweite Dame.

»Er ist mit einer französischen Tierärztin verlobt, die bei Dr. Murphy ein Praktikum macht.«

Wieder fühlt es sich an, als würde sich eine Faust um mein Herz legen. Französisch, wunderschön, intelligent – und noch so viel mehr, was ich nicht bieten kann. Ich bin sicher, sie wäre rechtzeitig hier gewesen, um ein paar Donuts zu ergattern.

Bevor ich mich umdrehen kann, um die Damen genauer zu begutachten, ertönt die Türglocke. Grandma Dori betritt das kleine Café, als würde es ihr gehören. Das liebe ich so sehr an ihr – dass sie tut, was sie will, ungeachtet der Konsequenzen. Sie hat genauso viel Schmerz erfahren wie wir. Sie hat ihren Ehemann und ihren Sohn verloren, trotzdem lebt sie für ihre neun Enkelkinder.

»Juno!«, ruft sie freudig.

Ich drehe mich um und werfe den Damen zu meiner Rechten einen Blick zu. Sie werden bleich wie zwei Tratschtanten, die in der Kirche vom Pastor beim Lästern erwischt wurden.

»Hi, Grandma«, sage ich.

Sie nimmt mich fest in die Arme. So fest drückt sie mich, seit Colton vor sechs Monaten seine Verlobung bekannt gegeben hat. Sie, meine ganze Familie und wahrscheinlich der Großteil der Stadt denken, ich hätte ein gebrochenes Herz. Nun, vielleicht habe ich das sogar, aber ich habe einen Doktortitel in Verdrängung und weiß, wie man ein Lächeln aufsetzt, um ihr zu versichern, dass es mir gut geht.

»Ich wollte nach einem Kaffee mit meinen Freundinnen bei dir vorbeikommen.« Sie deutet auf die zwei Frauen.

»Komm, und sag Hallo.« Sie will mich in ihre Richtung zerren, doch ich bleibe stehen.

»Lass mich zuerst bezahlen«, sage ich.

Sie lässt mich los, also gehe ich zur Kasse, während sich Grandma Dori zu den Frauen an den Tisch gesellt. Ich höre, wie sie sich mit »Es ist viel zu lange her« und »Ich habe dich vermisst« begrüßen.

»Danke, Greta.« Ich nehme die kleine Schachtel entgegen.

Grandma Dori ist gerade beschäftigt. Vielleicht könnte ich mich einfach davonschleichen. Unter den Konsequenzen müsste ich dann später leiden, aber vielleicht wäre es das wert. Aber will ich wirklich, dass Grandma Dori in das Treffen mit meinem neuen potenziellen Klienten platzt? Die Antwort lautet: Nein, verdammt. Ich schätze, ein höfliches »Hallo« und »Auf Wiedersehen« genügt.

»Juno!« Grandma Dori erspäht mich mit ihrem Falkenblick bereits aus dem Augenwinkel.

»Hi, Grandma.«

Die erste Dame kommt mir bekannt vor, doch ich kenne ihren Namen nicht. Die zweite Frau mustert mich mit zusammengezogenen grauen Augenbrauen.

»Das ist meine gute Freundin Nelly aus Fairbanks. Sie ist in Lake Starlight aufgewachsen, aber weggezogen, als du ... nun ja.« Grandma Dori sieht Nelly nach Bestätigung suchend an.

»Damals hattest du erst ein paar Enkelkinder.« Alle drei fangen an zu lachen.

»Ja, ich schätze, du bist seit Jahrzehnten weg, nicht erst

seit Jahren«, sagt die andere Frau und streckt mir die Hand entgegen. »Ich bin Willa. Wir waren Highschool-Freundinnen.« Mit dem Zeigefinger deutet sie zwischen ihnen hin und her.

Ich schüttle ihre Hand. »Ich bin Juno Bailey.«

»Bist du die, die mit dem Tätowierer verheiratet ist?«, fragt Nelly.

»Nein, das ist Savannah.«

Sie nickt. »Die, die mit dem Millionär aus New York verheiratet ist?«

Grandma Dori kichert. Ihr Stuhl rückt über den Boden, und sie greift nach mir, bevor ich die Flucht ergreifen kann. »Juno ist unsere Partnervermittlerin.«

Sie würde nicht stolz den Arm um mich legen, wenn sie wüsste, dass ich diesen Monat noch keine Miete bezahlt habe.

»Interessant«, erwidert Nelly in einem Tonfall, den ich auch erwarten würde, wenn Grandma erzählt hätte, ich würde Tarotkarten legen, mit einem riesigen Neonschild am Wegesrand.

Willa starrt mich unentwegt irritiert an. »Ich hätte nie gedacht, dass du eine Bailey bist. Dori, woher kommen die roten Haare?«

Ich schnappe nach Luft und lächle trotzdem weiter. Diese Frage quält mich schon mein ganzes Leben lang. Die Leute fragen mich ganz unverfroren, ob ich adoptiert wurde, ob ich mir die Haare färbe, oder noch schlimmer, ob ich ein Pflegekind bin, das die Baileys bei sich aufgenommen haben. Dass ich meinen Geschwistern kein bisschen ähnlich sehe, ist so etwas wie ein Running Gag. Dank des Films *Im Dutzend billiger* nannte man mich ein ganzes Jahr lang FedEx, als ich elf war. Irgendwie spüre ich immer noch eine Verbindung zu Mark Baker aus dem Film. In einer Großfamilie das rothaarige Kind zu sein, ist echt beschissen.

Grandma Dori lächelt mich liebevoll an. So lächelt sie immer, wenn sie weiß, dass jemand in einer offenen Wunde bohrt. Austin schenkt sie dieses Lächeln, wenn die Leute über Baseball reden. Bei Savannah lächelt sie so, wenn die Leute sie mit unserem Dad vergleichen, was die Führung von Bailey Timber betrifft. Jeder von uns hat seine ganz eigene Liste.

»Die roten Haare kommen von Beths Seite, meiner Schwiegertochter«, erklärt Grandma Dori. »Und Partnervermittlung liegt ihnen auch im Blut. Nicht wahr, Juno?«

Ich lächle meine Großmutter an und sage meinen auswendig gelernten Text auf. »Die Familie meiner Mutter blickt auf eine lange Linie von Partnervermittlerinnen zurück. Meine Tante Etta war sogar dafür bekannt, berühmte Schauspielerinnen und Schauspieler miteinander zu verkuppeln. Caster haben sie engagiert, um herauszufinden, zwischen wem die beste Chemie herrscht, bevor sie einen Film besetzt haben.«

»Das ist Ewigkeiten her. Das war in den Vierzigern oder Fünfzigern«, wirft Grandma Dori ein.

Weder Nelly noch Willa scheinen an den Beruf des Partnervermittlers zu glauben, doch sie lächeln höflich – genau wie ich.

»Und mit wem bist du verheiratet, Liebes?«, fragt Nelly.

Nun, vielen Dank, Nelly. Leg mich doch einfach auf den Tisch, und schlitz mich auf.

»Sie ist noch nicht verheiratet. Aber wenn ich in meine Kristallkugel blicke, dann sehe ich, dass ihr Mann fürs Leben jederzeit um die Ecke kommen könnte.«

Als die Glocke über der Tür erklingt, drehen wir uns alle um, als wäre Grandma eine Wahrsagerin. Herein kommt Colton, mein bester Freund und der Mann, der in meinen Sexfantasien die Hauptrolle spielt. Kurz kneife ich fest die Augen zu. Ich kann das jetzt nicht in Grandma Doris Gegenwart.

»Grandma«, sage ich und seufze laut. Sie muss ihn mal wieder aus dem Augenwinkel gesehen haben.

Colton entdeckt uns auf dem Weg zum Tresen. »Hallo, die Damen.« Er nickt uns zu wie ein echter Gentleman.

Sein dunkles Haar ist perfekt gestylt, er ist frisch rasiert, das Hemd hat er in die Hose gesteckt, und er trägt keine Krawatte. Wenigstens trägt er nicht seinen Arztkittel mit dem aufgestickten Namen. Der ist in letzter Zeit schon viel zu oft in meinen Träumen aufgetaucht. Dann wendet er sich Greta zu, um seine Bestellung aufzugeben. Sein Hintern sieht in den gut sitzenden Kakis wirklich zum Anbeißen aus. Sogar Willa schmachtet ihn an.

»Ich sollte jetzt besser los.« Ich gebe Grandma Dori einen Kuss auf die Wange und wende mich den beiden Damen zu. »Es war sehr schön, Sie kennenzulernen.«

Sie verabschieden sich von mir, doch ihre Blicke bleiben auf Colton gerichtet.

Willa berührt meinen Arm. »Wenn du mir so einen Typen besorgen kannst, unterschreibe ich einen Vertrag bei dir.«

Kurz verschwindet mein Lächeln. *O Willa, es gibt so viele Frauen, die Colton an die Wäsche wollen. Und ich sollte dich lieber warnen. Ich mache meinen Job nicht sonderlich gut.*

»Man weiß nie, zu wem man passt«, scherze ich.

»Ich komme später bei dir vorbei«, sagt Grandma.

Mein Gott, ich bin nur geblieben und habe mich von ihren Freundinnen begutachten lassen, damit sie *nicht* bei mir vorbeikommt.

»Ich habe gehört, Harley geht es nicht so gut«, lüge ich.

Sie nickt und kneift ein wenig die Augen zusammen. »Dann sehe ich lieber nach, ob sie Hilfe mit den Kindern braucht.« Sie richtet den Blick auf ihre Freundinnen. »Harley ist Romes Frau. Drei Kinder und ein viertes ist unterwegs. Ich liebe es, Urgroßmutter zu sein. Sie brauchen mich so sehr.«

Kichernd gehe ich in Richtung Tür.

»Juno, warte«, ruft mir Colton hinterher, als meine Hand bereits auf dem Türknauf liegt.

Ich habe überhaupt nicht versucht, mich davonzuschleichen. Ich meine, wenn er mit mir reden will, weiß er, wo er mich findet. Mein Büro ist nur einen Block von der Tierarztpraxis entfernt.

»Ich dachte, du hättest es eilig.« Mein Blick fällt auf die beiden Kaffeebecher in seinen Händen. Einer für ihn, einer für Brigette, die französische Göttin. Als ich die Tür aufdrücke, sagt er die Worte, vor denen ich mich fürchte, seit ich mich auf der Babyparty letzte Woche so abgeschossen und mich zum Affen gemacht habe.

»Ich glaube, wir sollten reden.«

Natürlich findet er, dass wir reden sollten. Wir sind das exakte Gegenteil voneinander. Er will immer über alles reden. Und ich kehre lieber alles unter den Teppich.

Kapitel 3

COLTON

Ich habe Juno eine Woche Zeit gegeben, und trotzdem versucht sie, sich hinter meinem Rücken davonzuschleichen.

Wenigstens hält sie mir jetzt die Tür auf. Mit den Kaffeebechern in den Händen trete ich ins Freie und schließe zu ihr auf. Ich war gerade auf dem Weg in die Tierklinik, als ich sie bei Sweet Suga Things entdeckt habe. Es ist an der Zeit, dass wir darüber reden, was passiert ist.

Ohne ein Wort gewechselt zu haben, erreichen wir SparkFinder, Junos Partnervermittlungsagentur. Sie klemmt sich die Schachtel von der Bäckerei unter den Arm und kramt nach ihren Schlüsseln. Normalerweise hätte sie die Box einfach mir gegeben, und ich hätte zugesehen, wie ich sie und zwei Kaffeebecher jonglieren kann. Ich schätze, zwischen uns ist es immer noch seltsam.

Sie knipst in dem kleinen Büro das Licht an. Hier drin stehen ein Schreibtisch und ein paar Stühle. Keiner muss hier lange warten, bis er an der Reihe ist, denn in der Regel vergibt Juno Termine. Es gibt noch ein Hinterzimmer für sogenannte offene Ausschreibungen, zu denen jede und jeder kommen kann, um sich mit einem bestimmten Junggesellen oder einer Junggesellin matchen zu lassen.

Juno war nur zwei Jahre auf dem College, bevor sie herausgefunden hat, was ihre wahre Bestimmung ist – und die wurde ihr von ihren Vorfahrinnen weitergegeben. Sie ist felsenfest davon überzeugt, dass sie mit der Gabe geboren wurde, Menschen miteinander zu verkuppeln. Mit der Gabe, sofort zu wissen, wer die goldene Hochzeit erreicht und wer nicht mal das erste Date übersteht. Und das nur, weil sie die gleiche Haarfarbe hat wie ihre Tante Etta. Ich habe sie jahrelang damit aufgezogen, doch eines Tages habe ich sie nach dem Biologieunterricht herausgefordert, als es um rezessive und dominante Gene ging. Das ist eines der vielen Dinge, die ich an Juno liebe. Dass sie nicht auf rationale Erklärungen hört, wenn sie fest an etwas glaubt. Sie denkt, ich würde nicht den wahren Grund kennen, warum sie sich so an ihren Stammbaum klammert. Doch das tue ich.

»Es tut mir leid«, sagt sie zu der rosafarbenen Schachtel statt zu mir, stellt sie ab und öffnet sie.

»Es muss dir nicht leidtun.« Ich nehme einen Schluck von meinem Kaffee.

»Du machst wohl Witze.« Niedergeschlagen senkt sie das Kinn auf die Brust.

Sie hat ihre Schwierigkeiten mit der Familiendynamik der Baileys. Wenn das, was in dieser Schachtel ist, ihr dabei hilft, mal alles rauszulassen, dann rufe ich gern Dr. Murphy an und sage ihm, dass ich fünfzehn Minuten später komme.

Doch sie dreht sich weg und beißt einem Keks-Dinosaurier den Kopf ab. »Greta dachte bestimmt, dass die Cookies für Harley sind.«

Ich werfe einen Blick in die Schachtel und entdecke Kekse in Form von Dinos, Blumen und Babyrasseln. »Für wen sind sie denn?«

Sie setzt sich an ihren Schreibtisch und tut, als würde sie einen Papierstapel durchsehen, von dem ich weiß, dass es sich um die Profile ihrer Klienten handelt. »Für einen neuen Kunden.«

»Rollst wohl den roten Teppich aus, was? Was ist mit dem Wasser und den Chips oder den Crackern, die du deinen Kunden für gewöhnlich anbietest?« Ich wollte nur lustig sein, doch sie lacht nicht.

»Ich will ihn wirklich als Klienten, also dachte ich, ich mache ihm ein wenig den Hof, damit er heute unterschreibt.«

»Wenn er schlau ist, wird er unterschreiben.«

Wenigstens können wir uns noch unterhalten.

Sie blickt auf und lächelt. Sie trägt heute mehr Make-up, und ihr Haar ist lockiger als sonst. Dieser Klient scheint wirklich wichtig zu sein. »Ich hätte das nicht tun sollen. Ich habe dich in eine fürchterliche Situation gebracht.«

Ich schüttle den Kopf. »Schon in Ordnung. Wirklich.«

Sie nickt. »Es war Brigette gegenüber nicht fair. Es ist nur …«

Ein großer Teil in mir will, dass sie fortfährt. Dass sie mir sagt, warum sie mich neulich unbedingt küssen wollte. Doch der andere Teil, der Teil, der weiß, dass ich diesem Gedanken nicht nachgeben darf, sagt mir, dass es gut ist, dass die Worte ungesagt bleiben. »Es ist okay, Juno. Ich werde ihr nichts davon erzählen. Wir müssen uns noch an die neue Situation gewöhnen.«

Eine neue Situation, die *ich* verursacht habe.

»Freunde?«, fragt sie lächelnd.

»Immer.«

Sie atmet tief durch und blickt auf die Uhr, deren Ticken das einzige Geräusch im Raum ist.

»Oh, bitte schön.« Ich stelle ihr einen von den beiden Kaffeebechern hin. »Ich gehe jetzt besser. Rhys kommt heute mit seinem neuen Hund vorbei.«

»Du musst mir nicht Brigettes Kaffee geben, nur weil ich aufgewühlt bin.« Sie greift nach dem Becher und hält ihn mir entgegen.

Warum habe ich nicht bedacht, dass Brigette einen Keil zwischen uns treiben würde? »Der Kaffee ist für dich.«

»Oh.« Sie nippt daran, als bräuchte sie dringend Koffein, um zu überleben. »Danke.«

Ich nicke. »Brigette mag nur den Kaffee von Brewed Awakenings. Sie meint, er komme dem französischen Kaffee am nächsten.«

Ihr kleines Lächeln verschwindet. »Ich sollte mich nun lieber auf meinen Klienten vorbereiten.«

»Wie wäre es mit Mittagessen? Morgen?«

»Klar. Schreib mir. Sorry, ich muss ganz dringend aufs Klo.« Sie stellt ihren Kaffee ab und steht auf. »Einen schönen Tag noch.«

Dann fällt die Badezimmertür zu.

Normalerweise würde ich die Tür jetzt aufreißen und sie

auf den Blödsinn ansprechen, den sie da redet, aber da ich der Grund bin, warum sie mich nicht ansieht, gehe ich lieber.

• • •

»Bonjour«, sagt Brigette, als ich durch die Hintertür der Tierklinik Vier Pfoten trete. Sie trägt bereits ihren weißen Kittel und hält einen Kaffeebecher von Brewed Awakenings in der Hand.

»Guten Morgen.«

Sie sitzt an dem kleinen Tisch im Pausenraum, während ich zu meinem Spind gehe, um ebenfalls meinen Arztkittel anzuziehen.

»Du wirkst irgendwie niedergeschlagen«, meint sie.

Ich schüttle den Kopf. Sie muss nicht wissen, dass ich ein schlechtes Gewissen habe, weil meine beste Freundin nicht mit der Tatsache zurechtkommt, dass ich heiraten werde. Sie kommt so wenig damit zurecht, dass sie vor einer Woche beschlossen hat, dass sie mich will. Ich habe ihr im Laufe der Jahre immer wieder offen meine Gefühle gezeigt, doch sie hat mich immer abgeblockt. Ich habe verstanden, warum sie nur mit mir befreundet sein will, doch das hat es für mich nicht einfacher gemacht. Aber ich habe auch schon dumme Sachen getan, wenn ich sie mit einem anderen gesehen habe. Kann ich es ihr also verübeln? Nein.

»Alles gut. Liegt nur am Montag.« Ich schlüpfe in den Kittel und schließe den Spind.

»Sicher? Du weißt, dass du mit mir über alles reden kannst.«

Brigette kennt die Situation mit Juno. Sie würde es verstehen, wenn ich mit ihr darüber sprechen würde. Aber ich glaube, sie würde sich dann auch schlecht fühlen. Im Moment will ich mich einfach in die Arbeit stürzen.

»Schon okay. Bist du bereit für den Tag?«, frage ich.

Sie nickt und nippt an ihrem Kaffee. Ich greife nach meinem Becher, und gemeinsam gehen wir zum Empfangstresen. Hillary, die Tierarzthelferin, bereitet gerade den Papierkram vor.

»Guten Morgen, Hillary. Morgen, Lori«, sage ich zu Hillary und unserer Empfangsdame Lori, Dr. Murphys Schwester.

»Guten Morgen, ihr zwei Turteltäubchen.« Hillary zwinkert uns zu.

Brigette hakt sich bei mir unter, stellt sich auf die Zehenspitzen und küsst mich auf die Wange. »Ich befürchte, mein Verlobter leidet unter einem schrecklichen Fall von Montag.«

Sie lachen beide, denn Brigette ist gerade dabei, amerikanische Filme nachzuholen. Ich habe eine Liste mit meinen Lieblingsfilmen erstellt, und jedes Mal, wenn sie einen davon sieht, merkt sie sich ein Zitat.

»*Alles Routine*.« Wir blicken auf und entdecken Rhys, der in dem kleinen Empfangsbereich steht. »Ich glaube, du hast meinen Tacker.«

Jetzt müssen wir alle lachen. Rhys arbeitet als Tätowierer bei Smokin' Guns, das Junos Schwager Liam gehört.

»Hey, Rhys.« Ich lege die Hand auf Loris Schulter. »Tut mir leid, ich habe ganz vergessen, dir zu sagen, dass Rhys heute Morgen vorbeikommt. Wir haben uns am Wochenende zufällig getroffen. Er hat einen Hund adoptiert.«

»Okay, dann müssen Sie noch ein Formular ausfüllen.« Lori erhebt sich von ihrem Stuhl und greift nach einem Klemmbrett. »Hätte ich gewusst, dass Sie kommen, hätte ich es schon vorbereitet. Dann müssten Sie es nicht ausfüllen, während Sie gleichzeitig versuchen, Ihren Hund festzuhalten.«

Lori zeigt unserem neuesten Kunden direkt ihr neurotisches Verhalten. Doch sollte Dr. Murphy irgendwann in Rente gehen, ist es bestimmt Teil der Vereinbarung, dass ich sie übernehme.

»Ich passe so lange auf ihn auf.« Brigette nippt noch einmal an ihrem Kaffee, wirft dann den Becher in den Müll und schiebt mich beiseite. Ich habe noch nie erlebt, dass sie ihren Kaffee nicht austrinkt – bis auf einmal, als ich sie zu Lard Have Mercy ausgeführt habe. Sie lebt für Kaffee.

»Oh, das wäre großartig.« Jetzt, da sie auf der anderen Seite des Fensters steht, mustert Rhys sie von Kopf bis Fuß.

Brigette ist wunderschön. Sie hat jahrelang getanzt, bevor ihr bewusst wurde, dass Tiere ihre wahre Leidenschaft sind. Sie machte Urlaub in Alaska und beschloss, hier zur Schule zu gehen, schon allein, um zu sehen, wie es ist, in Alaska zu leben. Sie ist eine Frau mit einer Liste mit Dingen, die sie tun will, was mir ein wenig Angst bereitet, denn ich habe keine Liste. Ich wurde in Lake Starlight geboren und habe nichts dagegen, auch hier zu sterben. Doch sie schwört, dass sie es hier liebt, also bleibt mir nichts anderes übrig, als ihr zu vertrauen.

»Rhys, das ist meine Verlobte, Brigette«, stelle ich die beiden einander vor. Sofort reißt Rhys den Blick von ihren Brüsten los und sieht ihr stattdessen in die Augen.

Manchmal zeigt sie tatsächlich ganz schön viel Dekolleté. Dr. Murphy hat mir gesagt, dass Lori es nicht gutheißt, und mich gebeten, mit Brigette zu sprechen, jetzt, da wir verlobt sind. Doch ich würde mich lieber von einem Truck überfahren lassen, als einer Frau zu sagen, dass eine andere Frau ihren Kleidungsstil nicht mag.

Ich höre nur, wie Brigette flötend den neuen Hund namens Clyde bestaunt, also spähe ich über den Tresen, um zu sehen, um welche Rasse es sich handelt. Normalerweise kann ich ziemlich gut voraussagen, wer sich welchen Hund aussucht. Dass sich Austin, Junos großer Bruder, einen Husky geholt hat, passt zu ihm. Austin liebt die Natur, da liegt es nahe, dass er einen Hund wollte, der es ebenfalls liebt, draußen unterwegs zu sein. Junos Schwester Brooklyn hat einen Husky-Corgi-Mix namens Gizmo. Man muss sie und ihren Mann Wyatt nur einmal kurz sehen, um genau zu wissen, dass sie Taschenhunde-Menschen sind. Nichts allzu Großes, das ohnehin nur ihre teure Einrichtung zerstören würde.

Ich hätte erwartet, dass sich Rhys einen Labrador oder einen Golden Retriever zulegt. Einen großen Hund, der viel Bewegung braucht. Keine Bulldogge, die gerade Brigettes Kittel vollsabbert. Der Name Clyde passt perfekt zu ihm, aber es überrascht mich, dass sich Rhys einen so faulen Hund ausgesucht hat.

Rhys füllt das Formular zügig aus und gibt es Lori zurück. Doch statt mich in den Behandlungsraum gehen zu lassen, damit ich den kleinen Kerl untersuchen kann, besteht Lori darauf, zuerst einen Ordner anzulegen. Also warten wir, bis sie den Ordner mit einem Farbcode und Aufklebern versehen und die Daten in den Computer eingetippt hat. Versteht mich nicht falsch. Sie ist gut organisiert, aber total unflexibel.

Schließlich reicht sie Hillary den Ordner und sieht mich mit ihren dunklen Augen an. »Sie bekommt ihn zuerst.«

Ich hebe die Hand. »Hillary, lass es mich wissen, wenn du fertig bist.«

Ich gehe, bevor ich etwas sage, das ich später bereuen werde. Etwas, das Dr. Murphy dazu verleiten könnte, ein ernstes Gespräch mit mir zu führen. Etwas, das meine Übernahme der Praxis aufs Spiel setzen könnte.

»Dauert nur ganz kurz.« Hillary lächelt und öffnet die Tür zum Wartezimmer. »Hereinspaziert, Clyde.«

»Ich glaube, er ist verliebt«, sagt Rhys.

Ich werfe einen Blick über die Schulter und sehe, wie sich Clyde an Brigettes große Brüste schmiegt. Ich lache schnaubend, denn ich bin ziemlich sicher, dass das, was Brigette zu bieten hat, nicht nur Clyde gefällt.

Kapitel 4

JUNO

Ich sitze an meinem Schreibtisch und gehe die Akten der Damen durch, die in den letzten Monaten bei mir waren, und sortiere die aus, die zu meinem neuen potenziellen Klienten passen könnten, basierend auf den wenigen Informationen, die ich am Telefon von ihm bekommen habe.

Aber ich kann mich nicht konzentrieren. Meine Gedanken wandern immer wieder zu dem Morgen mit Colton. Dem Mann, den ich beinahe so lange kenne, wie ich meinen Vater gekannt habe. Colton ist mein Fels in der Brandung, der Mensch, auf den ich mich immer verlassen kann – und seine bevorstehende Hochzeit wird alles verändern. Er wird nicht mehr mit Suppe vorbeikommen, wenn ich krank bin, nicht mehr mit mir abhängen, wenn ich deprimiert bin, mich nicht mehr anrufen, wenn er über etwas reden will. Wir werden am ersten schönen Frühlingstag keine Roadtrips mehr unternehmen. Oder gemeinsam die Schulhymne schmettern und die Rams bei ihrem Footballspiel anfeuern. Das wird er in Zukunft alles mit *ihr* machen.

Die Türklingel reißt mich aus dem Loch, in dem ich feststecke, seit er seine Verlobung bekannt gegeben hat. Ein großer attraktiver Mann mit Grübchen, die bestimmt die meisten Frauen zum Sabbern bringen, steht in meinem Büro. Mich haben schon einige schöne Frauen aufgesucht, weil sie das Gefühl haben, immer wieder denselben Typ Mann anzuziehen, aber solche Männer wie er sind in meinem Büro wie Einhörner.

»Hi.« Ich stehe auf und gehe mit ausgestreckter Hand auf ihn zu. »Juno Bailey, Ihre Partnervermittlerin.«

Er schüttelt mir die Hand, und ich mache mir eine gedankliche Notiz: kräftiger Händedruck, weiche Haut, nettes Lächeln. »Hallo. Ich bin Jason Graham.«

»Schön, Sie kennenzulernen. Bitte, nehmen Sie sich doch einen Keks. Stören Sie sich nicht daran, dass die so kindisch aussehen. Eine Verwechslung in der Bäckerei. Möchten Sie etwas trinken?«

Er mustert die Schachtel und schüttelt den Kopf. Ein Kerl wie er hält sich bestimmt fern von raffiniertem Zucker und hatte heute Morgen nach seinem Work-out schon einen Proteinshake. *Denk nach, Juno.* »Nein, danke.«

»Setzen Sie sich doch.« Ich deute auf den Sessel vor meinem Schreibtisch.

»Nettes Büro. Ich bin nicht sehr oft in Lake Starlight.«

Mein Blick fällt auf das Tattoo, das unter seinem Hemdsärmel hervorblitzt. Er ist lässig gekleidet, in Jeans und ein hübsches T-Shirt mit V-Ausschnitt, aber dennoch ein T-Shirt. Was bedeutet, dass er keinen stressigen Hemdenträgerjob hat, für den er häufig verreisen muss. Den meisten

Frauen gefällt es nicht, wenn Männer immer auf Geschäftsreise sind.

»Danke. Ich wurde in Lake Starlight geboren und bin hier auch aufgewachsen. Von daher bin ich ein wenig voreingenommen. Go Spartans!« Ich stoße die Faust in die Luft.

»Keine Sorge. Ich komme ursprünglich nicht aus Greywall.«

Das ist gut, denn was Highschool-Sport angeht, sind Greywall und Lake Starlight Rivalen. Und zwar so sehr, dass sich sogar Erwachsene deshalb in die Haare kriegen.

»Wann sind Sie nach Greywall gezogen?«, frage ich.

»Vor ungefähr zwei Jahren. Ich komme eigentlich aus Seattle. Bin meiner Verlobten nach Alaska gefolgt.«

Ich runzle die Stirn. »Das tut mir leid.«

Er mustert mich skeptisch.

»Ich dachte, wenn Sie zu mir kommen, sind Sie nicht länger verlobt.«

Er nickt lachend. »Das stimmt. Ich bin ein wenig schwer von Begriff. Wir haben unsere Verlobung ungefähr ein halbes Jahr nach meinem Umzug gelöst, aber ich habe mich in Alaska verliebt. Verständlich, nicht wahr? Ich habe mich ausgerechnet in den Staat verliebt, in dem es mehr Männer als Frauen gibt.«

Ich lächle. »Keine Sorge. Ich kann mir nicht vorstellen, dass es schwer wird, eine Partnerin für Sie zu finden. Haben Sie etwas dagegen, wenn wir nun mit den persönlichen Fragen beginnen?«

Er setzt sich gerader hin. »Schießen Sie los.«

Ich stelle ihm die Fragen, die ich im Laufe der Zeit entwickelt habe, und finde heraus, dass er Optiker ist. Sein Laden hat montags geschlossen, was aber bedeutet, dass er samstags arbeiten muss. Er liebt die Natur, was nicht verwunderlich ist, da er sich schließlich in Alaska verliebt hat. Man muss ein Naturliebhaber sein, um hier leben zu können. Er wandert gern und liebt das Abenteuer.

»Haben Sie schon mal eine Exkursion mit Lifetime Adventures gemacht?«, frage ich.

»Nein. Ich habe sie mir mal angesehen, als ich hergezogen bin. Es schien mir nur etwas für Profis zu sein, und ich hatte Angst, nicht mithalten zu können. Aber ich habe gesehen, dass sie jetzt auch Exkursionen für Anfänger anbieten.«

»Die Firma gehört meinem Bruder.« Ich hole eine Visitenkarte aus meiner Schreibtischschublade. »Sagen Sie ihnen, dass ich sie empfohlen habe.«

Er dreht die Karte zwischen den Fingern. »Perfekt.«

»Dann wollen wir mal herausfinden, was Sie sich von einer Frau wünschen. Seien Sie bitte so wählerisch und spezifisch, wie Sie möchten. Ich kann jedoch nicht versprechen, dass sich alle Kriterien erfüllen lassen. Es kann sein, dass ich eine Blondine finde, die besser zu Ihnen passt als eine Brünette. Aber erzählen Sie mir doch, was Sie anziehend finden.«

Er mustert mich, und seine Wangen werden ein wenig rot. »Soll ich jetzt wirklich meine Traumfrau beschreiben?«

»Ja.«

Er reibt sich die Hände, und wir fangen beide an zu lachen. »Ich würde sagen, sie ist ungefähr eins siebenundsechzig groß. Ein Lächeln, bei dem man das Gefühl bekommt, ein Haus zu betreten, in dem es nach frisch gebackenem Brot duftet. Augen, die offen ihre Gefühle zeigen.«

Mein Stift hält auf dem Papier inne. »Das ist alles?«

Er lacht. »Sie muss an einer ernsthaften Beziehung interessiert sein und einen Sinn für Humor haben. Ich weiß, bestimmt sagen das die meisten Männer, die zu Ihnen kommen. Aber für mich ist es ein Muss. Ich will ehrlich sein. Es gibt einen Grund, warum ich zu Ihnen gekommen bin.«

Ich lege den Stift auf das Papier. »Warum?«

»Ich kenne Ihre Familie. Das klingt jetzt hoffentlich nicht gruselig.« Er verzieht das Gesicht.

Vielleicht tut es das, aber es gruselt mich nicht. Man kennt die Baileys in dieser Gegend eben. Es schweißt eine Stadt zusammen, wenn Eltern gleichzeitig sterben und ihre neun Kinder als Waisen zurücklassen. Ich glaube, viele Bewohner Lake Starlights sehen uns wie ihre eigenen Kinder.

»Ich war mit einem Freund beim letzten Founder's Day. Da hat er mir von Ihrer Familie erzählt. Die Baileys scheinen gut darin zu sein, die große Liebe zu finden, also dachte ich, ich suche die Expertin auf.«

Innerlich muss ich lachen. Das würde er nicht denken, wenn er wüsste, dass mein bester Freund bald heiratet und ich nach jahrelanger Freundschaft erst jetzt gemerkt habe, dass ich ihn liebe. Ich würde mich keinesfalls als Expertin bezeichnen. Nur im Versagen. »Nun ja, die meisten von meinen Geschwistern haben ihr großes Glück gefunden. Aber ich muss Sie warnen. Ich bin immer noch Single, zusammen mit zwei meiner anderen Geschwister.«

Er lacht leise. »Das kann ich mir kaum vorstellen.«

»Na ja, Kingston ist ein bisschen verkorkst. Das ist aber eine ganz andere Geschichte. Und Sedona ist noch sehr jung. Wobei das mit diesem Fußballer ziemlich ernst ist.«

»Ich meinte, dass Sie noch Single sind.«

Ich lehne mich zurück, und meine Wangen beginnen zu glühen. *Hör auf, rot zu werden. Du kannst nicht vor einem Klienten erröten.* »Oh. Ja. Na ja.«

Reiß dich zusammen, Juno.

Irgendwie schaffe ich es, die Schultern zu straffen und mich nicht mehr so seltsam zu benehmen, nur weil mir jemand ein Kompliment gemacht hat.

»Ich kann keine Klienten daten.« Ich schaffe lieber klare Verhältnisse, falls es das ist, worauf er aus ist.

»Was, wenn ich kein Klient wäre?« Er hebt die Augenbrauen. »Ich glaube, ich habe eher jemanden wie sie erwartet, als ich hereingekommen bin.« Er deutet auf das Foto von meiner Tante Etta an der Wand.

Das stimmt, sie sah tatsächlich aus wie eine Kupplerin. Sie war in ihren Siebzigern, als das Foto gemacht wurde, mit lockigem roten Haar und Hut. Und man sieht kein bisschen Haut, abgesehen von ihrem Gesicht.

»Das ist meine Tante Etta. Ich habe mein Talent, Menschen zusammenzubringen, von ihr geerbt.«

»Wirklich?«

»Ja, zumindest hat das meine Mom immer gesagt. Ich bin die einzige Bailey mit rotem Haar. Mütterlicherseits gab es schon einige Rotschöpfe, die die Gabe der Partnervermittlung besaßen.«

Er nickt, und mir fällt auf, dass ich seine Avancen umschifft habe.

»Wie wäre es mit einem Date, Juno?«

Jason ist nicht der erste Kerl, der mich anmacht, aber normalerweise sind es keine potenziellen Klienten, sondern eher die Typen, die ich mit meinen Junggesellinnen verkuppeln will. Die rufe ich dann nicht zurück. Aber Jason macht es nicht auf so eklige Art wie die anderen.

»Ich weiß nicht.«

Ich muss an Colton denken. Und an Brigette. Sie in einem weißen Kleid und Colton, wie er auf den Altar zugeht. Welche Wahl bleibt mir denn noch? Ich muss mein Leben weiterleben und Colton wieder in die Freundeskiste packen.

»Klar.«

Er lächelt breit. Seine Grübchen sind so groß, dass sogar Fünfundzwanzig-Cent-Münzen hineinpassen würden. »Super. Wie wäre es mit Samstag?«

Ich werfe einen Blick in meinen Kalender. »Perfekt.«

Er steht auf und holt sein Smartphone aus der Hosentasche. »Wollen wir Nummern austauschen?«

»Ja. Wäre vielleicht besser.«

Also tauschen wir unsere Privatnummern aus. Dann schiebt er das Handy wieder in die Hosentasche. »Ich rufe dich an, um die Details zu klären.« Er streckt mir die Hand entgegen. »Siehst du, wie gut du bist? Du hast mich schon verkuppelt.« Er zwinkert, und ich lächle.

»Lob mich nicht zu sehr.«

Er geht zur Tür und winkt mir noch einmal zu, bevor er mein Büro verlässt.

Ich breche ein Stück von einem Babyrassel-Keks ab. Ich kann zu Mittag auch einfach Cookies essen. Ich wische gerade die Krümel von meiner Brust, als die Türklingel erneut ertönt.

»Hey, Miss Juno.« Earl, der Postbote, kommt herein. »Post für dich.« Er legt sie auf den Tisch.

»Danke, Earl. Nimm dir doch ein, zwei Kekse«, sage ich.

Earl kommt ursprünglich aus Alabama. Nach dem Tod seiner Frau ist er hierhergezogen, um bei seiner Tochter, seinem Schwiegersohn und seinen Enkelkindern zu sein.

»Gern.« Er begutachtet die Cookies. »Oh, Dinosaurier. Die mag ich am liebsten.« Er lacht und nickt zum Dank. »Einen schönen Tag noch, Miss Juno. Bis morgen.«

Er geht, und ich greife nach meiner Post. Da ist sie – die Stromrechnung. Ich kann das Rot schon durch den Umschlag sehen. Es sagt mir: »Öffne den Brief und bezahle. Ansonsten …« Ich reiße ihn auf – und natürlich drohen sie mir damit, mir den Strom abzustellen.

Großartig. Ich habe mir gerade ein Date klargemacht, aber keinen Klienten. Wie soll ich bitte meine Rechnungen bezahlen?

Ich plumpse auf den Stuhl, und meine Stirn landet auf dem Schreibtisch.

Als die Tür aufgeht, richte ich mich schnell auf. Es sind Grandma Dori und Colton. Sie hat sich bei ihm untergehakt. Wie ich sie kenne, hält sie ihn fest, um sicherzugehen, dass er nicht abhaut.

»Juno, du kannst nicht bei der Arbeit schlafen«, schimpft sie.

»Ich habe nicht geschlafen.« Schnell schiebe ich meine Papiere zusammen und lasse die Mahnung in der Schublade verschwinden.

Als ich aufblicke, beobachtet mich Colton aufmerksam. Ich habe ihm schon immer gesagt, er hätte lieber Detektiv werden sollen. Er weiß immer, wenn irgendwas in der Luft liegt. Wie ein Drogenspürhund.

»Man kann dich durch das Fenster sehen«, fährt Grandma Dori fort. »Schließ wenigstens die Tür ab. Vielleicht sollten wir dir eins von diesen Teilen zum Ausklappen besorgen.«

»Einen Raumteiler«, sagt Colton.

Grandma tätschelt ihm die Hand. »Genau das meine ich. Danke, Colton.« Sie lässt ihn los, nimmt sich einen von den Blumenkeksen und setzt sich in den Sessel vor meinem Schreibtisch. »Lass es nicht zu, dass diese neugierigen Weiber von heute Morgen alte Gefühle hochkommen lassen, Schätzchen.« Sie beißt ein Stück von ihrem Cookie ab und begutachtet ihn. »Ich werde ein paar von denen für Calista, Dion und Phoebe mitnehmen.«

»Nur zu. Sonst esse ich sie alle allein.«

»Was meinst du mit ›alten Gefühlen‹?«, fragt Colton und lehnt sich gegen den Tisch an der Tür, auf dem mein Werbematerial liegt.

»Ach, nichts«, erwidere ich.

»Die Tatsache, dass sie die einzige rothaarige Bailey ist«, erklärt ihm Grandma freundlicherweise.

»Ach, das«, sagt Colton, verschränkt die Arme vor der

Brust und lässt den Blick zu dem Foto von Tante Etta wandern.

Ich weiß genau, was er darüber denkt, dass ich die Gabe der Partnervermittlung von meinen Ahninnen geerbt habe. Das beißt sich mit seinem Glauben an die Wissenschaft.

Er drückt sich vom Tisch ab. »Ich muss los.«

»Wohin gehst du?«, frage ich. Wahrscheinlich will er zu Mittag essen, denn es ist fast zwölf.

»Oh, deshalb sind wir hier. Ich habe Colton getroffen, als er gerade die Praxis verlassen hat. Du musst mit ihm mitgehen. Ich passe so lange auf.« Grandma scheucht mich von meinem Stuhl hoch.

Ich stehe auf. Die Panik bohrt sich in meinen Magen wie ein heißes Eisen. Die Schublade. Grandma Dori schnüffelt gern herum. Sie wird ganz sicher meine unbezahlten Rechnungen finden.

»Ich kann einfach zuschließen. Aber wohin gehst du?«, frage ich Colton, denn bei ihm ist es wahrscheinlicher, dass ich eine Antwort bekomme.

Er wirkt gequält, als wollte er es mir auf keinen Fall erzählen. Wie damals, als er mir gesagt hat, dass er sich verlobt hat. »Ich muss einen Anzug aussuchen.«

»Und dafür braucht er weiblichen Rat.« Ich will mich wieder auf meinen Schreibtischstuhl setzen, lande aber auf Grandma Doris Schoß. »Oh, Schätzchen, dafür bist du mittlerweile zu schwer.« Sie lacht.

Ich kann keinen Anzug mit ihm kaufen. »Ich glaube, du hast mehr Geschmack als ich«, sage ich zu Grandma.

»Das steht außer Frage, aber ich bin ziemlich sicher,

dass Colton nicht will, dass ich ihm in den Schritt fasse, um sicherzugehen, dass die Schritthöhe stimmt.«

»Ich glaube, das macht der Schneider.« Colton legt den Kopf schief und sieht mich an, als wollte er sagen: *Komm gefälligst mit. Ich will nicht mit deiner Grandma gehen.*

Aber wenn ich ihn in einem Anzug sehe, werde ich ihm meine Gefühle gestehen, was die ganze Situation nur noch schlimmer macht.

Grandma öffnet bereits die rechte Schublade und begutachtet den Inhalt.

Ich gehe zum Tisch und schließe die Schachtel mit den Keksen. »Du musst unbedingt nach Harley sehen. Sie hat vorhin angerufen und gesagt, dass sie schrecklich unter morgendlicher Übelkeit leidet.« Ich verziehe das Gesicht.

Ihr geschminkter Mund formt sich zu einem O. Sie springt auf, als wäre sie zwanzig Jahre jünger, und reißt die Schachtel an sich. »Bis später, ihr zwei.«

»Nun?«, fragt Colton, als sie weg ist.

»Was?«, frage ich und tue, als müsste ich meine Flyer auf dem Tisch glatt streichen.

»Wirst du mir sagen, was ich kaufen soll? Wie damals beim Abschlussball?« Er hebt die Augenbrauen.

Er ist immer für mich da gewesen. Ab dem Moment, als meine ganze Welt zusammengebrochen ist. Bis jetzt. Er hat mir geholfen, meine zerbrochenen Teile aufzusammeln, als ich keine Kraft hatte. Wie kann ich da Nein sagen?

Das kann ich nicht.

»Ich hole meine Handtasche.«

Kapitel 5

JUNO

Dreizehn Jahre alt

Meine Eltern sind zusammen auf einem von Moms Business Trips. Sie sind wieder nach Juneau gereist, damit sie darüber schreiben kann, wie sich die Stadt seit meiner Zeugung verändert hat. So eklig es auch ist – meine Geschwister und ich wurden alle nach den Städten benannt, in denen wir gezeugt wurden. Zum Glück haben meine Eltern aber beschlossen, meinen Namen anders zu schreiben.

Brooklyn passt auf uns auf – mit vielen Besuchen von Grandma Dori –, doch heute Abend hat sie Grandma gefragt, ob sie mit Trent Gebhart ins Kino gehen darf. Da Grandma aber heute mit ihren Freundinnen Karten spielt, nimmt sie Phoenix, Sedona und Kingston mit, damit sie bei ihr übernachten, was bedeutet, dass Rome, Denver und ich allein zu Hause sind.

»Und denkt daran: keine Partys«, ermahnt uns Grandma Dori und richtet den Zeigefinger auf uns, während wir in der

Einfahrt stehen, um uns von ihr zu verabschieden. »Ich schicke jede Stunde den Sheriff vorbei.«

Sie redet eher mit Rome und Denver statt mit mir.

»Oh, G'ma D, du weißt doch, dass wir so etwas nicht machen. Wir werden einfach chillen.« Denver legt ihr den Arm um die Schultern.

»Ich mache uns eine Pizza.« Rome legt den Arm um mich und zwinkert mir zu.

Das ist kein gutes Zeichen.

»Du bist noch nicht zu alt, um von mir übers Knie gelegt zu werden«, warnt Grandma.

Sie wird unterbrochen, als Phoenix anfängt, wie am Spieß zu schreien.

Grandma reißt die Hintertür ihres Cadillacs auf. »Was um alles in der Welt ...?«

»Kingston berührt mich die ganze Zeit«, beschwert sich Phoenix.

»Und?«

»Er ist ganz verschwitzt vom Basketball.«

Grandma Dori seufzt. »Setz dich nach vorn, Kingston.«

»Was? Warum darf ich nicht vorn sitzen?«, schreit Phoenix. »Warum darf er nach vorn?«

»Weil er älter ist«, erwidert Grandma und schlägt die Tür zu. »Das ist ein Test, Jungs. Ich vertraue euch.«

Die Zwillinge lächeln und winken wie zwei brave Messdiener.

Nachdem Grandma davongefahren ist, wendet sich Rome an mich. »Ist es für dich okay, wenn wir dich für ungefähr zwei Stunden allein lassen?«

»Was? Warum?«

»Liam und Jack Billings prügeln sich.« Denver sitzt bereits auf seinem Fahrrad.

»Ruf einfach Colton oder Emily an, und frag sie, ob sie vorbeikommen«, sagt Rome und springt ebenfalls auf sein Bike.

Dann brettern sie die Einfahrt hinab. Fünfzehn Minuten später taucht Colton auf seinem Fahrrad auf. Seine Eltern leben nur zwei Häuser weiter, was immer noch eine ganze Meile ist, aber für uns ist es nah genug.

»Hey«, sage ich.

»Du bist wirklich allein?«, fragt er und steigt die Stufen zur Haustür hinauf. Er trägt Jeansshorts und sein verwaschenes Colorado-State-Shirt.

»Jepp. Emily kommt auch.«

»Cool.« Er kommt herein, und ich schließe die Tür. »Und was machen wir?«

Ich zucke mit den Schultern. »Ich schätze, das Gleiche wie immer. Willst du Billard oder so spielen?«

»Erst wenn wir den Kühlschrank geplündert haben«, erwidert er und steuert auf die Küche zu.

Mittlerweile hat er immer Hunger. Er kommt mit zwei Limodosen und einer Tüte Cheetos aus der Küche und geht zur Kellertür.

Ich folge ihm, doch dann klingelt es an der Tür. »Wir treffen uns unten.«

Als ich die Tür öffne, steht Emily mit Xavier auf der Veranda.

»Xavier war gerade bei mir.« Emily kommt herein.

»Was geht ab, Bailey?«, fragt Xavier und nickt mir zu.

Ich verdrehe die Augen, denn ich hasse ihn. Es nervt mich, dass er mich immer beim Nachnamen nennt und es wie eine Beleidigung klingen lässt.

»Colton ist schon unten«, sage ich.

»Xavier, geh schon mal runter«, erklärt Emily. »Ich muss kurz mit Juno sprechen.«

Xavier geht den Flur hinab zur Kellertür, die zu meinem Zimmer führt. Emily packt mich am Ärmel und zerrt mich in die Küche.

»Was ist?«, frage ich und reiße mich los.

»Xavier hat mich geküsst«, flüstert sie. »Wir waren auf der hinteren Veranda, haben gechillt und Musik gehört. Und dann hat er mich einfach geküsst.«

Mir fällt die Kinnlade herunter. »Mit Zunge?«

»Ein bisschen.«

»Ein bisschen?« Ich erschaudere, denn ich würde niemals Xaviers Zunge in meinem Mund haben wollen.

»Nur die Spitze.« Ich starre sie an, und sie lacht. »Es klingt schlimmer, als es tatsächlich war.« Sie wickelt sich eine blonde Haarsträhne um den Finger.

»Und was hast du gemacht?«

Sie lacht. »Ich habe ihn auch geküsst.«

»Aber wie?«

Viele Kids in der Schule küssen sich jetzt. Oder zumindest behaupten sie es. Die Leute spielen alle möglichen Spiele wie Flaschendrehen und Sieben Minuten im Himmel. Das ist ein historischer Moment für Emily. Seit Ewigkeiten redet sie von ihrem ersten Kuss. Aber die Tatsache, dass er mit Xavier war – dessen Namen in den ganzen Kussgeschichten ständig fällt –, lässt mich denken, dass der Kuss für ihn wahrscheinlich nicht so besonders war wie für Emily. Aber vielleicht war es ihr auch egal, wer sie zuerst küsst – Hauptsache, es passiert.

Sie springt von der Küchentheke und schnappt sich eine leere Olivenölflasche vom Tresen, die eigentlich in den Altglascontainer soll. »Und jetzt bist du dran. Wir spielen Flaschendrehen.«

»Ich werde Xavier auf keinen Fall küssen.« Ich reiße ihr die Flasche aus der Hand und stelle sie zurück.

»Natürlich sollst du nicht Xavier küssen. Du küsst Colton.«

Ich reiße die Augen auf. »Igitt. Ich glaube, dein Gehirn hat beim Küssen zu wenig Sauerstoff bekommen.«

»Komm schon.« Sie stößt mich mit der Schulter an und schnappt sich wieder die Flasche.

Ich greife danach, doch sie hält sie so hoch über ihren Kopf, dass ich nicht drankomme. »Ich werde Colton nicht küssen.«

»Warum nicht?« Sie verlagert das Gewicht auf ein Bein.

»Weil er mein bester Freund ist.«

Sie verengt die Augen zu Schlitzen. »Ich dachte, *ich* wäre deine beste Freundin.«

»Ich seid beide meine besten Freunde. Und jetzt gib mir die Flasche.«

»Okay, aber *ich* bin deine beste Freundin. Das weiß doch jeder. Sobald man ein gewisses Alter erreicht hat, können Männer und Frauen nicht mehr befreundet sein.« Wieder hält sie die Flasche in die Höhe. Verdammt, ich bin einfach zu klein. »Wenigstens kannst du sicher sein, dass sich Colton nicht über dich lustig macht, falls du eine schlechte Küsserin bist.«

»Wer sagt denn, dass ich schlecht küsse?« Das kann sie doch gar nicht wissen. Ich habe an meiner Hand geübt. Und mit so vielen älteren Geschwistern habe ich schon mehr Filme gesehen, die nicht jugendfrei sind, als sie.

»Keiner. Aber kannst du dich noch an Olivia Reeder letztes Jahr erinnern? Als dieser Idiot Ian rumerzählt hat, sie zu küssen würde sich anfühlen, als würde man eine Flasche knutschen, und dass sie keine Ahnung hat, was sie tut?«

Ich höre auf, mich nach der Flasche auszustrecken. Sie hat recht. Olivia kam eine Woche lang nicht zur Schule, bis ihre Eltern sie zwangen, wieder hinzugehen. Ian und seine Freunde machen sich immer noch über sie lustig. Wenn sie ihre Snapple-Flaschen ausgetrunken haben, stecken sie ihre Zungen hinein und tun so, als würden sie mit den Flaschen knutschen.

»Colton ist eine sichere Bank«, meint Emily.

»Aber was, wenn sich dadurch alles verändert?«

Sie zupft an meinem Ärmel. »Es ist Colton. Ich bitte dich. Ist doch nur ein Kuss. Du denkst zu viel.«

Sie zerrt mich förmlich die Treppe hinunter. Unten angekommen, blickt Colton auf. Er ist gerade dabei, die Billardkugel zu positionieren. Xavier beäugt die Flasche in Emilys Hand.

»Ratet mal, was wir jetzt spielen.« Sie hält die Flasche in die Höhe.

Xavier wirft seinen Billardstock auf den Tisch. Colton richtet sich auf und sieht mich an.

»Flaschendrehen.« Xavier geht hinüber zu Emily, die bereits vor den Sofas auf dem Fußboden sitzt.

»Warum?«, fragt Colton.

»Was bist du denn für einer? Beweg deinen Hintern hierrüber.« Emily klopft auf den Boden neben sich.

Doch Colton sieht mich weiter fragend an. Er ist nicht wie Xavier und die anderen Jungs. Es hat noch nie Gerüchte gegeben, dass er jemanden geküsst hat, aber schließlich hängt er an den Wochenenden meistens mit mir ab.

Ich zucke mit den Schultern und setze mich auf den Boden. Es ist für uns beide das Beste, auch wenn er es noch nicht weiß. Wie toll ist es, wenn wir unseren ersten Kuss zusammen erleben? Wenn es einer von uns vermasselt, wird der andere es nicht weitererzählen.

»Wir brauchen Musik.« Xavier steht auf und drückt auf den Knöpfen der Stereoanlage herum, bis die Black Eyed Peas erklingen, was bedeutet, dass Brooklyn zuletzt Musik gehört hat. Dann setzt er sich wieder zwischen Emily und mich.

Colton fummelt an den Schnürsenkeln seiner Converse herum und sieht mich aus dem Augenwinkel an.

»Okay, denkt daran. Wenn die Flasche dreimal hintereinander auf dasselbe Paar zeigt, muss man sich mit Zunge küssen. Da wir bei Juno sind, fängt sie an.« Emily wirft Xavier einen Blick zu, und beide fangen an zu lachen. Sie sind ganz wild auf das Spiel.

Ich drehe die Flasche, schlucke schwer und halte die Luft

an. Sie dreht und dreht sich. Erst als sie Xavier passiert, stoße ich die Luft aus. Ich würde lieber Emily küssen. Die Flasche kommt zwischen Emily und Colton zum Stehen. Fragend sehen wir Emily und Xavier an, schließlich ist es ihr Spiel.

»Landet die Flasche in der Mitte, ist der rechts daneben dran. Also du und Colton«, erklärt Emily.

Wir sehen uns an. Ich lege die Handflächen auf den Boden, um mich nach vorn zu beugen. Er tut es mir gleich – und dann treffen sich unsere Lippen. Aber nur ganz kurz. Dann sitze ich auch schon wieder auf meinem Platz. Das war gar nicht so schlimm. Colton spielt weiter mit seinem Schnürsenkel, während ich mich nur darauf konzentrieren kann, wie sehr meine Wangen glühen.

Xavier und Emily starren uns an, als würden sie darauf warten, dass wir den Kuss kommentieren. Als keiner von uns etwas sagt, dreht Xavier die Flasche, die bei Colton landet. Xavier besteht darauf, noch mal drehen zu dürfen. Dann landet sie bei Emily. Sie küssen sich schon beim ersten Mal mit Zunge. Ich schätze, wenn man sich einmal mit Zunge geküsst hat, küsst man sich immer mit Zunge. Emily dreht, und die Flasche zeigt auf Colton. Ich beobachte, wie er sie so küsst, wie er mich geküsst hat, doch er sieht dabei die ganze Zeit zu mir. Dann ist Colton dran. Das Herz schlägt mir bis zum Hals, als die Flasche zwischen Xavier und mir landet.

»Juno«, ruft Emily.

»Aber du hast gesagt …«

»Ich werde ihn nicht küssen«, protestiert Xavier.

»Komm schon, Juno. Es ist erst das zweite Mal«, sagt Colton.

Ich beuge mich nach vorn. Diesmal berühren sich unsere Münder ein wenig länger als beim ersten Mal. Erst jetzt fällt mir auf, wie weich seine Lippen sind. Er ist letztes Jahr seine Zahnspange losgeworden, seither ist er besessen von Lippenpflegestiften. Ich schwöre, dass ich ihn ab jetzt nie wieder damit aufziehen werde.

Emily zappelt auf ihrem Platz herum. Sie ist ganz aufgekratzt und klatscht beinahe in die Hände, als wäre es ihr Kuss gewesen.

Ich drehe die Flasche, und sie landet bei Xavier. Er bekommt von mir das flüchtigste Küsschen aller Zeiten. Danach wische ich mir sofort den Mund ab. Als Emily an der Reihe ist, zeigt die Flasche erneut auf Colton. Wieder beobachte ich, wie sie sich küssen.

Als Colton die Hand auf die Flasche legt, zieht sich mein Magen zusammen. Ich weiß nicht, ob es daran liegt, dass wir uns mit Zunge küssen müssen, wenn die Flasche wieder auf mich zeigt – oder doch eher daran, dass er seinen ersten Zungenkuss mit Emily haben wird, wenn die Flasche bei ihr landet.

Mein Blick folgt der Bewegung der Flasche. Erst als sie sich verlangsamt, wird mir bewusst, dass ich die ganze Zeit die Luft angehalten habe. Als sie genau zwischen Colton und mir landet, atme ich aus.

Plötzlich wirkt das Zimmer so klein. Als würde ein Scheinwerfer auf uns zeigen, als sich unsere Blicke treffen. Uns wird bewusst, dass der Moment jetzt gekommen ist.

Wir werden uns zum ersten Mal richtig küssen. Vor unseren Freunden.

Wir beugen uns nach vorn, und unsere Lippen berühren sich.

»Mit Zunge«, fordert Emily.

Colton drückt seine Lippen ein wenig fester auf meine und lässt seine Zunge in meinen Mund gleiten. Ich öffne ihn, obwohl ich keine Ahnung habe, was ich jetzt tun soll. Ich kann nur daran denken, dass mich Colton gerade küsst. Dass seine Zunge in meinem Mund ist. Mein Magen beginnt zu kribbeln. Irgendwie gefällt es mir, Colton zu küssen. Ich meine, es ist nicht fürchterlich.

Dann geht das Licht an, und Schritte poltern die Stufen herab. »Was geht hier vor?«, ruft Brooklyn.

Colton und ich fahren auseinander, und ich wische mir den Mund ab.

»Deine Freunde müssen jetzt gehen«, sagt sie und schaltet die Musik aus. Ihre Augen sind rot und geschwollen. »Wo sind Rome und Denver?«

»Warum müssen sie gehen?« Ich stehe auf und schalte die Stereoanlage wieder an.

Plötzlich ertönen noch mehr Schritte auf der Treppe.

»Brooklyn!«, ruft Grandma Dori. »Ich rufe Austin und Savannah an.«

Brooklyn schaltet die Anlage wieder aus. »Juno, ich habe gesagt, dass deine Freunde jetzt gehen müssen.« Eine Träne kullert über ihre Wange.

»Wo sind die Jungs?«, fragt Grandma von oben.

»Was ist los?«, frage ich.

»Sag deinen Freunden einfach, dass sie nach Hause gehen sollen. Grandma muss mit uns sprechen.« Brooklyn geht die Treppe hoch und wischt sich die ganze Zeit das Gesicht ab.

»Ist irgendwas passiert?«, fragt Colton neben mir.

»Ich weiß nicht, aber ich glaube, ihr solltet jetzt besser gehen.«

Meine Freunde gehen, und ich setze mich zu meinen Geschwistern auf den Wohnzimmerboden. Nur Austin und Savannah fehlen, denn sie sind auf dem College.

Grandma setzt sich in einen Sessel und umklammert ihre zitternden Hände. Zum ersten Mal fällt es ihr schwer zu sprechen. »Es gab einen Unfall.«

Brooklyn bricht in Tränen aus. Kingston sieht sie verständnislos an, Phoenix und Sedona fangen an zu weinen.

»Eure Eltern sind in Juneau im Krankenhaus«, erklärt Grandma.

Mir rutscht das Herz in die Hose.

Zehn Minuten später erklärt uns Grandma, dass es ernst ist. Meine Eltern sind schwer verletzt, doch die Ärzte tun, was sie können. Sie sagt, dass wir positiv denken sollen, aber dass sie Austin und Savannah angerufen hat, damit sie nach Hause kommen, ist kein gutes Zeichen.

Ich trete hinaus ins Freie, denn mein Dad hat immer gesagt, dass wir uns denselben Himmel teilen – ganz egal, wo sie auch sind. Fast entweicht mir ein Schrei, als ich Colton auf den Treppenstufen sitzen sehe.

Er steht auf. »Es schien etwas Ernstes zu sein. Ich bin geblieben, falls du mich brauchst.«

Gemeinsam sitzen wir auf den Stufen vor meinem Haus. Unsere Beine berühren sich, doch wir reden nicht über den Kuss. Er nimmt mich nicht in den Arm, sagt mir nicht, dass alles gut wird. Wir sitzen einfach nur da.

In diesem Moment wird mir klar, dass Colton immer mein Fels in der Brandung sein wird. Für immer. Nicht nur für kurze Zeit, wie Emily gesagt hat. Eine Freundschaft wie unsere hat Bestand.

Kapitel 6

COLTON

Ich öffne die Tür des einzigen Anzugladens der Stadt und lasse Juno vorangehen.

Mr. Johnson lächelt uns an und kommt hinter dem Verkaufstresen hervor. »Juno Bailey. Mit deinem hübschen Gesicht habe ich heute nicht gerechnet.«

Er öffnet die Arme, und Juno umarmt ihn. Mr. Johnson war früher mit unseren Dads befreundet. Wenn man in Lake Starlight aufwächst, kennt man sich eben. Wie mein Dad empfindet jeder Mann, der mit Mr. Bailey zur Schule gegangen ist, ein gewisses Pflichtbewusstsein den Bailey-Kindern gegenüber.

»Hi, Mr. Johnson. Ich bin hier, um diesem Kerl zu sagen, was er an seinem großen Tag tragen soll.« Sie deutet mit dem Daumen auf mich.

»Er kann auf jeden Fall Hilfe gebrauchen.« Mr. Johnson lächelt mich über Junos Schulter an.

»Wie auch immer. Dann zeigen Sie mir mal, was Sie für mich haben.« Ich reibe mir die Hände.

Juno sitzt in einem der großen Ledersessel neben den Umkleidekabinen. »Modenschau!« Sie zückt ihr Smartphone. »Ich mache von jedem Anzug ein Foto, damit wir sehen, wie er auf Bildern wirkt.«

»Ich habe in Kabine Nummer eins schon ein paar Sachen bereitgelegt.« Mr. Johnson deutet den kleinen Flur hinab. »Ich schätze dich eher als den klassischen Typ ein, aber ich wusste nicht, wie schick du es haben willst. Mach dir um die Passform keine Sorgen. Ich werde alles anpassen.«

»Ja. Danke.«

»Ich will jeden Einzelnen sehen, Stone.« Juno schlägt die Beine übereinander und nimmt sich eine Zeitschrift von dem kleinen runden Tisch. Sie ist wieder ganz die Alte, was hoffentlich bedeutet, dass wir die komische Situation vom letzten Wochenende endlich hinter uns gelassen haben.

»Jaja.«

Ich schließe die Tür der Umkleidekabine und höre, wie sich Mr. Johnson nach Junos Geschwistern erkundigt. Er will wissen, wie es den Babys und den Müttern geht. Sie antwortet höflich und fröhlich, doch ich höre genau, dass es nur aufgesetzt ist. Es ist nicht so, als würde sie sich nicht für ihre Geschwister freuen. Juno lebt für ihre Familie. Aber irgendetwas belastet sie in letzter Zeit. An einem Tag hat sie es eilig, endlich jemanden zu finden, und am nächsten glaubt sie, dass sie als einzige Bailey für immer Single bleiben wird.

Ich schlüpfe aus meiner Hose, falte sie ordentlich zusammen und lege sie auf die Bank. Dann tausche ich mein Hemd gegen das schicke weiße, das Mr. Johnson für mich bereitgelegt hat. Während ich es zuknöpfe, kann ich nur daran denken, dass ich mir immer Juno als meine Braut vorgestellt habe. Ich stelle mir vor, dass es nicht ihre Stimme auf der anderen Seite der Tür ist, weil sie mich vor der Hochzeit nicht im Anzug sehen will. Doch jetzt heirate ich stattdessen Brigette. Alles ist ganz anders, als ich es mir ausgemalt habe.

Ich stecke das Hemd in die graue Stoffhose und ziehe sie etwas weiter hoch, damit sie besser sitzt.

Ich war schon immer ein verbindlicher Typ, immer bereit für den nächsten Schritt. Dass ich heirate, überrascht mich nicht. Doch es überrascht mich, *wen* ich heirate, denn eigentlich habe ich mein Herz schon vor langer Zeit einer anderen geschenkt. Schon mein ganzes Leben lang bin ich Zeuge der liebevollen Ehe meiner Eltern gewesen. Ich habe gesehen, wie sie einander Halt gegeben haben, als meine Großeltern und Tim und Beth Bailey gestorben sind. Als die Angelsaison nicht gut lief und meine Mom einen Job annehmen musste. Obwohl mein Dad deprimiert war, weil er der Meinung war, dass er das Geld nach Hause bringen muss, stellte er sicher, dass im Haushalt alles erledigt wurde. Dass das Essen fertig war, wenn meine Mom abends nach Hause kam. Dass die Wäsche gewaschen und zusammengelegt war. Sie sind zusammen durch dick und dünn gegangen. Und das will ich auch. Eine Partnerin fürs Leben.

Ich schlüpfe in das schwarze Jackett und zupfe an den Hemdsärmeln. Ich sehe so lächerlich aus.

»Komm schon, Stone. Wir warten«, ruft Juno.

Ich trete aus der Umkleide, stelle mich vor die drei Spiegel und steige auf das Podest.

Juno schweigt. Sie mustert mich von oben bis unten, sagt aber kein Wort.

»Und? Ich sehe lächerlich aus, stimmt's?«

»Du wirkst so erwachsen.« Kurz zittert ihre Unterlippe, bevor sie schluckt und eine Maske aufsetzt. »Wo ist der schlaksige Junge, der sich den Arm gebrochen hat, weil er cool sein wollte und aufs Skateboard gestiegen ist?« Sie lacht gequält, steht auf und knipst ein Foto mit ihrem Handy.

»Wo ist das Mädchen, das überall Kaugummi im Gesicht hat, weil sie sich etliche Hubba Bubba in den Mund gesteckt hat, weil sie mit der größten Kaugummiblase der Welt ins Guinnessbuch der Rekorde kommen wollte?«

Sie lächelt. Wir könnten ewig so weitermachen mit unseren gemeinsamen Erinnerungen. Zumindest mit den guten. Den lustigen. Über die ernsten sprechen wir nie. Die hält Juno lieber hinter verschlossenen Türen. Leider sind viele dieser Erinnerungen Momente, die ich gern noch einmal durchleben würde. Nicht, weil sie traurig waren, sondern, weil wir einander immer Trost gespendet haben. Die Berührungen, die Umarmungen, wie wir uns einfach gehalten haben. Die kleinen Küsse auf die Wange, die immer weiter nach unten wanderten, bis sich unsere Münder berührten. Die sanften, zögerlichen Küsse, um herauszufinden, ob der andere einverstanden ist. Das waren Zeiten, in denen die Grenzen verschwammen, weil wir so taten, als würden wir einander nur trösten.

»Dreh dich mal.« Sie dreht den Zeigefinger in der Luft.

Ich tue, wie mir geheißen, und mache einen auf Laufstegmodel, mit Händen in den Hosentaschen.

»Du bist tatsächlich der klassische Typ, was?« Sie mustert mich eindringlich, und das Blut beginnt, durch meine Adern zu pulsieren.

»Ich finde ihn zu schick. Wir feiern schließlich bei Selene eine Gartenhochzeit.«

Sie starrt mich an und tippt sich an die Lippen, als wäre sie eine Jurorin bei *Top Model*. »Dann lass uns mal sehen, was Mr. Johnson noch so gefunden hat.«

Ich verschwinde den Flur hinab und höre, wie sie über irgendetwas lacht, das Mr. Johnson gesagt hat.

Ich schlüpfe aus dem Anzug – den ich in meiner Fantasie getragen habe, während ich am Altar stand und auf Juno gewartet habe – und ziehe einen marineblauen an, zusammen mit einem weißen Hemd und einer burgunderfarbenen Krawatte. Ich glaube, das passt besser zu meiner Hochzeit mit Brigette.

• • •

Mr. Johnson nimmt Maß, und ich leiste für den Anzug eine Anzahlung.

»Mittagessen?«, frage ich Juno, nachdem wir den Laden verlassen haben.

»Ich sollte besser wieder ins Büro.«

»War der Klient schon da?«

»Ja.« Sie öffnet den Mund, als wollte sie noch etwas sagen, tut es aber nicht.

»Dann gehen wir jetzt essen. Ganz schnell. Bei Lard Have Mercy.« Ich beuge mich ein wenig vor, damit ich ihr in die Augen sehen kann.

Sie nickt. Wir nehmen die Abkürzung durch den Pavillon und den Park zur Main Street. Auf dem Weg zu dem kleinen Diner reden wir kaum miteinander.

Wir bekommen einen Tisch in der hintersten Ecke mit Blick auf den Park. Wir haben hier schon öfter gegessen, als ich zählen kann. Mit dreizehn haben wir immer Pommes und Milchshakes bestellt. In der Highschool habe ich dann Burger und Zwiebelringe genommen, Juno hat Grillkäse und die Hälfte meiner Zwiebelringe gegessen. Sie hat sich immer geweigert, ihre eigenen zu bestellen. Als ich nach dem College wieder nach Hause kam, habe ich angefangen, das Salisbury-Steak zu bestellen und sie Salat.

»Ich nehme eine Suppe und einen Salat«, sagt sie der Kellnerin.

»Und ich nehme einen Cheeseburger und Zwiebelringe.«

Junos Kopf schnellt von der Speisekarte hoch. »Kein Hühnchen mit Klößen, alter Mann?«

Wir geben der Kellnerin die Speisekarten zurück. »Ich bin ein wenig nostalgisch.«

Sie legt den Kopf schief. »Warum?«

Ich zucke mit den Schultern. »Keine Ahnung. Aber ich wette, du klaust mir ein paar Zwiebelringe.«

»Ich bin mit Suppe und Salat zufrieden, danke«, erwidert sie. »Außerdem muss ich an deiner Hochzeit in mein Kleid passen.«

»Ach ja, Brigette meinte, du hättest noch nicht auf das Einladungsschreiben geantwortet.«

Sie schnappt sich den Behälter mit den Marmeladen und sortiert sie nach Geschmacksrichtungen. »Oh, tut mir leid. Ich dachte, ich hätte schon geantwortet.«

»Bringst du jemanden mit?« Ich stelle die Frage, die mich schon so lange beschäftigt.

Es war nicht Brigette, die gemerkt hat, dass sich Juno noch nicht zurückgemeldet hat. Ich war es. Weil ich wissen wollte, ob sie diesen Idioten Trey aus L. A. mitbringt.

Sie schüttelt den Kopf. »Nein.«

»Und was ist mit Trey?«

Was ihn angeht, ist sie sehr verschlossen. Was auch immer letztes Jahr zwischen den beiden gelaufen ist – ich *weiß*, dass etwas gelaufen ist. Dass ihre Schwestern Witze darüber reißen und sofort aufhören, sobald sie merken, dass ich im Raum bin, ist ein eindeutiges Indiz. Trey Galger ist Chef eines Plattenlabels und mit Phoenix' Freund befreundet. Hin und wieder kommt er mit seinem Privatjet angeflogen. Ich hasse den Typen, weil er nicht das ist, was Juno in ihrem Leben braucht.

Sie sieht mich so irritiert an, wie sie es immer tut, wenn ich sie nach ihm frage. »Da ist nichts. Auf der Babyparty habe ich ihn zum ersten Mal seit sechs Monaten wiedergesehen.«

Dass sie die Sache so abtut, macht mich so wütend, dass ich ausspreche, was ich wirklich fühle. »Juno, ich kann das nicht mehr.«

Sie wirft den Kopf in den Nacken. »Wovon redest du?«

»Ich rede von der komischen Stimmung zwischen uns. Ja, ich habe dir gesagt, dass ich Trey nicht mag. Und ich weiß, dass ich bald heiraten werde. Und dann die Sache mit dem Kuss neulich. Ich habe dir gesagt, dass du dir keinen Kopf machen sollst. Wir sind beste Freunde. Was passiert nur mit uns?«

Die Kellnerin kommt und serviert uns die Getränke.

Wir nicken ihr zu, und Juno wartet, bis sie weg ist, bevor sie antwortet. »Es ist mir einfach peinlich.«

»Warum? Es ist nicht so, als hätten wir so etwas noch nie gemacht.«

»Colton!« Sie sieht sich um, beugt sich weiter vor über den Tisch und senkt die Stimme. »Du bist verlobt. Ich bin keine, die so etwas tut. Ich kenne Brigette kaum, aber ich weiß nicht, ob ich ihr im Moment unter die Augen treten kann.«

»Du warst betrunken und …« Ich beschließe, dass ich jetzt besser nicht erwähne, dass sie auch deprimiert war, denn sie würde es ohnehin abstreiten. »Ich habe es dir doch gesagt. Ich werde ihr nichts davon erzählen.«

»Verstehst du es denn nicht?« Sie knotet die Papierverpackung des Strohhalms und zieht an den Enden, um zu sehen, ob sie reißt. Das macht sie schon seit der Highschool. Das Papier reißt genau in der Mitte des Knotens, und sie knüllt es zusammen.

»Jemand denkt an dich.« Mit dem Kinn deute ich auf das kleine Papierknäuel.

»Ich glaube, ich habe endlich herausgefunden, wie ich

an dem Papier ziehen muss, damit es genau in der Mitte reißt«, murmelt sie.

»Nein, es liegt daran, dass ich immer an dich denke.«

Sie stößt laut die Luft aus und nimmt einen Schluck von ihrer Diätlimo. »Solche Sachen darfst du nicht sagen.«

»Warum nicht? Ich bin dein Freund.«

»Mein Freund, der bald heiratet.«

Normalerweise weiß ich immer, was in Juno vorgeht, und kann ihr ein Lächeln entlocken, doch diese Heiratssache hat eine Mauer zwischen uns errichtet. Hätte ich gewusst, dass ich dadurch meine beste Freundin verliere ... Ich schüttle den Kopf. Ich muss mir ins Gedächtnis rufen, dass Juno schon immer diejenige gewesen ist, die sich geweigert hat, die Grenze zu überschreiten.

»Kann ich dich was fragen?« Der gute Kerl in mir sagt, dass ich die Frage nicht stellen sollte. *Sei jetzt kein Idiot.* Doch das Arschloch in mir findet, dass es an der Zeit ist, dass sie kapiert, was sie mit uns gemacht hat.

»Was denn?«

Die Kellnerin stellt uns die Teller hin. Juno wickelt das Besteck aus der Serviette und krümelt die Cracker in ihre Suppe.

»Was dachtest du, was passieren würde, wenn einer von uns heiratet? Oder mit jemandem eine ernsthafte Beziehung eingeht?«

Sie lässt den Löffel in die Suppe fallen.

»Ich meine, ich habe so oft versucht, die Grenze zu überschreiten, die du gezogen hast, als wir dreizehn waren. Und ich verstehe dich, Juno. Du hast Angst. Und ich habe deine

Ausreden immer akzeptiert, denn ich weiß nicht, wie es ist, so jung seine Eltern zu verlieren. Aber ab einem gewissen Punkt muss man sein Leben weiterleben. Du willst nicht mit mir zusammen sein, ich soll aber auch mit keiner anderen zusammen sein?«

»Das habe ich nie gesagt. Ich freue mich für dich. Wirklich.« Junos Kiefermuskeln verspannen sich. Wenn sie lügt, schluckt sie immer schwer.

»Wie du dich aufführst, seit ich verlobt bin, sagt mir, dass das nicht stimmt.«

Sie lehnt sich zurück und legt die Hände in den Schoß. »Ich bin es einfach nicht gewohnt, dich mit jemandem zu teilen. Das ist alles.«

»Ganz genau.« Ich lehne mich nach vorn. Meine Stimme ist so laut geworden, dass zwei Mitarbeiterinnen am Tresen zu uns herüberblicken. »Ich frage dich jetzt noch mal. Was dachtest du, was passieren würde, als du beschlossen hast, dass wir nur Freunde bleiben?«

Sie zerknüllt ihre Serviette und wirft sie auf den Tisch. »Ich hätte nicht gedacht, dass ich mich so abgehängt fühle, okay? Ich habe nicht nachgedacht. Ist es das, was du hören willst?«

Jetzt starren die Kellnerinnen ganz offensichtlich, wie auch der Großteil der Gäste.

Sie schlüpft aus der Sitzecke. »Ich hätte nicht gedacht, dass ich dich verlieren würde. Und das war dumm von mir. Du hast jetzt eine andere Frau in deinem Leben. Ich bin nur noch an zweiter Stelle. Ich wüsste es sehr zu schätzen, wenn du mir ein wenig Zeit geben würdest, um mich daran zu gewöhnen, statt mir Vorwürfe zu machen. Es ist ja nicht so, als wärst du bisher sonderlich wohlwollend gewesen, wenn ich mal jemanden gedatet habe.«

Dann ist sie weg. Ich habe keine Energie, ihr nachzulaufen, also lasse ich sie gehen. Doch ich muss unweigerlich an das letzte Mal denken, als sie gesagt hat, sie würde sich abgehängt fühlen.

Kapitel 7

COLTON

Dreizehn Jahre alt

Das Schniefen meiner Mom hallt in meinen Ohren wider, während sie fest meine Hand hält. Seit dem Tod von Tim und Beth Bailey hält jeder in Lake Starlight seine Lieben näher bei sich. Man denkt immer, so etwas würde in einer Kleinstadt nicht passieren. Doch es ist passiert.

Meine Familie und viele weitere Bewohner Lake Starlights sitzen den Bailey-Kindern und ihrer Grandma am Grab gegenüber. Manche haben beschlossen, nur am Trauergottesdienst teilzunehmen.

Die Frau hinter mir flüstert ihrem Mann zu, dass Denver fehlt. Mir ist es auch aufgefallen, aber vor allem, weil sie den Stuhl zwischen Juno und Rome frei gelassen haben. Ich weiß nicht, ob es Absicht ist oder nicht, aber sie sitzen alle nach Geburtsdatum sortiert.

Der dunkle Himmel über dem Friedhof ist wie ein Zeichen, dass wir alle um Tim und Beth Bailey trauern. Ihr

Schneemobil ist gegen einen Baum geprallt. Keiner der beiden hat seine Verletzungen überlebt, nachdem sie ins Krankenhaus gebracht wurden.

Meine Mom hat nicht mehr aufgehört zu weinen, seit wir es erfahren haben. Trotzdem haben sie und Mrs. Kelly einen Lieferservice engagiert, um sicherzustellen, dass die Bailey-Kinder nicht verhungern. Obwohl ihre Grandma noch nicht sonderlich alt ist, ist sie auch nicht mehr jung genug, um sich um die sieben von neun Geschwistern zu kümmern, die noch zu Hause leben. Das ist die Frage, die sich alle stellen. Wer wird sich um die Bailey-Kinder kümmern und Bailey Timber übernehmen?

Sedona rutscht von ihrem Stuhl und klettert auf Savannahs Schoß. Austin und Rome sehen aus, als würden sie gleich in Tränen ausbrechen, so sehr zittert ihren das Kinn. Kingston schluchzt laut am Ende der Reihe und schlingt die Arme um Phoenix. Meine Aufmerksamkeit ist auf Juno gerichtet, die mit überschlagenen Beinen auf ihrem Stuhl sitzt und keine einzige Träne vergießt.

Die schwarzen Särge sind mit pastellfarbenen Rosen bedeckt. Zwischen ihnen steht eine Staffelei mit einem Hochzeitsbild von Mr. und Mrs. Bailey. Der Priester erzählt von Trauer und wie wir die zwei durch unsere Erinnerungen in Ehren halten können. Austin beugt sich nach vorn und stützt die Unterarme auf die Schenkel. Aufmerksam beobachte ich, ob er doch noch die Fassung verliert.

Meine Mom drückt meine Hand noch fester und schluchzt laut, als der Priester seine Rede damit beendet, dass die Baileys vom Himmel auf uns herabblicken werden und sie nicht ohne einander auf dieser Erde hätten leben können, also hat Gott beide zu sich geholt. Dann entlässt er uns und sagt uns, die Familie wolle nun ein wenig Privatsphäre.

Eine Dame von der Kirche reicht jedem der Kinder zwei Rosen unterschiedlicher Farbe.

Alle Gäste gehen den steilen Hügel hinab, doch ich blicke immer wieder über die Schulter, um nach Juno zu sehen.

Meine Mom bleibt stehen, um sich mit Mrs. Johnson zu unterhalten, sagt, wie traurig alles sei, und fragt, ob jemand wisse, ob sich jetzt ihre Grandma um die Kinder kümmern wird. Austin macht im Mai seinen College-Abschluss, und es gibt bereits Gerüchte, dass er dann in der Profiliga spielen wird. Savannah ist erst neunzehn, aber vielleicht wird sie auch vom College abgehen und zurückkommen. Sie unterhalten sich über Bailey Timber und wer ab jetzt die Leitung übernehmen wird. Alles klingt so hoffnungslos. Die Bailey-Kinder haben jetzt nichts mehr.

Ich entferne mich ein Stückchen von meinen Eltern und gehe den Hügel wieder hinauf, damit ich einen besseren Blick auf die Baileys habe. Liam Kelly steht gegen einen Baum gelehnt da, und ich bleibe ein paar Meter von ihm entfernt stehen. Als er mich entdeckt, wischt er sich schnell das Gesicht ab. Wie kann ein Kerl, der so riesig ist und immer wieder in Schlägereien verwickelt wird, bitte weinen?

Wir beobachten, wie die Kinder auf jeden Sarg eine Rose legen. Savannah legt ihre ganz vorsichtig ab, während Rome seine in das Grab wirft. Dann fassen sich die Kinder, ihre Grandma und der Priester an den Händen und umringen die

Särge. Wir hören nicht, was gesprochen wird, aber alle senken die Köpfe. Als sie sie wieder heben, weinen alle. Außer Juno. Austin wischt sich die Augen ab und sieht sich in der Runde um, als müsste er als Ältester für seine Geschwister stark bleiben.

»Sie werden uns brauchen, weißt du?«, sagt Liam. »Wir müssen verdammt noch mal die besten Freunde sein, die sie haben können.«

Ich nicke. »Ich weiß.«

Dann lassen die Bailey-Kinder sich los. Savannah geht als Erste den Hügel hinab. Sie hält Sedona und Phoenix an den Händen. Danach folgt Brooklyn, die sich das Gesicht mit einem Taschentuch abwischt, hinter ihr Austin und Rome. Juno und Kingston bilden das Schlusslicht. Sie hat den Arm um ihren jüngeren Bruder gelegt, der wirkt, als würde er es kaum noch aushalten, als er einen Blick zurück auf die Särge wirft. Sie sind bereits halb unten, als Kingston den Hügel wieder hinaufrennt und sich auf den Sarg seiner Mutter wirft.

Es fühlt sich an, als würde sich alles in Zeitlupe abspielen. Juno ruft nach Austin. Er bleibt stehen und blickt nach hinten. Dann rennt er den Hügel hinauf. Als er Kingston hochhebt und in die Arme schließt, fangen die Mütter, die noch da sind, an zu schluchzen. Kingston trommelt mit den Fäusten auf Austin ein, damit er ihn herunterlässt. Ich sehe mich um und beobachte, wie alle die Szene verfolgen. Es zerreißt mir das Herz, dass die Bailey-Kinder so etwas durchmachen müssen und dabei auch noch im Rampenlicht stehen.

»Scheiße«, flüstert Liam und lässt das Kinn auf die Brust sinken.

Austin hält Kingston fest und setzt ihn auf eine Bank neben den Särgen, während Savannah die restlichen Kinder auf die bereitstehenden Autos verteilt.

Als wäre das das Stichwort für alle Gaffer, werden Liam und ich von unseren Eltern gerufen. Bevor ich ins Auto steige, sehe ich noch, wie Juno einen letzten Blick zurück zu ihren Brüdern auf dem Hügel wirft, bevor sie selbst auf den Rücksitz des Wagens klettert. Immer noch keine einzige Träne.

Obwohl Liam und ich nicht viele Worte gewechselt haben, haben wir dasselbe Ziel: Wir wollen für immer für die Bailey-Kinder da sein.

• • •

Eine Stunde später sind wir im Haus der Baileys. Meine Mom ist in der Küche und lenkt sich ab, indem sie die Servierplatten nachfüllt und putzt. Mrs. Kelly ist auch da. Jedes Mal, wenn ich in die Küche komme, spült sie gerade irgendetwas ab und starrt aus dem Fenster.

Seit ich angekommen bin, halte ich Ausschau nach Juno, kann sie jedoch nicht finden.

Denver ist schließlich doch noch aufgetaucht. Er spielt mit Rome und Liam in der Einfahrt Basketball. Kingston verfolgt Austin auf Schritt und Tritt, und Phoenix und Sedona spielen mit den anderen Kindern im Keller Spiele. Brooklyn sitzt mit ihren Freunden auf der hinteren Veranda, während Savannah ihre Runden macht und allen versichert, dass es ihnen gut geht und alles gut wird.

Als ich das Haus umrunde und schließlich das Baumhaus erreiche, könnte ich mir gegen die Stirn schlagen. Juno versteckt sich immer im Baumhaus, wenn sie allein sein will. In jenem Sommer, als alle gescherzt haben, sie sei keine richtige Bailey, weil sie rote Haare habe, ist sie während des Grillens abgehauen und hat sich dort oben versteckt. Mrs. Bailey ist ihr nachgegangen und konnte sie erst eine Stunde später davon überzeugen, wieder herunterzukommen.

»Juno«, rufe ich. Die Leiter wurde hochgezogen, also ist sie auf jeden Fall oben.

Nichts als Stille.

»Ich weiß, dass du da oben bist. Komm schon.«

Nichts. Ich blicke an mir herab und begutachte meine Kakihose und mein Hemd. Meine Mom wird sauer sein, wenn ich meine Klamotten ruiniere, aber welche Wahl bleibt mir denn? Also erklimme ich den Baum und klettere durch ein Fenster.

»Colton.« Sie klingt zwar wütend, schickt mich aber nicht weg. Ihre schwarzen Schuhe liegen in der Ecke, als hätte sie sie sofort ausgezogen.

»Hast du schon etwas gegessen?« Ich hätte ihr etwas mitbringen sollen.

»Hab keinen Hunger.« Sie starrt auf ein Foto von ihrer Tante Etta, während sie immer wieder einen Ball gegen die Wand wirft. Seit dem Gespräch mit ihrer Mutter hängt dieses Bild im Baumhaus. Zusammen mit Büchern über Astrologie, Handlesen und anderem Zeug, das mich nicht interessiert.

»Brauchst du irgendwas?«, frage ich.

Sie blickt von dem kleinen Ball auf. »Was sagst du zu unserem Kuss?«

Diese Frage hätte ich nicht erwartet. In den letzten Tagen habe ich oft und schuldbewusst an den Kuss gedacht. Verdammt, ich habe mir sogar vorgestellt, dass mehr zwischen uns passiert wäre.

»Er war nett«, erwidere ich.

»Nett?« Anscheinend gefällt ihr das Wort nicht. »Nett ist keine Beschreibung für einen Kuss, Colton.«

Ich zucke mit den Schultern. »Es hat mir gefallen.«

»Mir auch.« Sie fährt fort, den Ball gegen die Wand zu werfen. »Aber es darf nie wieder passieren.«

Ich nicke, bis mir klar wird, was sie gerade gesagt hat. »Was? Warum nicht?«

Sie wirft mir den Ball zu. Ich fange ihn auf und werfe ihn zurück. »Kannst du dich daran erinnern, wie nahe sich Savannah und Jeremy Crandle mal standen? Sie waren unzertrennlich. Letztes Jahr habe ich gehört, wie sie mit ihren Freundinnen telefoniert und ihnen erzählt hat, dass sie ihn endlich geküsst hat. Und das war's dann. Jeremy Crandle wurde nie wieder gesehen.«

»Lebt er nicht in New York, oder so?« Über Jeremy Crandle gab es viele Gerüchte. Vielleicht war Savannah einfach nicht sein Typ, weil sie ein Mädchen ist.

»Genau. Du und ich? Freunde für immer und nie mehr.

Okay?« Sie schnappt sich den Ball und steckt ihn in den Bund ihres Rocks.

»Hat dir der Kuss denn nicht gefallen?«, frage ich. Sie kann es mir ruhig sagen. Vielleicht frage ich sie, ob wir zusammen üben wollen, doch ich will es erst wissen, bevor ich eine weitere Runde Flaschendrehen spiele.

Sie errötet, wie damals an dem Abend in ihrem Keller. »Doch, aber ich kann nicht noch jemanden verlieren.« Zwei Tränen kullern ihr über die Wangen.

»Aber ich ...« Als eine weitere Träne folgt, höre ich auf zu reden.

Der Moment, auf den ich so lange gewartet habe, ist endlich gekommen. Doch außer mir ist keiner da, der sie trösten könnte. Ich blicke aus dem Fenster. Der Garten ist leer. Ich rutsche näher an sie heran und lege ihr den Arm um die Schultern.

Sie vergräbt das Gesicht an meinem Hals und krallt sich in mein Shirt, als würden wir von einem Schwarzbären attackiert werden. »Sie haben mich einfach verlassen. Wie konnten sie das nur tun?«

Ich halte sie, während ihre Tränen mein Hemd durchnässen.

Die Sonne geht bereits unter, und die Luft ist kühler geworden, als Grandma Dori von unten ruft: »*Juno!*«

Juno richtet sich auf, wischt die Tränen weg und fragt in einem normalen Tonfall: »Ja, Grandma?«

»Komm jetzt essen. Du warst jetzt lange genug da oben.«

»Komme schon.« Schnell schlüpft sie in ihre Schuhe,

hat jedoch mit den Schnallen zu kämpfen. Schließlich übernehme ich und helfe ihr. »Freunde für immer, richtig?«

Ich nicke. Sie lächelt, lässt die Leiter herunter und klettert aus dem Baumhaus.

Als sie weg ist, flüstere ich: »Aber was, wenn ich dich mehr mag?«

Kapitel 8

JUNO

Samstagabend komme ich aus meinem Zimmer und finde Kingston Videospiele zockend auf dem Sofa vor. Es ist bereits Frühling. Da er Feuerwehrmann ist, der mit dem Fallschirm abspringt und Brände löscht, wird er wahrscheinlich in ein paar Wochen mehr weg als zu Hause sein.

Er mustert mich mit gehobenen Augenbrauen. »Was hast du vor?«

»Ich habe ein Date.« Ich gehe zu meiner Handtasche und verstaue meinen Lippenstift.

Brooklyn besitzt eine Tasche, die perfekt zu meinem Outfit passen würde, doch ich habe sie nicht angerufen, denn ich will niemandem von dem Date erzählen. Vor allem, weil sie mich dann so ansehen würde, wie es Kingston gerade tut. Es ist dieser Blick, der fragt: *Was zum Teufel treibst du da, Juno?*

»Nicht mit Colton?« Er hat sich wieder dem Spiel zugewandt und drückt wie wild auf den Knöpfen seines Controllers herum. Seinen Shorts und seinem Shirt nach zu urteilen, hat er heute nicht mehr vor, wegzugehen.

»Ich nehme an, Colton geht mit seiner zukünftigen Ehefrau aus.« Ich schlüpfe in die Küche. Ich muss mich irgendwie beruhigen, denn ich bin so nervös, dass ich das Gefühl habe, mein Salat von heute Mittag kommt gleich hoch. Ich hatte schon lange kein richtiges Date mehr. Trey war kein Date, er war eine Affäre. Ein Fehler, um ehrlich zu sein, denn ich hätte nicht gedacht, dass ich ihn so oft in Lake Starlight sehen würde.

Ich öffne ein Bier und gehe zurück ins Wohnzimmer.

»Ist das immer noch aktuell? Ich dachte ja, ihr würdet nach der Babyparty endlich klären, was zwischen euch Sache ist.« Sein Blick bleibt auf das Ballerspiel gerichtet.

»Ich schlafe nicht mit verlobten Männern.« Ich tue beleidigt, doch die Wahrheit ist, dass ich es getan hätte. Was für ein schrecklicher Mensch ich doch bin.

Er feuert den Controller neben sich aufs Sofa. »Fuck! Ich bin tot.«

Er steht auf und geht in die Küche. So, wie es klingt, hat er sich ebenfalls ein Bier genommen.

Dann setzt er sich wieder und starrt mich an. »Und? Wer ist der neue Typ?«

Das ist Kingston, wie wir ihn kennen und lieben. Er steckt seine Nase nicht allzu tief in die Angelegenheiten anderer, stupst lediglich die Schale an, um nachzusehen, ob man sich öffnen und reden will. Manchmal glaube ich, dass er einen nicht drängt, weil er keine Lust auf die Fragen hat, die man dann stellen würde.

»Ein Kerl, den ich eigentlich hätte verkuppeln sollen«, erwidere ich.

»Ich dachte, es wäre Regel Nummer eins, keinen Klienten zu daten?« Er nimmt einen Schluck von seinem Bier und grinst.

»Na ja, die Regel gilt nicht, wenn ich in Selbstmitleid versinke und ein Typ Interesse an mir hat. Ich muss mein Leben endlich weiterleben. Ich meine ...« Manchmal ist es mit Kingston so unkompliziert, dass man sich ihm einfach anvertrauen muss.

»Ich weiß nicht, ob dir eigentlich bewusst ist, dass du deine Gefühle für Colton nicht sonderlich gut versteckst. Vielleicht sind sie dir neu, aber wir haben es schon immer gewusst.«

Ich bewerfe ihn mit dem Kronkorken, doch er fängt ihn mühelos. Schade, dass er nicht mit Baseball weitergemacht hat und in die Profiliga aufgestiegen ist, wie Austin es wollte, statt sein Leben als Feuerspringer jedes Jahr aufs Neue aufs Spiel zu setzen. Als wäre es ihm völlig egal, ob er lebt oder stirbt.

»Was ist mit meinem Bruder passiert, der über nichts reden will? Versuchst du etwa zu erreichen, dass ich mich dir öffne?«

Leise lachend stellt er sein Bier ab und nimmt sein Smartphone vom Tisch. »Ich mag Colton. Und ich finde, du machst einen Riesenfehler, wenn du zulässt, dass er diese Französin heiratet.«

»Ihr Name ist Brigette.«

»Wahrscheinlich hat Brigette keine Ahnung, dass sie

zwischen euch steht. Du und Colton. Das war schon immer so. Verdammt, er hat mir sogar beigebracht, wie man sich rasiert. Erinnerst du dich?«

Ich muss lachen, denn ich erinnere mich noch gut daran, wie Colton angeboten hat, es ihm zu zeigen, ohne dass ich ihn überhaupt fragen musste. Austin war so sehr damit beschäftigt, uns alle großzuziehen – die Zwillinge bereiteten ständig Ärger –, und Kingston wurde wegen seines kaum vorhandenen Barts gehänselt. »Ja, ich erinnere mich.«

»Ich habe mich trotzdem fünfmal geschnitten.«

»Vielleicht war er kein besonders guter Lehrer.«

»Wenn du ehrlich zu dir selbst wärst, dann wüsstest du, dass du heute Abend lieber mit Colton ausgehen solltest.«

»Besuchst du in deiner Freizeit etwa einen Psychologiekurs?«

Kopfschüttelnd greift er nach seinem Handy. »Nein, aber bei der Arbeit habe ich viel Zeit zum Nachdenken. Ich glaube, ich werde allmählich erwachsen, auch wenn ihr denkt, ich wäre immer noch zehn.«

Ich trinke gerade mein Bier aus, als es an der Tür klingelt. Kingston springt auf. »Ich gehe.«

»Willst du jetzt den überfürsorglichen Bruder raushängen lassen?« Ich folge ihm zur Tür.

»Colton zuliebe. Ja.« Mit einem barschen »Was?« geht er an die Sprechanlage.

Ich verdrehe die Augen.

Dann drückt er den Knopf, um mein Date hereinzulassen. Ich habe ganz vergessen, dass ich Kingston noch etwas anderes fragen wollte. Ich habe mir überlegt, wie ich meine

Firma retten könnte, jetzt, da ich mit meinem einzigen potenziellen Klienten ein Date habe.

»Hey, ich habe mir überlegt, in Anchorage einen Speeddating-Abend zu organisieren, um das Business ein wenig in Schwung zu bringen. Ich würde gern versuchen, das Geschäft dort oben ein bisschen anzukurbeln.«

»Öde«, erwidert Kingston.

»Öde? Was ist daran bitte öde?«

»Wir leben nicht mehr in den Achtzigern. Keiner will in eine Bar gehen und sich fünf Minuten lang mit jemandem unterhalten, den er nicht mag.«

Als es an der Tür klopft, beginnt mein Magen, vor Nervosität zu kribbeln.

»Aber ich lasse mir etwas einfallen«, sagt Kingston, strafft die Schultern und plustert sich auf.

Dann öffnet er die Tür. Jason sieht fast genauso aus wie an jenem Tag, als er zu mir ins Büro kam, nur dass seine Jeans nicht ganz so verwaschen sind, und statt eines T-Shirts trägt er ein Hemd, dessen Ärmel er bis zu den Ellbogen hochgekrempelt hat.

»Du willst mit meiner Schwester ausgehen?«, fragt Kingston.

Ich flüstere ein »Sorry« hinter seinem Rücken.

»Ich bin Jason.« Er streckt die Hand aus.

Kingston schüttelt sie. Vielleicht sollte ich meinem Bruder sagen, dass er ohne sein Feuerspringer-Outfit nicht sonderlich einschüchternd wirkt.

»Kingston. Junos Bruder.« Er tritt beiseite, und Jason kommt herein.

Unser Apartment ist klein. Zwei Schlafzimmer, ein Wohnzimmer, ein Essbereich und eine kleine Küche. Wir teilen uns ein Badezimmer, aber Kingston ist oft wochenlang nicht da, was das Ganze einfacher macht. Doch jetzt werde ich ein wenig unsicher. Jason hat bestimmt eine tolle Wohnung, schließlich ist er Optiker.

»Schön, dich kennenzulernen«, sagt Jason, bevor sein Blick auf mir landet. »Hey, Juno. Gut siehst du aus.«

Ich habe mich für ein Frühlingskleid und eine Jeansjacke entschieden. Es ist bereits schön draußen, aber abends wird es immer noch recht kühl. »Danke. Du auch.«

Als Kingston keine Anstalten macht, zu gehen, sehe ich ihn an. Er ist lange nicht so Furcht einflößend, wie er vielleicht gern wäre. Aber er ist noch nie der Bruder mit dem großen Beschützerinstinkt gewesen. Dafür habe ich ihm bisher auch keinen Grund gegeben.

»Wir sollten jetzt gehen«, sage ich und beäuge Kingston.

»War schön, dich kennenzulernen«, erklärt Jason, als wir auf der anderen Seite der Tür stehen.

»Kann ich nicht behaupten.« Kingston schlägt uns die Tür vor der Nase zu.

Das hat er gerade nicht wirklich getan. Eigentlich hat man ihm Manieren beigebracht.

»Tut mir leid.« Ich lächle Jason peinlich berührt an.

Jason erwidert das Lächeln und öffnet die Tür zum Treppenhaus. »Schon okay. Ich habe auch eine kleine Schwester.«

»Ich bin aber die große Schwester.«

»Na ja, Schwester ist Schwester. Und man muss seine Schwester beschützen.«

Vorsichtig gehe ich die Stufen hinunter, damit ich mit meinen Stiefeln nicht ausrutsche. »Wohin willst du denn?«

»Ich habe im Terra & Mare einen Tisch reserviert. Es ist in der Innenstadt, wir müssen also nicht mit dem Auto fahren. Und sie haben jetzt auch einen Außenbereich.«

Ich schnappe nach Luft. Wir hätten vorab ein paar Vereinbarungen treffen sollen. »Ähm ...«

Bevor wir die Straße überqueren, bleibt er stehen. »Ist das ein Problem? Schmeckt dir das Essen dort nicht? Ich kann bestimmt absagen. Obwohl sie meinten, wenn ich ...«

»Man muss fünfzig Dollar bezahlen, wenn man nicht mindestens zwei Stunden vorher absagt«, sage ich.

Er nickt. »Ja, aber wenn es dir dort nicht gefällt, zahle ich das Geld.«

Ich will keine Probleme bereiten, also zupfe ich an seinem Ärmel. »Nein, aber dann lernst du gleich zwei Brüder an einem Abend kennen. Du Glücklicher.«

Er lächelt nervös, als würde er doch lieber die fünfzig Dollar bezahlen. »Oh.«

»Terra & Mare gehört meinem anderen Bruder. Vielleicht haben wir ja Glück, und er ist gar nicht da.« Aber es ist Samstagabend. Ich weiß, dass Rome da sein wird.

Ohne zu widersprechen, geht Jason neben mir her.

Als wir das Terra & Mare betreten, entdecke ich Harley am Empfangstresen. Das Date wird total in die Hose gehen.

»Juno?«, fragt sie. Schnell wandert ihr Blick zu meiner Begleitung.

»Hey, Harley. Das ist Jason.«

Harley lächelt, und sie schütteln sich die Hände. Noch sieht man nicht, dass sie schwanger ist. Da sie hier ist, hoffe ich, dass Rome nicht da ist.

»Kümmert sich Rome um die Kinder?«, frage ich und zeige Jason, wie ich vor dem Tresen die Finger kreuze.

»Nein. Sie sind bei Phoenix und Griffin. Sie machen irgendein Open-Air-Kino-Ding, und wir wollten nicht ablehnen, wenn sie sich schon mal als Babysitter anbieten. Aber dann hat die Empfangsdame angerufen, und der neue Koch macht die Sachen nicht so, wie Rome es will. Das ist also unser Abend.«

»Okay, kannst du uns unauffällig auf die Veranda bringen? Jason hat reserviert.« Ich stelle mich auf die Zehenspitzen und deute auf seinen Namen auf dem Bildschirm.

»Ihr wollt doch heute Abend nicht auf der Veranda sitzen. So bewölkt, wie es ist«, sagt sie hastig.

»Es ist wunderschön. Ich würde lieber draußen statt drinnen sitzen.« So nahe bei Rome.

»Ach was. Ich habe den perfekten Tisch für euch. Direkt am Fenster.« Sie deutet auf den besagten Tisch.

»Ich glaube, ich habe die Veranda ausgewählt, als ich online reserviert habe«, erklärt Jason.

Harley lächelt ihn an und wirft einen Blick über die Schulter. »Wir bieten heute ein ganz besonderes Dessert an. Dafür braucht man aber Feuer. Alle, die draußen sitzen, bekommen es nicht angeboten, da es zu windig ist. Und Juno liebt ihr Dessert.«

»Danke, Harley, aber ich denke, wir werden trotzdem

draußen essen.« Sie starrt mich lange und intensiv an. Ich versuche zu verstehen, was sie mir mitteilen will. »Oh, ist Grandma Dori hier?«, flüstere ich.

Harley schüttelt den Kopf, als würden wir ein Ratespiel spielen.

Jason legt die Hand auf meinen Rücken, denn er will, dass uns Harley jetzt nach draußen führt. Doch es fehlen noch die Speisekarten. »Könnten wir jetzt bitte an unseren Tisch gebracht werden?«

Harley atmet laut aus. Ich hoffe, das ist nur irgendein Schwangerschaftsding. Dann schnappt sie sich zwei Speisekarten. »Aber natürlich. Ich schicke Rome vorbei, damit er euch Hallo sagt.«

»O nein, schon okay. Er hat bereits Kingston kennengelernt«, erwidere ich.

»Kingston macht keinem Angst«, meint sie.

»Aber er kann sehr unhöflich sein.«

Harley sieht mich verständnislos an. Dann öffnet sie die Tür zur Veranda und lässt uns vorangehen.

»Danke«, sage ich.

»Ich habe versucht, es dir zu sagen«, raunt sie.

Mein Blick schweift über die kleine Veranda mit den acht Tischen. Colton und Brigette sitzen Wein trinkend an einem Tisch für zwei Personen.

Ich bleibe so abrupt stehen, dass Jason gegen mich prallt. Ich drehe mich um und lege die Hände an seine Brust. Total unangebracht für ein Date, das erst vor wenigen Minuten begonnen hat. »Ich habe es mir anders überlegt. Es ist viel zu kalt hier draußen.«

»Es ist wundervoll«, widerspricht Jason.

»Ich habe versucht, euch zu warnen. Aber jetzt könnt ihr das Dessert bestellen. Rome hat es gestern Abend für mich zubereitet. Ihr werdet es lieben.« Harley hält uns die Tür auf, damit wir wieder hineingehen, doch Jason bewegt sich kein Stück.

»Ja, Harley hat recht. Ich liebe Dessert. So sehr, dass man meinen könnte, ich sei Diabetikerin. Bin ich aber nicht. Nicht, dass alle Diabetiker auf Dessert abfahren würden. Schlechtes Beispiel. Aber Zucker ist mein Kryptonit.« Ich versuche, Jason anzuschieben, jedoch erfolglos.

»Juno?«

Meine Stirn landet auf Jasons Brust, und meine Finger krallen sich in sein Hemd. Es ist vorbei.

Ich blicke auf. Jason starrt auf meine Hände. Ich lasse los und streiche den Stoff glatt. »Es tut mir so leid.«

»Juno«, sagt Harley.

Ich nehme die Hände von seiner Brust, drehe mich um und lächle. »Brigette.«

Colton starrt uns an, die Kiefermuskeln angespannt.

»Setzt euch doch zu uns. Harley, können wir einen Tisch für vier bekommen?« Doch Brigette braucht Harley gar nicht, denn sie zieht bereits den Nachbartisch über den Beton. Das Geräusch ist so fürchterlich, dass alle ihr Essen unterbrechen.

Ich setze mich neben Brigette, denn sie klopft unentwegt auf den Stuhl neben sich. Ich sehe Colton an. Es ist schon schlimm genug, dass wir uns vor ein paar Tagen gestritten und noch nicht darüber gesprochen haben. Und jetzt muss ich auch noch mein Date mit ihnen teilen.

Harley sieht mich an, als wollte sie mir Glück wünschen, während sie die Speisekarten austeilt. O ja, das kann ich wirklich gebrauchen.

Kapitel 9

COLTON

Juno lächelt Brigette an, und Brigette lächelt zurück, als wäre das hier die beste Sache aller Zeiten. Erst neulich meinte sie, wie schön es doch wäre, sich mit einem anderen Paar auf ein Doppeldate zu treffen. Ich habe zugestimmt – aber doch nicht mit Juno.

»Ich bin Colton.« Ich strecke dem Typen neben mir die Hand entgegen.

»Oh, sorry.« Juno schüttelt den Kopf. »Jason, das sind Colton und Brigette. Jason ist aus Greywall.«

»Schön, dich kennenzulernen«, sagt Brigette.

Er schüttelt mir die Hand und sieht mir direkt in die Augen, aber sein Händedruck könnte fester sein, wenn ihr mich fragt.

»Bist du Französin?«, fragt er Brigette, als er ihren Akzent hört.

Gleich geht's los. Wieder ein Gespräch über den Eiffelturm und den Louvre.

»Ja.«

»Und aus welcher Gegend kommst du?«, fragt Jason.

»Marseille«, antwortet Brigette.

Sein Gesicht erhellt sich. »Wirklich? Ich bin nach der Highschool mit ein paar Kumpels durch Europa gereist. Wir waren auch im Nationalpark Calanques.«

Jetzt beginnt auch Brigette zu strahlen. Sie beugt sich vor und berührt ihn, denn sie redet immer mit den Händen. Die beiden unterhalten sich über Brigettes Heimatort im Süden Frankreichs, während Juno das Gesicht in der Speisekarte vergräbt, als hätte sie nicht jedes Gericht schon mindestens zehnmal gegessen.

»Sollen wir die Plätze tauschen?«, frage ich Jason, hauptsächlich, damit ich neben Juno sitzen kann und wir uns vielleicht normal unterhalten können.

»Nein, schon gut.« Er sieht Juno an. »Sorry, es ist nur so, dass ich immer gesagt habe, dass ich noch mal hinwill, aber bisher habe ich es nicht geschafft.«

»Ich hoffe, ich kriege den da dieses Weihnachten dazu, mit mir hinzufliegen.« Brigette legt die Hand auf meinen Arm. »Damit er meine Familie kennenlernt.«

Juno sieht kurz von der Speisekarte auf, doch als sich unsere Blicke treffen, senkt sie den Blick schnell wieder. »Kommen sie denn nicht zur Hochzeit?« Sie sieht nur Brigette an.

»Nein. Die Reise ist zu beschwerlich und zu lang. Wir heiraten hier und halten bei meinen Eltern noch eine Zeremonie ab.«

»Wie schade«, erwidert Juno.

»Ihr heiratet?«, fragt Jason.

Brigette hebt die linke Hand, an der ihr konservativer

Ring aus Weißgold und mit einem Diamanten von durchschnittlicher Größe prangt.

»Glückwunsch«, sagt er. »Wann ist denn der große Tag?«

»In drei Wochen«, antwortet Juno.

Brigettes Blick wandert von ihr zu mir. Sie sieht mich fragend an, als wäre ihr irgendetwas entgangen. Ich zucke mit den Schultern.

»Lasst uns bestellen«, sage ich und winke die Kellnerin herbei.

»Oh, ich habe noch gar nicht geschaut.« Jason greift nach seiner Speisekarte. »Was empfiehlst du, Juno?«

Sie zuckt mit den Schultern. »Ich bin ziemlich sicher, dir würde alles schmecken. Mein Bruder ist ein ausgezeichneter Koch.«

Als hätte er seinen Namen gehört, betritt Rome die Veranda. Auf dem Weg zu uns bleibt er an ein paar Tischen stehen und fragt die Gäste, ob es schmeckt. Er lacht mit ein paar Leuten und bedankt sich für die Glückwünsche zum neuen Baby. Buzz Wheel hat sofort darüber berichtet, als Harley in der Apotheke einen Schwangerschaftstest gekauft hat. Zum Glück war das am selben Tag, an dem die Neuigkeiten bei der Babyparty verkündet wurden. Bald werden sie vier Kinder haben, dabei fühlt es sich manchmal immer noch so an, als wäre Harley erst vor Kurzem in die Stadt gekommen.

»Juno.« Rome nickt seiner Schwester zu und mustert Jason.

Ich kann mich wohl glücklich schätzen. Da ich schon

mein ganzes Leben lang ein Pseudo-Bailey gewesen bin, haben mich ihre Brüder noch nie ins Kreuzverhör genommen.

»Und du bist?«, fragt Rome Jason.

»Gönnt ihm doch mal eine Pause«, murmelt Juno.

»Hi.« Jason steht auf und gibt Rome die Hand. »Ich bin Jason.«

Rome schüttelt ihm die Hand. »Hey, Colton. Hey, Brigette.«

Juno seufzt.

Dann blickt sie auf, um zu überprüfen, ob es jemand gehört hat, doch Rome interveniert schnell. »Wie wäre es heute mit dem Spezialgericht?«

Juno klappt die Speisekarte zu. »Alles klar.«

»Was ist denn das Spezialgericht?«, fragt Jason.

Rome starrt ihn so lange und intensiv an, dass ich mich auf meinem Stuhl winde. »Pasta mit Garnelen und Pesto.«

Jason blickt besorgt drein. » Ich hab noch nie Pesto gegessen.«

»Oh, es schmeckt wirklich lecker. Rome ist der Einzige, der es so hinbekommt wie in Italien. Liegt bestimmt am Namen.« Brigette zwinkert.

»Nun ja, der Name hat seinen Grund.« Als sie ihn fragend ansieht, erklärt Rome: »Ich wurde in Rom gezeugt.«

»Wirklich?«, fragt Brigette.

Juno stöhnt.

»Wusstest du das denn nicht?«, fragt Rome. »Ich schätze, du bist wirklich nicht von Lake Starlight.«

»Was? Was denn?« Brigette hüpft auf ihrem Stuhl herum

wie ein kleines Kind, das von seinen Eltern wissen will, was die große Überraschung ist.

»Wir sind alle nach den Städten benannt, in denen wir gezeugt wurden«, erklärt Juno mit monotoner Stimme.

»Sie haben aber deinen Namen falsch geschrieben«, sagt Jason zu Juno.

Sie schenkt ihm den bösen Blick, der eigentlich für mich reserviert ist.

»Oder gibt es noch ein anderes Juno, von dem ich nichts weiß?«

Jason sieht uns an, als würde er auf Rettung hoffen.

»Austin, Texas. Savannah, Georgia. Brooklyn, New York. Denver, Colorado. Rome, Italien. Juno ... Moment. Ihr seid doch Zwillinge, oder?«, fragt Brigette Rome.

Rome stützt die Hände auf Junos Rückenlehne. »Um deine erste Frage zu beantworten: Sie haben Juno anders geschrieben, weil sie schon immer die Besondere in der Familie war. Die Einzige mit roten Haaren.« Er deutet mit dem Kinn auf sie, und ich beobachte, wie sie schwer schluckt. »Und sie sind auf dem Weg nach Rom in Denver zwischengelandet. Könnte sein, dass ich Denver bin und Denver ich, aber ...«

Brigette nickt lachend. »Und was ist mit Kingston?« Sie sieht mich an. »Wo ist das?«

»Jamaica«, erwidere ich.

Brigette stößt Juno mit dem Ellbogen an. »Eure Eltern waren ganz schön fleißig, was?«

Juno lächelt zwar, doch das Lächeln verschwindet sofort wieder. »Jepp, das waren sie.«

»Und Rome tritt in ihre Fußstapfen. Harley ist schon mit Nummer vier schwanger«, sagt Brigette.

Wenn man vom Teufel spricht. In diesem Moment kommt Harley heraus. Rome schlingt ihr den Arm um die Taille und küsst ihre Schläfe. »Wenn wir Glück haben.«

»Glück?«, fragt sie.

»Neun Kinder zu bekommen. Wie meine Eltern.«

Harley schlägt ihm auf den Bauch und schüttelt den Kopf. »Neun?«

Jason verschluckt sich an seinem Wasser. »Ihr seid neun Geschwister? Das wusste ich gar nicht.«

Rome zieht die Augenbrauen zusammen. »Woher kommst du?«

»Greywall«, antwortet Jason stolz. Offensichtlich ist er nicht dort aufgewachsen, denn selbst in Greywall kennt man die Baileys.

»Du solltest lieber nach Lake Starlight ziehen«, meint Rome. »Greywall ist scheiße.«

»Wie lange braucht denn die Pasta mit Pesto?«, fragt Juno, und Romes Blick wandert zu ihr.

»Rome kann das Ganze sicher ein wenig beschleunigen«, meint Harley. »Ich glaube, Len hat ein wenig Probleme in der Küche.«

»Okay.« Rome klopft auf den Tisch. »War nett, dich kennenzulernen, Jason. Eigentlich sollte ich dich in der Hölle schmoren lassen, weil Juno meine Schwester ist, aber der Kerl zu deiner Rechten wird sich im Namen aller Bailey-Männer darum kümmern. Nicht wahr, Colton?«

Jason und Brigette drehen die Köpfe zu mir. Juno verdreht die Augen. Wenn es nach mir ginge, wäre er gar nicht hier. Wenn ich doch nur magische Kräfte hätte. Dann würde ich ihn auf der Stelle verschwinden lassen.

»Warum hat er das gesagt?«, will Jason von Juno wissen.

Sie richtet sich auf, und ihr Blick wandert von mir zu Jason. »Wir sind seit Kindheitstagen befreundet.«

»Seit Kindheitstagen?«, fragt Brigette.

Ja, ich bin nicht ganz ehrlich zu ihr gewesen, was Juno angeht. Sie weiß, dass wir gut befreundet sind, aber nicht, wie lange schon.

»Ja. Sie ist meine beste Freundin«, antworte ich in der Hoffnung, dass Juno nicht vergessen hat, warum wir Freunde geworden sind. Dass sie den Streit im Diner vergessen hat und wir einfach weitermachen.

»Beste?«, fragt Brigette und lässt den Blick zwischen Juno und mir hin- und herwandern.

»Ja, ich habe ihn schon in seinen schlechtesten Zeiten erlebt. Für mich ist er nur ein Junge mit Hühnerbeinen und Oreo-Resten in der Zahnspange.« Juno lacht.

»Und ich habe sie schon gekannt, als sie sich noch den BH ausgestopft hat«, kontere ich.

»Oh, dann steht ihr euch also wirklich sehr nahe.« Ich höre in Brigettes Stimme, dass sie wissen will, ob sie sich Sorgen machen muss.

Juno legt die Hand auf Brigettes Schulter. »Für mich ist er wie ein weiterer Bruder.«

Brigette sieht mich an, und ich setze ein Lächeln auf, obwohl ich das Gefühl habe, jemand hätte mir einen Dolch ins Herz gerammt.

Unsere Salate werden serviert, zusammen mit einer Flasche Wein, die aufs Haus geht. Während Jason seine ganze Aufmerksamkeit Brigette widmet und das Gespräch über Marseille fortführt, hole ich mein Smartphone aus der Hosentasche.

ICH: *Es tut mir leid. Verzeihst du mir?*

Brigette sieht mich an, und ich flüstere: »Arbeit.« Es fühlt sich nicht gut an zu lügen, aber so, wie Brigette reagiert hat, war es richtig, ihr nicht zu erzählen, wie nahe Juno und ich uns wirklich stehen.

»Oh, Moment«, sagt Juno und zückt ihr Handy, als es piept.

Weder Jason noch Brigette würdigen sie eines Blickes. Stattdessen unterhalten sie sich über Bootstouren, Burgen und was auch immer. Während ich meinen Salat aufspieße, beobachte ich, wie Junos Daumen über das Display flitzen. Dann vibriert das Handy in meiner Hosentasche.

JUNO: *Mir tut es auch leid. Ich werde mir ab jetzt mehr Mühe geben.*

ICH: *Ich weiß, dass sich die Situation verändert hat.*

JUNO: *Sie ist nett. Ich bin froh, dass du jemand so Nettes gefunden hast.*

Obwohl das komische Gefühl in meinem Magen verschwindet, jetzt, da sie mir verziehen hat, ist es immer noch seltsam. Aber so wird es ab jetzt wohl sein.

ICH: *Jason ist auch nett.*

Ich muss echt aufhören, ständig zu lügen.

JUNO: *Ja, das ist er. Und er scheint auf deine Verlobte zu stehen.*

Ich blicke von meinem Smartphone auf und stelle fest, dass sie ihre Salate noch gar nicht angerührt haben. Man könnte meinen, die zwei hätten ein Date.

ICH: *Vielleicht sollten wir gehen und schauen, ob sie es überhaupt merken.*

JUNO: *Vielleicht sollten wir versuchen, uns an dem Gespräch zu beteiligen.*

Bevor ich antworten kann, schiebt Juno das Smartphone wieder in ihre Handtasche. Damit ist unsere Unterhaltung wohl beendet.

»Wer war das?«, fragt Brigette sofort, als ich mein Handy wegstecke. Sie hat den Blick eines Scharfschützen.

»Es war Mrs. Lopez wegen ihrer Katze«, lüge ich.

Sie nickt, denn Mrs. Lopez ruft ständig an, weil sie denkt, ihre Katze hätte irgendwas.

Erst als die Kellnerin die Hauptgerichte bringt, merkt Jason, dass er noch gar nichts von seinem Salat gegessen hat. Also schieben wir alle Teller so hin, dass er und Brigette ihre Salate zur Pasta essen können.

»Das ist so lecker. Es muss wundervoll gewesen sein, mit Rome aufzuwachsen, wenn er immer für dich gekocht hat«, sagt Brigette zu Juno.

»Er ist nur ein Jahr älter als ich. Wir waren also schon groß, bevor er mir etwas anderes als Makkaroni mit Käse machen konnte.«

»Oh, stimmt«, erwidert Brigette. »Mir war gar nicht bewusst, dass ihr fast gleich alt seid. Er wirkt schon älter. Vielleicht, weil er verheiratet ist und Kinder hat.«

Innerlich krümme ich mich, während ich meine Nudeln auf die Gabel wickle.

»Ja, ich bin eben die Verliererschwester«, sagt Juno.

Jason schweigt und isst endlich seinen Salat.

»Oh, so habe ich das nicht gemeint.«

»Ich weiß. Schon gut. Sorry. Ich bin heute Abend keine gute Gesellschaft.« Juno dreht ebenfalls Pasta auf ihre Gabel.

Hoffentlich steigert Romes Pesto Junos Laune. Ich habe schon oft erlebt, wie sich ihr Gemütszustand nach einem Stück Pizza oder ein paar Pommes verändert hat.

Brigette sieht mich entschuldigend an, und ich schüttle den Kopf.

»Ihr hattet recht. Das ist wirklich gut.« Jasons Gabel ist voller Nudeln, obwohl er noch kaut. »Wie kann es sein, dass ich das noch nie gegessen habe?«

»So gut schmeckt es auch nicht überall«, meint Brigette. »Wir haben mal dieses eine Restaurant in Anchorage ausprobiert. Weißt du noch, Colton?« Sie zieht die Nase kraus und schüttelt den Kopf.

Mir entgeht nicht, wie Juno die Augen verdreht. Romes Pasta scheint doch nicht zu helfen.

»Ähm.« Jason räuspert sich. »Ist da …« Er räuspert sich erneut. »Da sind doch keine Nüsse drin, oder?« Er deutet auf den Teller, bevor er sich an den Hals fasst.

»Pinienkerne«, erwidert Brigette. Im Gegensatz zu mir scheint sie die Zutaten zu kennen.

Juno reißt die Augen auf. »Bist du allergisch?« Ihr Stuhl rutscht über den Beton.

Alle an den anderen Tischen richten ihre Aufmerksamkeit auf uns.

»Wir brauchen einen Arzt«, ruft Brigette.

»Hast du einen EpiPen dabei?«, fragt Juno Jason, dessen Gesicht sich dunkelrot verfärbt und immer aufgedunsener wird.

Nickend fummelt er an seiner Hosentasche herum. Juno sieht mich fragend an.

»Nimm ihn, und stich ihm damit in den Oberschenkel. Und dann ab ins Krankenhaus«, sage ich und ziehe meine Schlüssel aus der Hosentasche. Welcher Idiot gibt dem Restaurant nicht Bescheid, dass er eine Allergie hat?

Jason zieht den EpiPen hervor und schafft es, sich selbst in den Schenkel zu stechen. Wir rennen los. Juno ruft Harley irgendetwas wegen der Rechnung zu. Jason steigt hinten in meinen Truck, Juno setzt sich auf den Beifahrersitz und lässt Brigette neben der Tür stehen.

»Ach ja, richtig. Sorry.« Juno steigt aus und klettert zu Jason auf den Rücksitz.

Kurz treffen sich unsere Blicke im Rückspiegel. Bisher ist mir nicht bewusst gewesen, wie anders alles sein wird.

Kapitel 10

JUNO

»Ihr könnt jetzt ruhig gehen«, sage ich zu Brigette. Colton ist zum Automaten gegangen, um Snacks und Getränke zu besorgen. Wir sind schon seit Stunden hier.

Da ich keine Familienangehörige bin, habe ich keine Ahnung, wie es Jason geht.

Was für ein beschissenes erstes Date. Erstens bin ich ziemlich sicher, dass er lieber mit Brigette auf einem Date gewesen wäre. Und dann hat er auch noch eine allergische Reaktion und sieht plötzlich aus wie Will Smith in *Hitch*.

»Nein.« Brigette schlägt die Beine übereinander und blickt lächelnd von ihrer Zeitschrift auf. »Wir stehen das gemeinsam durch.«

Ich setze mich und schnappe mir ebenfalls eine Zeitschrift. Als ich merke, dass es die *Sports Illustrated* ist, werfe ich sie zurück auf den Tisch. Außer uns ist nur ein älterer Mann im Wartezimmer, der in der Ecke ein Buch liest. Ich kenne ihn nicht. Ich frage mich, ob er von hier ist.

»Darf ich dich was fragen?« Brigette schlägt ihre Zeitschrift zu.

»Klar.«

»Bist du deshalb so abweisend zu mir? Weil du findest, dass ich nicht gut genug für Colton bin?«

O Scheiße! Dieses Gespräch kann ich jetzt nicht führen. »Nein. Tut mir leid. Es ist nur gerade alles ein bisschen viel. Mit meinen ganzen Schwestern, die Babys bekommen, und so ...«

»Dann stehst du also nicht auf Colton? Ihr zwei wart nie ...«

O mein Gott! Echt jetzt? Dieser Tag wird immer schlimmer. »Ich kenne Colton seit Ewigkeiten. Ich will nicht lügen und behaupten, zwischen uns sei noch nie etwas gewesen. Aber wären wir füreinander bestimmt, wären wir zusammen. Du musst dir also keine Sorgen machen.«

Ein Teil von mir will ihr die Wahrheit sagen. Dass ich mir diese Lüge so lange eingeredet habe, dass ich erst, als sie aufgetaucht ist, gemerkt habe, dass ich mit Colton zusammen sein will. Aber das werde ich nicht tun. Ich will Colton keine Probleme bereiten. Ich will, dass er glücklich ist. Auch wenn es bedeutet, dass er nie mit mir zusammen sein wird.

»Okay. Nun ja, wenn ihr so gut befreundet seid, solltest du etwas für die Hochzeit vorbereiten.«

»Ähm ... Nein, schon okay.«

Sie richtet sich auf, als hätte sie gerade eine Eingebung. »Doch. Könntest du vielleicht etwas vorlesen? Colton will ja nur eine kleine Zeremonie, und da meine Familie nicht kommt, ist keiner da, der etwas sagen könnte. Ansonsten bist du eben die Brautjungfer.« Magensäure steigt in mir auf, und ich muss husten, als sie hinzufügt: »Ich habe schon fast alles organisiert, aber lass mich wissen, falls du etwas vorlesen willst.«

»Schon okay. Ich spreche nicht gern vor Leuten.«

Sie nickt verständnisvoll. »Oh! Wir machen nächste Woche einen Tanzkurs. Wie wäre es, wenn du und Jason mitkommt? Ein Doppeldate. Ich will mich schon die ganze Zeit mit anderen Paaren treffen.«

Ich lächle zögernd. »Das heute war unser erstes Date, und es endete in der Notaufnahme. Ich bin ziemlich sicher, dass es kein zweites geben wird.«

»Oh, man merkt aber, dass er dich mag.« Sie lächelt.

Du redest wohl von dir, Brigette. »Ich weiß nicht.«

»Komm schon. Colton jammert schon die ganze Zeit, weil er hinmuss. Vielleicht fällt es ihm leichter, wenn du mitkommst.«

»Ich glaube, das wird keinen Unterschied machen.« Ich greife wieder nach einer Zeitschrift und widme ihr meine volle Aufmerksamkeit.

»Bitte«, sagt sie. »Ich würde dich wirklich gern besser kennenlernen. Anscheinend bedeutest du ihm sehr viel.«

»Wir können zusammen essen gehen, oder so. Vielleicht nur wir beide?«

Halt den Mund, Juno. Was denkst du dir nur dabei?

Sie und Colton beim Tanzen zu beobachten, ist das Letzte, was ich will. *Das* denke ich. Da kommt mir *Dirty Dancing* in den Sinn. Was mich daran denken lässt, wie wir den ganzen Sommer über die Hebefigur im See hinter meinem Haus geübt haben, als wir zwölf waren.

»Ich akzeptiere kein Nein. Das wird lustig. Gib mir deine Telefonnummer«, bittet sie, das Smartphone bereits in der Hand.

Colton betritt mit einem Armvoll Drinks und Snacks das Wartezimmer. Ich sehe ihn mit großen Augen an in der Hoffnung, dass er seine Verlobte ablenkt und sie vergisst, dass sie meine beste Freundin werden will.

»Was geht ab?« Er lädt alles auf dem Tisch ab.

»Brigette will meine Nummer. Sie will, dass Jason und ich nächste Woche mit zum Tanzkurs kommen«, erwidere ich mit zuckersüßer Stimme und hoffe, dass Colton kapiert, was Sache ist.

»Wir haben den Kerl beinahe umgebracht. Ich bezweifle, dass er mit uns einen Tanzkurs machen will.«

Danke, Colton.

Sie legt ihr Handy weg, und die Angst, die meinen Nacken hinaufgekrochen ist, verschwindet.

»Nun, wir fragen ihn einfach.« Sie beugt sich nach vorn und schnappt sich mein Smartphone vom Tisch. Als ihr Handy piept, lacht sie. »Jetzt habe ich deine Nummer.«

»Du Schlitzohr«, sage ich und werfe Colton einen Todesblick zu. Sobald ich hier weg bin, werde ich mein Handy mit einem Passwort versehen.

Er hebt hinter Brigette die Hände, als hätte er keinerlei Kontrolle über sie.

»Jetzt können wir unser Lunch-Date planen, *und* ihr könnt mit uns den Tanzkurs machen.«

Ich schnappe mir eine Tüte Chips vom Tisch. »Juhu!«

Meine Freude ist ziemlich schlecht gespielt, doch entweder ist es Brigette egal, oder sie merkt einfach gar nichts. Doch soweit ich es beurteilen kann, ist sie ziemlich klug, also ist es eher Ersteres.

Stunden später bin ich gerade am Wegnicken, als Jason das Wartezimmer betritt. Sein Hemd ist zerknittert und hängt ihm aus der Hose. Sein Haar steht in alle Richtungen ab.

Brigette springt sofort auf. »Oh, Jason. Wie geht's dir?«

Colton und ich stehen gleichzeitig auf und gesellen uns zu ihnen.

»Besser. Danke.« Er fährt sich durch das Haar. »Ich schätze, ich sollte lieber kein Pesto essen.«

Brigette fängt an zu lachen, hört aber sofort auf, als Jason nicht mit einstimmt.

»Es tut mir so leid«, sage ich.

»Es war nicht deine Schuld. Habt ihr was dagegen, wenn wir jetzt zu meinem Auto gehen? Ich bin ziemlich fertig von den ganzen Medikamenten.«

»Ja, klar. Willst du dein Auto bei mir stehen lassen? Colton kann dich bestimmt nach Hause fahren«, sage ich.

»Nach Greywall?«, fragt Colton, und ich schlage ihm auf den Arm. »Klar. Ja. Kein Problem.«

»Das wäre echt super. Ich kann kaum noch stehen. Dieses Zeug macht mich müde und gleichzeitig nervös. Ich werde mir morgen früh ein Uber nehmen, um mein Auto abzuholen.«

»Blödsinn. Wir holen dich ab«, wirft Brigette ein.

Colton und ich sehen uns an.

»Ich finde, wir sollten noch mal von vorn beginnen«, meint Brigette. »Wir könnten zusammen frühstücken gehen.«

»Ähm … Ich habe morgen Abend ein Familiendinner.« Ich hebe die Hand.

Brigette dreht sich um. »Ich habe Frühstück gesagt.«

Colton stößt laut die Luft aus. »Lasst uns einfach gehen. Das können wir unterwegs klären.«

Als wir das Wartezimmer verlassen, zwinkert mir der ältere Herr zu. Kurz bleibe ich stehen, doch er lächelt nur. Ich erwidere das Lächeln und folge den anderen.

• • •

Auf der Fahrt zu Jason ist es still und dunkel. Er hat den Kopf gegen das Fenster gelehnt, und Brigette hängt an ihrem Handy, das Display die einzige Lichtquelle.

Coltons Blick wandert immer wieder von der Straße zum Rückspiegel. Als er an einer roten Ampel stehen bleibt, beginnt im Radio der Song *Like I Loved You* von Brett Young. Unsere Blicke treffen sich im Spiegel. Er sieht so traurig aus, dass es mir das Herz bricht. Aber ich bin nicht diejenige, die sich verlobt hat.

Ich reiße den Blick los. Zum Glück springt die Ampel in dem Moment auf Grün um. Colton gibt Gas, und das Navi unterbricht den Song, um uns den Weg zu Jasons Haus zu weisen.

Als Colton vor einem kleinen zweistöckigen Haus in der

Innenstadt von Greywall zum Stehen kommt, bin ich nicht sonderlich überrascht. Jason ist so adrett, natürlich hat er ein hübsches Haus mit einem hübschen Garten und einem hübschen weißen Zaun, der eher als Deko dient. Wahrscheinlich wartet im Haus ein Golden Retriever auf ihn, der beim Hundetraining der Musterschüler ist.

»Vielen Dank«, sagt Jason und öffnet die Tür.

Ich steige aus, um ihn zur Haustür zu begleiten. Er öffnet das kleine Tor, und wir gehen den Weg zu seinem Haus hinab.

»Es tut mir wirklich leid«, sage ich noch einmal.

»Schon okay, Juno. Es war nicht deine Schuld. Ich bin nur erschöpft. Kann ich dich morgen anrufen?«

»Bist du sicher, dass du das willst?« Ich würde es ihm nicht verübeln, wenn er es nicht tun würde. Einer meiner Brüder hat ihm die Tür vor der Nase zugeknallt, ein anderer hätte ihn fast umgebracht.

»Ja.« Sein Blick wandert zurück zum Truck. »Ich rufe dich morgen an. Dann machen wir etwas aus.«

Ich nicke und stelle mich auf die Zehenspitzen, um ihn zu umarmen. Eigentlich sollte ich mich jetzt besser fühlen, denn das war das schrecklichste Date, das ich je hatte, dabei ist mir gar nichts passiert. Er erwidert die Umarmung und steckt den Schlüssel ins Türschloss.

Ich drehe mich schnell um. »Einen schönen Abend noch.«

»Dir auch.«

Ich gehe zurück zu Coltons Truck und rüge mich innerlich. Ich muss mich jetzt zusammenreißen. Colton wird heiraten, ob es mir nun gefällt oder nicht. Einen Kerl wie Jason sollte ich mir nicht entgehen lassen. Ich muss aufhören, mich selbst zu bemitleiden. Mein Business muss endlich wieder schwarze Zahlen schreiben. Kingston findet, Speeddating sei Achtziger? Und wenn schon. Es wird mir bestimmt neue Klienten verschaffen.

Ohne Vorwarnung wird mir der Boden unter den Füßen weggerissen. Ich fliege durch die Luft und lande auf Jasons Rasen.

»*Juno!*« Colton springt aus seinem Truck.

»Rufus!«, schreit Jason, doch es ist bereits zu spät – ich werde von einem Fünfzig-Kilo-Hund abgeleckt. »Tut mir leid«, murmelt er.

»Du solltest ihn besser trainieren.« Colton packt den Hund am Halsband und zerrt ihn von mir herunter, damit ich aufstehen kann.

Jason nimmt ihm den Hund ab. »Er ist trainiert. Aber er scheint dich zu mögen.« Jason lächelt mich an.

Ich knie mich hin und streichle Rufus, der versucht, mich wie einen Hydranten zu besteigen. Ich lag wohl falsch. Rufus war in der Hundeschule ganz bestimmt nicht der Musterschüler.

»Ich gebe dir die Telefonnummer von einem besseren Hundetrainer.« Coltons Wut ist völlig unnötig. Es geht mir gut.

Brigette lässt die Scheibe herunter. »Alles okay?«

Ich stehe auf und klopfe mir den Staub vom Hintern. »Alles gut. Lasst uns gehen. Bis bald, Rufus.« Ich streichle ihm ein letztes Mal den Kopf, bevor ich Richtung Bürgersteig gehe.

Colton legt den Arm um mich und stützt mich, als hätte ich mich beim Sturz verletzt. Ich sage nichts, doch dann landet mein Blick auf Brigette. Ihre Blicke sind auf Coltons Hand auf meiner Hüfte gerichtet.

»Alles gut, Colt. Er hat mich nur umgehauen.« Ich schlüpfe aus seinem Griff, und er öffnet mir die Wagentür.

Ich steige ein, und er schließt die Tür, behandelt mich so, wie er es schon immer getan hat – als wäre ich seine Freundin. Das wird mir erst jetzt bewusst. Wir müssen noch herausfinden, wie es in Zukunft zwischen uns sein wird.

Zwanzig Minuten später, nach einer Fahrt in vollkommener Stille, werde ich vor meinem Haus abgesetzt. Ich verabschiede mich und lasse die beiden das tun, was Verliebte nun mal tun. Ich schätze, ich werde heute mal wieder in meine Nachttischschublade greifen.

Als ich das Apartment betrete, sitzt Kingston immer noch in Shorts und T-Shirt auf dem Sofa und spielt sein verdammtes Videospiel. Er wirft mir einen flüchtigen Blick zu.

»Ich hätte nicht gedacht, dass du heute Abend nach Hause kommst …« Dann spricht er in sein Headset und drückt wie wild auf seinem Controller herum. »Verdammt, Lou. Gib mir Rückendeckung.«

Ich gehe zum Kühlschrank, nehme mir ein Bier und ein Stück von der Pizza, die sich Kingston anscheinend bestellt hat.

»Scheiße! Ich bin tot. Du bringst mir kein Glück. Jedes Mal, wenn du ins Zimmer kommst, sterbe ich.« Er feuert das

Headset und den Controller aufs Sofa. »Wie sehr liebst du mich?«

Ich setze mich in den Sessel. »So sehr, dass ich keinem verraten werde, dass du an einem Samstagabend allein zu Hause geblieben bist.«

»Ein Freund von mir arbeitet in einer Bar in Anchorage. Ich habe ihn angerufen, und er meinte, solange es unter der Woche sei, gehe es klar. Die Bar hat ein Hinterzimmer. Und es kostet nichts, weil du einen fantastischen Bruder hast. Du kannst dein Speeddating also dort veranstalten. Aber ich finde, es sollte ein Blind-Speeddating sein.«

Ich reiße die Augen auf. »Nicht dein Ernst! Wirklich?«

»Wie sehr liebst du mich jetzt?«, fragt er grinsend.

»Du bist mein Lieblingsbruder.«

»Bin ich das nicht schon immer gewesen?«

Ich lache. »Doch, natürlich.« Da ich noch nichts davon getrunken habe, reiche ich ihm mein Bier und gehe in die Küche, um mir ein neues zu holen.

Damit rettet mir Kingston das Leben. Zum ersten Mal seit Wochen kann ich mich endlich ein wenig entspannen.

»Hey, King«, sage ich.

»Ja?«

»Danke.«

Kurz folgt Schweigen. »Dafür hat man doch Familie.«

Ich nicke, und mir kommen die Tränen. Wenigstens hat der Abend doch noch eine gute Wendung genommen.

Kapitel 11

COLTON

Als ich am Montagmorgen in die Tierklinik komme, sitzt Brigette mit ihrem Kaffee im Pausenraum und hängt an ihrem Handy. Sie war das ganze Wochenende über sehr schweigsam, doch ich habe sie nicht darauf angesprochen.

»Guten Morgen«, sage ich.

»Guten Morgen.« Sie blickt nicht mal auf. »Dr. Murphy hat schon nach dir gesucht.«

»Danke.« Ich schlüpfe in meinen weißen Kittel und schließe den Spind. Ich will gerade den Raum verlassen, doch dann bleibe ich stehen und lege die Hand auf ihre Schulter. »Alles okay?«

Sie lächelt mich an und nickt. »Ja, warum?«

»Du bist so still. Liegt es am Hochzeitsstress?«

Sie schüttelt den Kopf. »Nein. Und bei dir? Alles gut?«

Komisch, dass sie mich fragt, doch ich setze ein Lächeln auf. »Ja.«

Wir nicken, als wären wir die umgänglichsten Menschen auf dem Planeten. Dann gehe ich zu Dr. Murphys Büro. Die

Tür steht offen, und Lori sitzt auf dem Stuhl vor seinem Schreibtisch. Sie beugt sich vor und flüstert – ein eindeutiges Zeichen, dass sie lästert. Großartig.

»Ich habe einen Screenshot gemacht«, sagt sie und reicht Dr. Murphy ihr Smartphone.

Er wirft einen Blick darauf, schüttelt den Kopf und gibt es ihr zurück.

Ich klopfe an, und beide blicken auf. Loris gerötete Wangen verraten mir, dass es um mich geht. Es braucht keinen Einstein, um zu wissen, dass Buzz Wheel gestern Abend über mich geschrieben hat.

Dieser verdammte Blog. Ich habe ihn weder am Samstag noch gestern Abend gecheckt, doch Dr. Murphys Blick sagt mir, dass ich es hätte tun sollen.

»Komm rein, Colton.« Dr. Murphy winkt mich in sein Büro.

Inzwischen ist er nur noch drei Tage pro Woche hier. Letztes Jahr sprachen wir darüber, dass ich in die Klinik investieren solle, bis ich es mir leisten könne, ihn komplett auszubezahlen. Doch ich weiß, dass ihm ein kleiner Vogel namens Lori immer wieder ins Ohr zwitschert, dass ich zu jung sei und die Klienten sowieso nicht auf mich hören würden.

»Lasst mich raten. Ich habe es auf Buzz Wheel geschafft?«, frage ich, damit Lori weiß, dass sie nicht hinter meinem Rücken über mich tuscheln muss.

»Hast du es denn nicht gesehen?« Sie lächelt mich zuckersüß an. »Diesen Blog sollte man offline nehmen. Man darf den Infos nicht trauen.«

»Und trotzdem machst du Screenshots«, erwidere ich trocken.

Ihr nettes Gehabe verschwindet. »Ich finde, Dick sollte wissen, was seine Mitarbeiter treiben.«

Ich sehe Dr. Murphy an, der sich in die Nase kneift. »Lori, gib uns bitte einen Moment.«

»Aber natürlich. Ich muss sowieso noch eine Akte neu anlegen, die gestern Kaffee abbekommen hat.« Sie steht auf und schenkt mir einen vorwurfsvollen Blick.

Ich sage zwar nichts, aber es war Brigette, die ihren Kaffee verschüttet hat.

»Du hast doch sicher nichts dagegen, mir den Screenshot weiterzuleiten, oder?«, frage ich.

Ihre Hand bleibt auf dem Türknauf liegen, doch sie dreht sich nicht um. »Natürlich. Sobald ich an meinem Schreibtisch bin.«

»Danke.«

Dann geht sie endlich, und Dr. Murphy bittet sie, die Tür hinter sich zu schließen, was bedeutet, dass es ernster ist, als ich dachte.

»Colton, setz dich doch.« Er deutet auf den Stuhl vor seinem Schreibtisch, und ich nehme Platz. Ich habe zwar auch ein Büro, aber meins hat im Gegensatz zu seinem kein Fenster. Ich habe mir schon oft ausgemalt, wie ich dieses Büro hier einrichten würde. »Ich will ganz offen zu dir sein. Und ich möchte, dass du ehrlich bist.«

»Okay.«

»Für mich war immer klar, dass du ein Leben lang in Lake Starlight bleiben wirst. Ich habe diese Praxis eröffnet, nachdem ich fünf Jahre lang in einer anderen Praxis in Anchorage gearbeitet habe. Du siehst die Fotos an der Wand. Am Anfang war die Klinik ganz klein. Nur ein Zimmer. Jetzt haben wir vier Räume. Nicht nur die Bewohner Lake Starlights kommen zu uns, sondern auch die der Nachbarorte.«

Ich lehne mich zurück und lege den Fußknöchel aufs Knie. Das wird ein langes Gespräch. Ich würde gern einen Blick auf meine Armbanduhr werfen, doch das wäre unhöflich. »Ja, Sie haben großartige Arbeit geleistet.«

»Als du mich gefragt hast, ob du hier arbeiten dürftest, war ich ganz aus dem Häuschen. Mrs. Murphy und ich wurden nicht mit eigenen Kindern gesegnet. Ich wusste, dass ich eines Tages würde entscheiden müssen, an wen ich die Praxis verkaufe. Und ich weiß, dass wir darüber gesprochen haben, dass du immer mehr Aufgaben übernimmst und mich irgendwann ausbezahlst.«

»Ja. Und ich bin immer noch an Bord.« Das bin ich immer gewesen.

»Aber die Situation hat sich verändert. Du wirst bald heiraten.«

»Ich heirate Brigette. Ich habe angenommen, dass sie auch Teil des Teams bleibt.« Bisher hat er nie ein Problem mit uns gehabt. Verdammt, die Belegschaft hat sogar einen Kuchen für uns gebacken, nachdem wir unsere Verlobung bekannt gegeben haben. Deshalb weiß ich nicht, was er mir jetzt damit sagen will.

»Brigette kommt aus Frankreich«, sagt er, als wüsste ich das nicht.

»Ja, Sir.«

Er öffnet den Mund und schließt ihn wieder, bevor er fragt: »Bist du sicher, dass sie nicht eines Tages zurückwill? Was, wenn sie Heimweh bekommt oder in einer größeren Stadt arbeiten will? Du weißt, dass es etwas ganz anderes ist, als Tierarzt in einer Kleinstadt zu arbeiten, oder?«

»Soweit ich weiß, will sie in Lake Starlight bleiben. Sie will sich hier ein Leben aufbauen.«

Er hebt die Augenbrauen, als wäre er da nicht so sicher.

»Dr. Murphy, ich versichere Ihnen, dass Vier Pfoten bei mir in guten Händen sein wird.«

Er schiebt einen Papierstapel auf seinem Schreibtisch zusammen. »In dem Artikel, den mir Lori eben gezeigt hat, steht ...«

»Was steht da? Was soll da bitte drinstehen?« Meine Stimme ist lauter als beabsichtigt. Dr. Murphy reagiert nicht, wenn jemand laut wird, aber die Sache regt mich richtig auf.

»In dem Artikel steht das, was jeder Bewohner dieser Stadt denkt.«

»Und das wäre?« Ich presse die Kiefer zusammen.

Er blickt von den Dokumenten auf. »Dass du zwischen zwei Frauen stehst. Dass Juno Bailey immer deine große Liebe sein wird und Brigette nur ein Ersatz ist.«

Ich schüttle den Kopf.

»Meiner Erfahrung nach geht irgendwann der, der am meisten unter der Dreiecksbeziehung leidet, um der Situation zu entfliehen. Ich weiß nicht, ob Brigette diesen dummen Tratschblog liest. Normalerweise schenke ich so etwas keine Beachtung, aber ich habe dich mit Juno gesehen. Ich beobachte eure Freundschaft seit Jahren aus der ersten Reihe.«

»Genau. *Freundschaft*«, sage ich.

Wieder hebt er die grauen Augenbrauen. »Dem Foto auf Buzz Wheel nach zu urteilen, musst du eure Freundschaft vielleicht neu definieren. Und zwar jetzt.« Er hebt eine Hand. »Ich sage nicht, dass unser Deal vom Tisch ist. Ich will nur, dass du dir alles noch mal durch den Kopf gehen lässt. Würdest du Juno heiraten, hätte ich keinerlei Bedenken. Jeder weiß, dass sie nicht wie ihre Schwestern Phoenix und Sedona ist. Sie will für immer in Lake Starlight leben. Aber bei Brigette bin ich nicht sicher, ob sie wirklich bleiben will. Vor allem nicht, wenn sie ständig mit Gerüchten über dich und Juno konfrontiert wird.«

»Dr. …«

»Du musst nicht sofort antworten. Sprich mit deiner Verlobten. Ich will damit nur sagen, dass ich die Praxis nicht an jemanden übergeben will, der sie dann an jemanden verkauft, der sie dann dem Nächsten verkauft. Bevor das passiert, schließe ich sie lieber.«

Ich blinzle verwundert. So habe ich ihn noch nie reden hören. »Ich weiß nicht, wie ich Ihnen das beweisen soll.« Ich lasse meinen Nacken knacken, und mein Blick schweift zum Fenster.

Harley ist mit den Kindern im Park, und Rome kommt vom Terra & Mare zu ihnen hinüber. Phoebe rennt auf ihren Dad zu. Er wirbelt sie herum, und sie grinst so breit, dass ich es von hier aus sehen kann. Dann schlingt er den Arm um Harley, gibt ihr einen Kuss und streichelt ihren Bauch, obwohl man noch gar nichts von ihrer Schwangerschaft sieht. Ich würde lügen, wenn ich behauptete, dass mein Herz bei ihrem Anblick nicht schmerzt.

»Ich werde in Lake Starlight bleiben. Das verspreche ich Ihnen«, sage ich.

»Stell sicher, dass Brigette und du euch diesbezüglich einig seid. Wenn du sie wirklich liebst, dann solltest du mit Juno abschließen. Lass dir das von einem Mann gesagt sein, der seit über fünfzig Jahren verheiratet ist. In deinem Leben kann es nur eine Nummer eins geben.«

Ich nicke. »Dann reden wir über die Übernahme von Vier Pfoten, sobald Brigette und ich verheiratet sind?«

»Ja, ich werde mich auch noch mit ihr unterhalten, um sicherzugehen, dass das, was du sagst, richtig ist und sie tatsächlich in Lake Starlight bleiben will. Dann reden wir. Nach der Hochzeit natürlich. Du hast im Moment genug Stress.«

»Danke, Sir.« Ich werfe einen Blick auf meine Armbanduhr. »Ich muss jetzt zu meinem ersten Termin.«

Ich bin bereits an der Tür, als er meinen Namen sagt.

»Ja?« Ich drehe mich zu ihm um.

»Hör auf dein Herz. Diesen Rat habe ich vor langer Zeit bekommen. Und ich verspreche dir: Dein Herz lügt nicht. Es wird dich niemals dahin führen, wo du nicht sein solltest.«

Wenn er doch nur wüsste, dass ich Herzschmerz habe, seit ich dreizehn bin.

»Danke.« Ich nicke und öffne in dem Moment die Tür, als Hillary meine erste Kundin, Mrs. Lopez mit ihrem Kater Alesander, in Raum Nummer zwei führt.

Da ich noch ein paar Minuten habe, zücke ich mein

Handy, um mir den Text durchzulesen, den mir Lori geschickt hat. Der Buzz-Wheel-Titel schreit mich förmlich an.

Tango zu dritt?

Gerüchte besagen, dass Junos Date eine allergische Reaktion hatte. Aus irgendeinem Grund waren Colton Stone und seine Verlobte diejenigen, die ihn ins Krankenhaus gebracht haben. Eine Quelle besagt, sie habe gehört, wie Brigette Juno nach ihrer Beziehung zu Colton gefragt habe. Wie nahe stehen sie sich wirklich? Anscheinend hat Juno wieder einmal behauptet, sie seien nur Freunde – also nichts Neues. Doch jetzt wird's interessant. Sie meinte auch, dass die Grenzen zwischen ihnen nicht immer klar gewesen seien. Sie versicherte der nervösen Braut, dass zwischen ihnen schon längst etwas passiert wäre, wenn etwas hätte passieren sollen, was Brigette anscheinend beruhigt hat. Außerdem ist uns zu Ohren gekommen, dass Juno mit dem Brautpaar einen Tanzkurs machen wird. Wer wird wohl ihr Tanzpartner sein?

Dieses Foto wurde aufgenommen, nachdem Junos Date endlich aus der Notaufnahme kam und sich von seiner allergischen Reaktion erholt hatte. Wie man eindeutig erkennen kann, gehen Juno und Colton nebeneinanderher, während es Brigettes Hand ist, die auf dem Arm von Junos Date liegt. Und jetzt erzähl mir noch mal einer, dass die beiden nur Freunde sind. Ich glaube ihnen kein Wort. Wäre ich Brigette, dann würde ich sofort aus Lake Starlight verschwinden. Oder was mit Junos Date anfangen. Jedenfalls scheint er ihr zu gefallen.

Colton Stone soll in gerade mal drei Wochen heiraten …

Vielleicht sollten wir Wetten abschließen, ob die Hochzeit tatsächlich stattfinden wird.

Ich betrachte das Foto. Ich kann nicht abstreiten, dass ich Juno berühre, doch so ist es zwischen uns schon immer gewesen. Außerdem hat es mir leidgetan, dass Brigette unbedingt ihre Nummer wollte und darauf bestanden hat, dass sie mit uns zum Tanzkurs kommt. Seit meiner Verlobung habe ich ständig ein schlechtes Gewissen.

Ich stecke gerade mein Smartphone weg, als Brigette wortlos an mir vorbeigeht und in Behandlungsraum Nummer drei verschwindet. Ich schätze, jetzt weiß ich, was heute Morgen mit ihr los war.

• • •

Ich hatte den ganzen Tag keine Zeit, mit Brigette zu sprechen, bis wir zum Tap-Your-Feet-Tanzstudio gehen.

»Hey.« Ich halte sie auf, bevor wir die Straße überqueren. »Ich glaube, wir sollten reden.«

»Worüber?«

»Ich bin ziemlich sicher, dass du den Artikel auf Buzz Wheel gesehen hast.«

Ihr Lächeln verschwindet. »Ja, habe ich. Schon in Ordnung. Ist doch nur Klatsch und Tratsch.«

Ich würde gern darüber sprechen, aber für sie scheint es in Ordnung zu sein, den blinkenden Neon-Elefanten zwischen uns einfach zu ignorieren. »Ich finde trotzdem, dass wir reden sollten.«

Sie blickt über meine Schulter und hebt die Hand. »Später. Sie sind da.«

»Wer?«

Ich drehe mich um und kneife die Augen zusammen. Juno und Jason kommen auf uns zu.

»Ich dachte, wir lassen das«, presse ich hervor.

»Ich habe sie vorhin noch erreicht. Ich dachte, du würdest dich freuen, wenn deine beste Freundin mitkommt.« Selbst ein Kleinkind würde den Sarkasmus in Brigettes Stimme hören.

Während Juno und Jason immer näher kommen, brennt mir eine Frage auf der Zunge. Wem zuliebe hat sie die beiden eingeladen? Ihr zuliebe? Oder mir zuliebe?

Kapitel 12

JUNO

Als wir das Tanzstudio über Sweet Suga Things betreten, wird mir schnell klar, dass das keine gute Idee war. Die Einzige, die sich wohlfühlt, ist Brigette, die wegen des Doppeldates total aus dem Häuschen ist. Es überrascht mich, dass Jason überhaupt noch mal mit mir ausgeht, doch seit er mich abgeholt hat, ist er äußerst zuvorkommend.

»Oh, hi, Juno. Wie geht's allen?«, fragt Mrs. Johnson, als sie mich entdeckt. »Ich habe Liam und Savannah neulich beim Spazierengehen getroffen. Liam meinte, es sei sein erster Arbeitstag gewesen. Und da er die beiden nicht allein lassen wollte, hat er Savannah überredet, mit dem Kleinen zu ihm in den Laden zu kommen.« Sie kichert.

»Ja, ich hatte leider noch nicht viel Zeit, um mir die neuen Babys anzusehen.« Was auch stimmt. Phoenix hat mich heute angerufen, und ich habe mich bereit erklärt, am Donnerstagnachmittag bei Savannah eine Schicht zu übernehmen. Phoenix meinte, sie müsse Savannah wahrscheinlich ausknocken, wenn sie sich noch einmal anhören müsse, wie die Sachen auf dem Wickeltisch angeordnet werden müssen.

»Sie sind nur einmal klein. Mr. Johnson meinte, ihr zwei wärt schon bei ihm gewesen, um Coltons Anzug auszusuchen?« Jepp, Mrs. Johnson ist Mr. Johnsons Frau. Da sie nur mit Colton und mir redet, stehen Brigette und Jason da wie bestellt und nicht abgeholt.

»Ja, das stimmt«, erwidert Colton.

»Und ich habe gehört, Juno wurde ein wenig rührselig?« Sie berührt meinen Arm. »Jetzt weißt du, warum immer alle weinen, wenn eines deiner Geschwister heiratet. Wenn man jemandem beim Aufwachsen zugesehen hat, ist das einfach emotional.«

Ich werfe Colton einen schiefen Blick zu. Er verlagert das Gewicht auf die Fersen.

»Ich habe mich nur darüber lustig gemacht, wie er als Kind immer Oreo-Reste in der Zahnspange hatte.« Ich richte meine Antwort an Brigette, die nur vage lächelt. »Ehrlich. So war es nicht. Und meine Grandma ...«

»Können wir jetzt loslegen, Mrs. Johnson?«, unterbricht mich Brigette.

Meine Schultern sacken zusammen. Sie ist ganz offensichtlich sauer – und ich kann es ihr nicht verübeln. Ich habe am Samstagabend den Buzz-Wheel-Artikel gesehen.

»Aber natürlich. Du bist wohl die Anführerin, was?« Mrs. Johnson kneift Brigette spielerisch, doch sie starrt nur auf die Stelle an ihrem Arm. »Das ist eine gute Eigenschaft, Colton.«

Mrs. Johnson führt uns in das Tanzstudio, dessen Fensterfront Aussicht auf den Marktplatz bietet. Das Parkett glänzt frisch poliert, und an der Wand stehen Sitzbänke. Am liebsten würde ich mich jetzt hinlegen.

»Ihr seid die Ersten. Ich mache schon mal die Musik an. Dann könnt ihr eure Hüften aufwärmen, während wir noch auf die anderen warten.«

»Super«, erwidere ich ohne Enthusiasmus. Könnte man im Sportunterricht wegen fehlenden Rhythmusgefühls durchfallen, wäre ich beim Squaredance haushoch gescheitert.

Sie macht *Fly Me to the Moon* von Frank Sinatra an, und Jason hält mir seinen Arm hin.

»Ich sollte dich lieber vorwarnen. Ich bin eher die Sidestep-Tänzerin.«

Lachend legt er mir den Arm um die Taille und nimmt meine Hand fest in seine. Seine Haltung ist kerzengerade, also versuche ich, es ihm gleichzutun. »Lass mich einfach die Führung übernehmen.«

Er macht einen Schritt nach vorn – und tritt mir voll auf die Zehen. Anscheinend hätte ich nach hinten gehen sollen.

»Sorry.« Ich starre auf seine Füße.

»Es ist nur ein Quadrat«, sagt er.

Ich versuche, seinen Schritten zu folgen, und komme mir vor wie ein Roboter. Als wir eigentlich nach hinten gehen sollen, trete ich ihm auf den Fuß. Das letzte Mal habe ich mich im ersten Highschooljahr so oft entschuldigt, als ich betrunken von einer Party kam und Liams Oldtimer vollgekotzt habe.

»Jetzt.« Er lässt meine Hüfte los, legt den Finger unter

mein Kinn und hebt meinen Kopf. »Dein Blick bleibt auf mich gerichtet. So entsteht die Verbindung.«

»Okay. Mann, du kannst das wirklich gut. Wo hast du das gelernt?« Gerade als ich denke, ich könnte mich beim Tanzen unterhalten, vermassle ich es und knicke um.

»Alles okay?«, fragt er.

»Ja. Alles in Ordnung.« Ich richte mich auf und versuche es erneut, obwohl ich am liebsten die Flucht ergreifen möchte. Ich bin nicht diejenige, die heiratet. Ich muss auf ihrer Hochzeit nicht tanzen, wenn ich nicht will. Warum habe ich mich nur darauf eingelassen? Ach ja, weil Brigette mir etwas bedeuten sollte, wenn sie Colton so viel bedeutet. Was heißt, dass ich solche Sachen machen muss, um eine Beziehung zu ihr aufzubauen.

»Ich bin eben ein Nerd. Ich habe auf dem College Gesellschaftstanz gelernt«, gesteht er schüchtern lächelnd.

»Und? Mit Bestnote bestanden?«

Er lacht leise. »Nope. Unsere Tanzlehrerin hat sichergestellt, dass es alles andere als einfach wird. Um den Kurs zu bestehen, mussten wir uns alle einen Partner suchen und gegeneinander antreten.«

»Hui.«

»Ja, aber sie meinte, ich habe Hüften für Salsa. Was auch immer das heißen mag.«

Ich blicke herunter und stelle fest, dass sich seine Hüften tatsächlich mit jedem Schritt ein wenig bewegen. Als wäre er ein angeketteter Hund, der sich losreißen will.

Colton und Brigette tanzen direkt neben uns. Bei Brigette scheint es ganz gut zu klappen, während Colton lautlos den Takt mitzählt.

»Genau so«, sagt Brigette. »Ich glaube, jetzt hast du es verstanden. Noch ein bisschen mehr Gefühl.«

Colton versucht es, doch er sieht aus, als hätte er Ameisen in der Hose. Als ich lachen muss, sieht er zu mir herüber und tritt Brigette auf die Zehen.

»Verdammt, könnt ihr zwei nicht einmal ernst bleiben?« Sie lässt ihn los und fasst sich an den Fuß.

»Sorry«, murmle ich.

Zwei weitere Paare betreten das Studio. Mrs. Johnson begrüßt sie, dann kommt sie zu uns und legt die Hände auf meine Hüften.

»Mehr Bewegung, Juno. Du musst dich locker machen.« Mrs. Johnson schlägt mir auf die Hüfte, als wäre sie eingeschlafen. »So ist es besser.«

Ich erkenne keinen Unterschied, aber zum Glück lässt sie uns jetzt allein. Jason dreht mich, und mein Blick fällt auf Colton und Brigette.

»Das war ziemlich gut«, sage ich zu Jason, der lächelt.

»Oh, ich glaube, wir haben ein paar Tänzer unter uns«, ruft Mrs. Johnson. »Dann lasse ich euch jetzt miteinander tanzen.«

»Ich dachte, das hier wäre eine Party. Lasst uns tanzen!«, ruft Denver und betritt mit einer rotwangigen Cleo den Raum.

Ich löse mich von Jason und verschränke die Arme vor der Brust. *Das soll wohl ein schlechter Scherz sein.*

»Wer ist das?«, fragt Jason.

»Ähm …«

»Denver Bailey, so betritt man keinen Tanzsaal«, schimpft Mrs. Johnson.

»Das ist von *Footloose*.« Er wartet darauf, dass sie sich an die berühmte letzte Zeile erinnert, jedoch erfolglos.

»Ist mir egal. Das hier ist ein Tanzstudio.« Sie ergreift seine Hand und führt ihn in die Mitte der Tanzfläche. »Hier schiebt man sich nicht die Knie zwischen die Schenkel und reibt sich aneinander.«

Alle lachen. Ich glaube, sie verwechselt da ein paar Filme.

»Sie hätten nur fragen müssen, Mrs. Johnson.« Denver zieht sie an sich und tut, als wollte er sich an ihr reiben.

Sie schlägt nach ihm und sieht zu Cleo, die an der Wand steht. »Sicher, dass du diesen Kerl mal heiraten willst?«

»Ich bin wohl besonders, denn es braucht eine besondere Frau, um seine inneren Werte zu erkennen.« Cleo geht auf sie zu und schlägt ihn spielerisch, bevor sie Mrs. Johnsons Platz einnimmt. Jetzt schiebt Denver tatsächlich das Knie zwischen ihre Schenkel und reibt sich an ihr.

»Dein Cousin?«, fragt Jason.

Ich verziehe den Mund und sehe ihn entschuldigend an. »Bruder.«

»Noch einer?«

»Ja, aber der Letzte, den du noch nicht kennengelernt hast, ist Austin. Und er ist total entspannt.«

»Lass uns auf die andere Seite gehen. Nur, um auf Nummer sicher zu gehen.«

Ich muss lachen und denke, er würde nur Spaß machen,

doch Jason dreht mich, bis wir tatsächlich auf der anderen Seite des Raums landen.

»Juno!«, ruft Denver und kommt tanzend auf mich zu.

»Was um alles in der Welt macht ihr denn hier?«, frage ich.

»Tanzkurs für unsere Hochzeit. Man kann nie früh genug damit anfangen. Außerdem mussten wir mal raus. Diese ganzen Babys ruinieren unser Sozialleben.« Cleo lacht.

»Komm, ich schwängere dich«, sagt Denver. »Lassen wir den Tanzkurs sausen. Gehen wir nach Hause und üben, bis wir Erfolg haben.«

Cleo schlägt ihm auf die Schulter. »Eine Stunde. Du hast es mir versprochen.«

Denver tut wie ein gescholtener Hund, doch sein Grinsen sagt etwas ganz anderes.

»Partnertausch. Man muss beim Tanzen in der Lage sein, sich anzupassen. Lasst es zu, geführt zu werden. Danach beginnen wir mit ein paar Schritten.« Mrs. Johnson dreht ihre Runden und trennt die Paare voneinander.

Ich kriege Denver ab. Großartig. Colton muss mit Cleo tanzen, Brigette mit Jason. Jetzt, da jeder einen anderen Partner hat, erkennt man sofort einen Unterschied. Jason und Brigette wirbeln übers Parkett, als wären *sie* die Tanzlehrer. Brigettes Rock weht um ihre schlanken Beine. Colton und ich wechseln einen Blick. Jepp, wir sind hier eindeutig die Verlierer.

»Ich bin nicht hergekommen, um mit meiner Schwester

zu tanzen«, sagt Denver zu Mrs. Johnson, packt Cleo und zieht sie in die Arme. »Sorry, Schwesterherz.«

Das bedeutet, dass *ich* jetzt mit Colton tanzen muss. Wir ziehen uns in Richtung Fenster zurück und beobachten die anderen. Die beiden Paare mittleren Alters scheinen kein Problem mit dem Partnertausch zu haben. Ich frage mich, ob sie ihre Partner nicht nur beim Tanzen tauschen.

»O nein, auf keinen Fall.« Mrs. Johnson stürmt auf uns zu und bringt uns in Position. Sie legt Coltons Hand auf meine Hüfte und meine Hand in seine. »Aus euch machen wir auch noch Tänzer.«

»Es ist nur *ein* Tanz. Das kriege ich schon irgendwie hin«, erwidert Colton, und sie schlägt ihm auf den Arm. »Fest. Stark.« Sein Blick wandert zu Brigette und Jason, die durch den Raum schweben.

»Wir sind ganz offensichtlich die Außenseiter der Gruppe«, sage ich.

»Keine Außenseiter. Hör einfach auf, zu viel nachzudenken.« Mrs. Johnson tippt mir an die Schläfe. »Achte auf den Takt. Lass dich von ihm leiten. Verliert euch in eurem Partner. Es geht nicht immer um Perfektion.« Sie legt eine Hand auf Coltons Rücken, eine auf meinen und schiebt uns näher zusammen. »Es geht um Genuss und Leidenschaft. Was auch immer ihr dabei fühlt.«

Dann geht sie, um nach einem anderen Paar zu sehen. Colton macht die Schritte ähnlich wie Jason, aber lange nicht so geschmeidig. Aber das ist mir egal, denn ich trete lieber Colton auf die Füße.

»Wir haben das schon mal gemacht«, flüstert Colton.

»Was? Abschlussball? Da haben wir nur zu schnellen Songs getanzt«, gebe ich zurück.

Ich weiß nicht mal, ob er mich an jenem Abend überhaupt ein einziges Mal berührt hat. Er ging mit Monica Lloyd zum Ball, ich mit Pete Segrum. Es war die erste Schulveranstaltung, zu der wir nicht zusammen hingingen, aber wir trafen uns später am Abend. Ich bin nicht sicher, ob er das meint.

»Der Abend am See. Bevor ich aufs College gegangen bin«, sagt er.

»Das ist Ewigkeiten her. Und wir hatten damals keine Zeugen.« Ich spiele seinen Kommentar herunter, als wäre der Abend nur eine von vielen gemeinsamen Erinnerungen. Erinnerungen, die mir keinen Stich ins Herz versetzen, weil ich ihn erneut verliere.

»Juno?« Colton hat diesen ganz bestimmten Tonfall, wenn ihn irgendetwas beschäftigt. »Wir müssen reden.«

Unsere Blicke treffen sich. Wir können diese Grenze jetzt nicht überschreiten. Wir können diese Unterhaltung jetzt nicht führen.

Ich schüttle den Kopf. »Später.«

»Ich komme morgen Mittag bei dir vorbei«, sagt er.

Ich nicke, obwohl jede Faser meines Körpers Nein schreit. Er wird bald heiraten.

»Wechsel!« Mrs. Johnson klatscht in die Hände.

Eine der älteren Damen schlüpft zwischen Colton und mich, während ihr Partner die Arme um mich schlingt. Aber mein Blick weicht nicht von Colton und seiner nicht von mir.

Ich kann nur noch an den Abend vor seiner Abreise nach Colorado denken.

Kapitel 13

JUNO

Siebzehn Jahre alt

»Komm jetzt.« Ich zerre Colton den Weg von unserem Haus zum See hinunter.

»Warum gehen wir jetzt runter zum See? Ich dachte, wir wollten uns *Hangover* ansehen.«

Ich hake mich bei ihm unter und lehne den Kopf gegen seinen Oberarm. Er ist ganz schön gewachsen während der Highschool. Neulich sind mir sogar die Muskeln an seinen Unterarmen aufgefallen. Sobald er auf dem College ist, wird er mich vergessen.

»Das machen wir auch, aber ich wollte dir noch ein Abschiedsgeschenk geben.«

»Wir müssten uns nicht verabschieden, wenn du mitgekommen wärst.«

Ich blicke zu ihm hoch und lächle sanft. Zusammen aufs College zu gehen war der Plan, als wir noch jung waren. Doch als meine Eltern gestorben sind, haben sich meine

Pläne geändert. Ich kann Austin nicht mit den Zwillingen allein lassen.

Wir haben vom Erbe jeweils Geld fürs College oder für eine eigene Firma bekommen. Ich darf so wenig wie möglich ausgeben, damit ich noch genug Geld habe, um meine Partnervermittlungsagentur zu starten. Für mich ist es sinnvoller, hier in Alaska aufs College zu gehen.

»Irgendwann kommst du zurück. Lake Starlight ist dein Zuhause.«

Er nickt. »Ja, irgendwann. Aber wenn ich nicht hier an einer Veterinärschule angenommen werde, sprechen wir von acht Jahren.«

Ich schüttle den Kopf. »Können wir jetzt bitte nicht darüber sprechen?«

Wir erreichen den See. Das Mondlicht spiegelt sich auf der Oberfläche des dunklen Wassers. Die kleinen Lampions, die ich um die Picknickdecke am Ufer angebracht habe, spenden ein wenig Licht. Mein Herz schlägt wie verrückt, als er stehen bleibt und mich ansieht.

»Was geht hier vor?«

Ich ergreife seine Hand und führe ihn zur Decke. »Ich wollte nicht einfach im Keller einen Film schauen, wo jederzeit Kingston oder die Zwillinge hereinkommen könnten. Ich wollte mit dir allein sein.«

Er lächelt ein wenig, als wäre er überrascht, das zu hören.

»Ich habe all deine Lieblingssachen aus Lake Starlight besorgt. Erdbeerkuchen von Lard Have Mercy, Cookies von Sweet Suga Things. Und Austin will, dass du weißt, dass er zu Carol's Crabby Shack gefahren ist, um Maisbällchen und Krabbenbeine zu holen.«

Ich knie mich auf die Decke, doch Colton bleibt stehen und begutachtet das ganze Essen und die Lampions.

»Juno.« Er schüttelt den Kopf. »Das ist unglaublich.« Er sinkt ebenfalls auf die Knie und sieht mir in die Augen. Ich werde immer nervöser. »Danke.«

»Du bist mein bester Freund. Dachtest du, ich würde dich einfach so gehen lassen?«

Er zuckt mit den Schultern. »Ich hätte mir auch mit dir *Hangover* angesehen. Hauptsache, wir verbringen meinen letzten Abend gemeinsam.«

Ich verdränge den Gedanken, dass es sein letzter Abend in Lake Starlight ist. Er verlässt mich, aber ich will es so. Es ist schon immer sein Traum gewesen, auf die Colorado State zu gehen. Er hat es verdient. Und so viel mehr.

»Lass uns essen, bevor es kalt wird.« Ich öffne die Boxen, die Austin mir mitgebracht hat.

Wir essen in beinahe vollkommener Stille, abgesehen vom Zirpen der Grillen.

»Oh, das hätte ich fast vergessen.« Ich lasse mein Essen stehen und gehe zur Bank am Seeufer.

Mein Dad hat die Bank für Grandma Dori aufstellen lassen, denn meine ganze Familie kommt zum Nachdenken gern hierher. Wenn sich die Familie trifft, verschwindet sie ab und zu, um an meinen Grandpa zu denken. Ich frage mich immer wieder, ob ich jemals eine Liebe finden werde, die so stark ist wie ihre.

Ich schalte die Stereoanlage an, und die Musik unterbricht das Zirpen.

Wir essen unsere Krabben und unterhalten uns über seinen neuen Mitbewohner, mit dem er bereits telefoniert hat. Er glaubt nicht, dass sie sich gut verstehen werden. Ich spüre, dass es Colton nervös macht, von zu Hause wegzugehen und niemanden zu kennen. Wir versprechen einander, dass wir uns Briefe, E-Mails und Textnachrichten schreiben werden. Und wir zählen nach, wie viele Tage er weg sein wird, bevor er für Thanksgiving kurz nach Hause kommt.

Wir sind gerade fertig mit unserem Essen, als im Radio *Need You Now* von Lady Antebellum erklingt. Colton steht auf und streckt mir die Hand entgegen.

»Tanz mit mir«, sagt er.

»Ich kann nicht tanzen.« Ich schüttle den Kopf und sammle die Essensboxen ein.

»Als Geschenk?«

»Hey, ich habe dir doch schon dieses schicke Duschregal geschenkt.«

Er lacht leise und streckt mir weiter die Hand entgegen. »Komm schon, Juno. Nur ein Tanz.«

Ich ergreife seine Hand und stehe auf. Er schlingt die Arme um meine Taille, und ich lege die Hände in seinen Nacken. Wir sind uns so nahe, dass sich meine Brustwarzen unter dem dünnen Stoff meines Shirts abzeichnen. Da wir beide Shorts tragen, spüre ich seine Beinhaare an meinen Schenkeln, während wir uns auf der Stelle im Kreis drehen. Unsere Füße bewegen sich kaum, aber unsere Gefühle wirbeln umher wie ein Tornado, der immer stärker wird.

Tränen steigen in mir auf. Ich schmiege den Kopf an seine Brust und versuche, mir das Geräusch seines Herzschlags für immer einzuprägen. Ich kann mich an keinen einzigen Tag erinnern, an dem wir uns nicht gesehen haben, außer wenn er mit seiner Familie im Urlaub war.

Er schlingt die Arme fester um meinen Körper und stützt das Kinn auf meinen Kopf. »Ich werde dich so sehr vermissen.«

Ich löse meine Hände, schlinge die Arme um seinen Bauch und drücke ihn fest. »Ich werde dich auch vermissen.«

Diese Worte haben wir uns schon einmal gesagt. Es ist also nichts Neues. Vielleicht liegt es an dem langsamen Song oder der Tatsache, dass wir einander fester umarmen als je zuvor, doch diesmal haben die Worte mehr Gewicht. Mehr Gefühl. Eine einzige Träne läuft über meine Wange.

Der Song endet, gefolgt von *Firework* von Katy Perry. Colton lockert seinen Griff.

Ich stütze das Kinn auf seine Brust und blicke zu ihm hoch. »Ich habe noch ein Geschenk für dich.«

Er streicht mit dem Daumen über meine Wange und wischt die Träne weg. »Das war schon mehr als genug.«

»Es ist ziemlich … groß.«

Er sieht mich an, als würde er in meinen Augen nach einem Hinweis suchen, doch darauf würde er nie kommen. Und ich weiß, dass ich ein wenig Überzeugungsarbeit leisten muss. Er wird nicht sofort zustimmen.

»Was ist es?«, fragt er.

Ich löse mich von ihm, gehe zu meiner Handtasche und ziehe ein Kondom hervor. »Ich will, dass du der Erste bist.«

Die Beleuchtung der Lampions ist so schwach, dass ich seinen Gesichtsausdruck nicht richtig deuten kann.

»Warum?«

»Weil wir jetzt aufs College gehen. Früher oder später würde ich das gern von meiner Liste streichen. Ich will nicht für immer Jungfrau bleiben.« Jetzt, da ich es ausspreche, klingt es verrückt, aber ich muss an Emilys Worte denken, als ich dreizehn war und noch nie jemanden geküsst hatte. Ich will mein erstes Mal mit Colton erleben.

»Das ist doch kein Grund, Juno.« Er rauscht an mir vorbei, setzt sich auf die Bank und fährt sich durchs Haar. »Du kannst mich nicht einfach benutzen, um deine Jungfräulichkeit zu verlieren. So läuft das nicht.«

Ich setze mich neben ihn. Nah, aber nicht so nah, dass wir uns berühren. Ich schiebe die Hände zwischen meine Schenkel und beuge mich nach vorn. »Ich benutze dich nicht. Ich will mein erstes Mal nicht als etwas Schlechtes oder etwas, das ich bereue, in Erinnerung behalten. Wenn du es bist, werde ich es nie bereuen.«

Er sieht mich an. »Das ist eine große Sache. Das ist mehr, als mich zu fragen, ob du dir mein Fahrrad leihen kannst, während ich weg bin. Oder ob ich dir meine Hasenpfote als Glücksbringer überlasse.«

»Hast du die noch?«

Er lacht über meine Fähigkeit, so schnell das Thema wechseln zu können. »Bleib jetzt ernst.«

»Ich bin ernst. Hast du?«

Er zuckt mit den Schultern. »Ich glaube, sie liegt in meiner Kommode, oder so.« Dann vergräbt er den Kopf in den

Händen. »Dir ist klar, dass ich auch noch Jungfrau bin, oder?«

Ich habe es mir gedacht, aber ganz sicher war ich nicht. Seine Exfreundin Monica meinte, zwischen ihnen sei nichts gelaufen und dass es meine Schuld sei. Dass ich Psychospielchen spiele und es uns anmacht, so zu tun, als wären wir nur Freunde.

»Ich war nicht ganz sicher, aber …« Ich rücke näher an ihn heran, bis sich unsere Hüften berühren. »Aber das wäre doch irgendwie perfekt, oder? Unsere Jungfräulichkeit an den jeweils anderen zu verlieren? Dann sind wir auf Sex vorbereitet. Du bist mein bester Freund, und ich vertraue dir. Ich weiß, dass du sanft und verständnisvoll bist. Ich will mein erstes Mal mit dir haben.«

Er beißt sich auf die Unterlippe. »Auf so eine Idee kommst auch nur du.«

»Ich bin sicher, wir sind nicht die einzigen besten Freunde, die sich gegenseitig entjungfern.«

Er richtet sich auf, bläst die Wangen auf und atmet langsam aus. »Unter einer Bedingung.«

Ich wende mich ihm zu und stelle einen Fuß auf die Bank. »Und die wäre?«

»Mit Küssen und Vorspiel. Ich werde mir nicht einfach das Kondom überstreifen und ihn reinstecken.«

Bei dem Gedanken, dass er diese Art von Intimität will, fühlt sich mein Körper wie elektrisiert an. Aber es überrascht mich nicht. So ist Colton nun mal. »Glaubst du etwa, ich habe was gegen Küssen?«

»Das wird so komisch.« Er seufzt laut. »Wird das irgendetwas zwischen uns verändern?«

Ich nehme seine Hand in meine. »Nein. Unsere Freundschaft wird immer das Wichtigste für uns bleiben.«

Er nickt, lehnt sich zurück und verschränkt unsere Finger miteinander. Als er sich aufrichtet, sieht er mir in die Augen und legt die freie Hand an meine Wange. »Juno, du bedeutest mir alles. Ich kann dich nicht verlieren. Ich vertraue dir, dass du mit allen Gefühlen zurechtkommst, die wir danach empfinden könnten.«

Ich spüre, wie ich bleich werde. »Colton, ich bin's. Natürlich kann ich mit meinen Gefühlen umgehen.«

Er grinst und drückt seinen Mund auf meinen. Es dauert kurz, bis wir eine bequeme Position gefunden haben, doch als seine Zunge meine Lippen berührt, rücke ich näher an ihn heran und lasse seine Hand los, um ihn zu berühren.

Bevor ich auf seinen Schoß klettern kann, beendet er den Kuss und führt mich zu der Decke. Als wir liegen, treffen sich unsere Lippen erneut. Es fühlt sich feucht an, als sich unsere Zungen berühren, doch ich genieße jede Sekunde. Seine Finger wandern meinen Körper hinab und verschwinden unter dem Saum meines Shirts. Als ich seine Hand auf meiner Brust spüre, bekomme ich am ganzen Körper Gänsehaut.

Er lehnt sich zurück. »Ist das okay?«

Ich nicke, und seine Lippen wandern über meinen Hals. Dann hebt er mein T-Shirt und öffnet meinen BH mit einer Perfektion, die mich denken lässt, dass er das bestimmt schon mal geübt hat. Als sich seine Lippen um meinen Nippel legen, recke ich mich ihm entgegen. Ich brauche mehr von ihm. Ich *will* mehr von ihm. Das hier ist ganz anders als beim Abschlussball, als mich Pete über meinem Kleid befummeln durfte, während wir rumgeknutscht haben. Die Energie, die durch meinen Körper fließt, fühlt sich an, als würde man die Hand auf eine dieser Elektrokugeln legen, die einem die Haare zu Berge stehen lassen.

Ich ziehe sein Gesicht zu mir und schiebe die Hände unter sein Shirt, denn ich will ihn spüren. Seine Brust, die mich schon den ganzen Sommer über gereizt hat, wenn wir schwimmen waren.

Sein schwerer Atem jagt mir wohlige Schauer über den Rücken. Er vergräbt das Gesicht an meinem Hals, und wir reiben uns aneinander, während wir die meisten Klamotten immer noch anhaben. Ich spreize die Beine, damit ich die Reibung seiner Härte besser spüren kann.

»Ich glaube, ich bin so weit. Und du?«, flüstere ich.

Er nickt, und wir ziehen uns ganz aus. Ich lege mich auf die Decke und beobachte im Mondlicht, wie er sich das Kondom überstreift. Bisher habe ich nur die Penisse meiner Brüder gesehen. Und das war etwas ganz anderes. Kurz kommen Zweifel in mir auf, ob wir das Richtige tun.

Doch als ich Coltons Körper auf meinem spüre, fühlt es sich richtig an. Seine Knie spreizen meine Beine noch weiter. Seine Spitze berührt meine heiße Mitte.

»Ich mache ganz langsam, okay?«

Ich nicke. Ganz vorsichtig versucht er, in mich einzudringen, doch als ich zusammenzucke, zieht er ihn wieder zurück. »Vielleicht ist das doch keine gute Idee. Ich will dir nicht wehtun.«

Meine Hände krallen sich in seine Schultern. »Nein, bitte. Mir geht's gut.« Als ich die Kuhle seines Halses küsse, entspannt er sich ein wenig.

Wieder vergräbt er das Gesicht an meinem Hals. Ich umklammere ihn fest und schließe die Augen, während ich versuche, den Schmerz wegzuatmen.

»Scheiße, Juno. Ich weiß nicht.«

»Schnell. Mach es einfach, Colton.« Ich packe seine Schultern. Er seufzt mir ins Ohr und zieht die Hüften zurück. »Ich liebe dich, Juno.«

Die vier Worte lenken mich von meinem Schmerz ab. Erst als er komplett in mir ist und ich ein Stechen spüre, das aber immer mehr nachlässt, bin ich wieder voll und ganz da.

Ich bin sicher, er meinte, dass er mich nur als Freundin liebt. Und ich liebe ihn auch.

Er bewegt sich in mir. Wir versuchen, einen gemeinsamen Rhythmus zu finden, doch irgendwie klappt es nicht so richtig.

»Tut mir leid. Kannst du kurz aufhören, dich zu bewegen?« Colton lacht und stößt mich vorsichtig, denn er hat Angst, mir wehzutun.

Jetzt sind wir auf derselben Wellenlänge. Während er mich nimmt, beschleunigt sich sein Atem. Ich liebe es zu hören, wie sehr er das hier genießt.

»Ich kann nicht mehr viel länger.« Fast klingt es wie eine Warnung.

Mir gehen so viele Gedanken durch den Kopf. Ich bin

ziemlich sicher, dass ich keinen Orgasmus haben werde. Aber ich habe gehört, die meisten Mädchen kommen beim ersten Mal nicht.

»Ist okay, Colt«, flüstere ich.

»Erst, wenn du auch so weit bist«, keucht er.

»Mach dir darum keinen Kopf.«

Mein Name kommt über seine Lippen, bevor er in mir innehält. »Es tut mir leid.«

Ich fahre ihm durchs Haar und starre in sein Gesicht, das nur Millimeter von meinem entfernt ist. Ich ergreife die letzte Chance, ihn zu küssen. Sein Körper fällt auf mich, während seine Zunge meinen Mund erkundet.

Die ganze Nacht liegen wir auf der Decke. Zwar schlafen wir nicht noch mal miteinander, aber wir küssen uns. Und als der Morgen graut, verlässt mich Colton, um aufs College zu gehen.

Colton hatte recht mit seinen Bedenken. Diese Nacht hat uns für immer verändert.

Kapitel 14

COLTON

Ich klopfe an Brigettes Apartmenttür. Drinnen läuft die Playlist, die ich für sie zusammengestellt habe.

Sie öffnet die Tür. Sie hat die Haare zu einem hohen Dutt zusammengefasst und trägt Yogahosen und ein bauchfreies Shirt.

»Colton? Was machst du denn hier?« Sie ist überrascht, mich zu sehen, weil ich nicht vorher angerufen habe.

Es ist Zeit, dass wir über alles reden. Sie geht mir aus dem Weg. Und dass sie mir keinen Kuss auf die Wange gibt, sagt mir, dass ich recht hatte und sie sich tatsächlich Sorgen macht.

»Darf ich reinkommen?«

Sie tritt beiseite, zieht das Smartphone aus ihrem Hosenbund und schaltet die Musik aus. Es ist immer komisch hierherzukommen, denn die Wohnung ist genauso geschnitten wie Brooklyns, als sie noch in diesem Apartmentkomplex gewohnt hat.

»Ich schaffe gerade Ordnung, damit wir direkt nach der

Hochzeit alles rausholen können und ich meine Kaution zurückbekomme.« Sie geht zum Kühlschrank. »Willst du was trinken?«

»Nein, danke.« Ich setze mich aufs Sofa.

Sie hat nur wenige Möbel, denn sie hat nicht viel Geld. Sie arbeitet unter Dr. Murphy und mir, weil sie erst vor Kurzem ihren Abschluss gemacht hat. Obwohl neben mir noch genug Platz ist, setzt sie sich mir gegenüber im Schneidersitz auf den Fußboden und nimmt einen Schluck von ihrem Mineralwasser. So läuft es also.

»Ich hätte dir von Juno erzählen sollen.«

»Du meinst, dass du sie liebst?«, fragt sie mit gehobenen Augenbrauen.

»Nein. Ich meine, ja, ich liebe sie. Sie ist meine beste Freundin.« Und das stimmt auch alles. Diese ganzen Gefühle dringen jetzt bestimmt nur an die Oberfläche, weil Juno am Abend der Babyparty versucht hat, mich zu küssen. Weil mir mein Unterbewusstsein sagt: *Jetzt ist deine Chance endlich gekommen. Ergreif sie.*

»Ist das alles?«, hakt sie nach.

Ich starre auf den Teppichboden und denke an Brooklyns Hochzeit und wie sie, kurz nachdem sie am Altar stehen gelassen wurde, Wyatt kennenlernte. Und wie glücklich sie jetzt sind mit ihrem Baby.

»Was Juno angeht, musst du mir vertrauen, okay? Wir sind schon so lange befreundet. Und dass ich jetzt heirate, verändert unsere Freundschaft. Es ist für uns beide komisch.« Ich bin so ehrlich, wie ich nur sein kann, aber Brigettes finsterer Blick verrät mir, dass sie tiefer graben will.

Unsere Vergangenheit ist nun mal, wie sie ist. Ich stochere auch nicht in Brigettes Vergangenheit herum, also sollte sie es auch nicht bei mir tun. Welchen Unterschied macht es denn?

»Aber ich muss mit dir über etwas reden«, sage ich. »Dr. Murphy will nach der Hochzeit mit dir sprechen.«

Sie richtet sich auf und schlingt die Arme um die Beine. »Dr. Murphy? Warum?«

»Ich habe dir ja erzählt, dass ich die Praxis übernehmen will, wenn er in Rente geht, richtig? Ich will ihn ausbezahlen und Vier Pfoten zu meinem Eigenen machen. Zuerst war er einverstanden, aber jetzt, da ich dich heirate, denkt er, die Situation hätte sich geändert. Du musst ihm versichern, dass das nicht der Fall ist.«

»Okay. Und was wird er mich fragen?«

»Er will wissen, ob du dein Leben in Lake Starlight verbringen willst.«

Ihr Kopf fällt nach hinten, und sie dreht ihn, als hätte sie Nackenschmerzen. »Das wollte ich eigentlich, aber durch die Sache mit Juno fühlt es sich jetzt irgendwie komisch an.«

»Du musst dir wirklich keine Sorgen machen.«

Offensichtlich hört sie die Verärgerung in meinem Tonfall, denn sie kneift die Augen zusammen. »Weißt du?« Sie steht auf und stellt ihr Mineralwasser auf den Tisch. »Ich habe dich nie gefragt, warum du dich auf die Abmachung eingelassen hast.«

Ich hätte wissen müssen, dass sie das Thema »Juno« nicht einfach so fallen lassen würde. Ich weiß nicht, ob sie einfach zu stolz ist oder ob sie Angst hat, dass ich mich nicht an mein Versprechen halte.

Sie schnappt sich ein Tuch und beginnt, das Bücherregal hinter sich abzustauben, hebt Krimskrams und Bilderrahmen hoch, die eigentlich schon längst hätten verpackt sein sollen.

»Ich tue dir einen Gefallen, weil du mich darum gebeten hast.« Ich bin ziemlich sicher, dass ich ihr das schon mal gesagt habe. Und dennoch fühlt sich der Ordner in meiner Hand an, als würde er tausend Pfund wiegen.

»Wirklich? Denn ich frage mich, ob du es nicht nur tust, um Juno eifersüchtig zu machen.«

Ich lege den Ordner auf den Tisch und stehe auf. Ich muss dringend ein wenig auf und ab gehen, um Energie loszuwerden, bevor ich ihr noch sage, dass meine Beziehung zu Juno sie überhaupt nichts angeht.

Ja, vielleicht *will* ich Juno eifersüchtig machen, aber das werde ich Brigette nicht sagen. Als mich Brigette fragte, ob ich sie heiraten würde, war ich so wütend auf Juno, dass ich instinktiv Ja gesagt habe. Als mir dann klar wurde, was das bedeuten würde, schien mir der Heiratsantrag der richtige Weg zu sein, um mein Leben weiterzuleben. Um über die Frau hinwegzukommen, die ich nicht haben kann. Ich bin es leid, mich nach etwas zu sehnen, das niemals Wirklichkeit werden wird. Ich habe mehr gebraucht als reine Willensstärke, um mich davon loszureißen. Und es schien zu funktionieren.

»Ich tue es dir zuliebe. Deshalb musst du mir jetzt auch

einen Gefallen tun und Dr. Murphy sagen, dass du deine Zukunft in Lake Starlight verbringen willst.«

»Damit fühle ich mich im Moment nicht richtig wohl.«

»Dann wird es keine Hochzeit geben. Keine Greencard.«

Sie wirbelt herum. »Ich vertraue dir so sehr. Warum hast du mir nicht von ihr erzählt?«

Die ganze Stadt denkt, ich wäre total in Juno verschossen – und sie haben recht. Aber Juno liebt mich nicht. Und ich habe die mitleidigen Blicke satt. Ich habe versucht, sie aus ihrer Komfortzone zu locken. Ihr zu versichern, dass ich sie niemals wieder verlassen werde, wie damals, als ich aufs College gegangen bin. Aber sie findet nicht, dass wir das Risiko wert sind.

Vielleicht bin ich aber auch wütend, weil ich die Entscheidung mit Brigette überstürzt habe. Ich war aufgebracht. Deshalb habe ich Juno gebeten, mich zu verkuppeln. Ich wusste nicht, dass Brigette auf der Suche nach einem Mann war, um eine Greencard zu bekommen, weil ihr Studentenvisum bald ausläuft. Und Juno auch nicht. Sie dachte einfach, Brigette wäre eine Anfang-zwanzig-Jährige, die die große Liebe sucht.

»Ich dachte nicht, dass diese Info wichtig ist. Über dich weiß ich auch nur das Nötigste. Wir wissen nur das voneinander, was man uns fragen wird. Was wir mögen, unsere Familien, unsere Freunde.«

»Aber Juno ist deine Freundin.« Als sie den Arm hebt, um das oberste Regalbrett abzustauben, entdecke ich unter ihrer linken Brust auf den Rippen einen Verband.

»Hast du dich verletzt?«

Sie blickt herunter. Ihr schuldbewusster Blick verrät, dass hinter dem Verband mehr steckt. »Ich habe mich tätowieren lassen.«

»Wo denn?«

»In dieser Kleinstadt gibt es nur ein Tattoo-Studio. Wo glaubst du denn?«

»Von wem?« Ich glaube, ich weiß schon, wer sie tätowiert hat – der Typ, der die ganze Zeit aus den dümmsten Gründen mit seinem neuen Hund in die Praxis kommt.

»Rhys«, erwidert sie schulterzuckend.

»Dann bin ich ja vielleicht nicht der Einzige, der ein Auge auf jemand anderen geworfen hat.«

»Glaubst du wirklich, ich würde das hier für eine Affäre aufs Spiel setzen?« Sie stemmt die Hände in die Hüften und funkelt mich böse an.

Sie hat viel mehr zu verlieren als ich, auch wenn ich wirklich nicht im Knast landen will. Nachdem ich die Entscheidung getroffen und die ersten Dokumente ausgefüllt hatte, dachte ich, drei Jahre würde ich locker überstehen. Drei Jahre Zeit, um mich von Juno zu distanzieren und über sie hinwegzukommen. Mein Leben weiterzuleben und zu akzeptieren, dass ich niemals mit Juno zusammen sein werde.

Mein Handy piept in meiner Hosentasche, doch ich ignoriere es.

»Ich habe hier den Ehevertrag.« Ich greife nach dem Ordner. »Mein Anwalt hat eine Klausel bezüglich Vier Pfoten hinzugefügt, falls Dr. Murphy an mich verkaufen sollte. Die

Praxis wird allein mir gehören. Wir werden die Ehe so verlassen, wie wir sie begonnen haben.«

Sie nickt. Wir haben bereits vereinbart, dass wir danach getrennte Wege gehen, aber ich wollte auf Nummer sicher gehen. Nur für den Fall.

Als sie in der Küche verschwindet, schlage ich den Ordner auf. Mein Blick fällt auf unsere Namen auf der ersten Seite. Manchmal frage ich mich, wie ich eigentlich in diese Situation geraten bin. Aber das bringt jetzt auch nichts mehr. Ich habe zugestimmt – und ich stehe zu meinem Wort. Ich werde Brigette nächste Woche heiraten. So oder so.

Sie kommt mit einem Stift zurück und unterschreibt auf dem Dokument.

Ich schlage den Ordner zu, verlasse das Apartment und zücke mein Handy.

DORI BAILEY: *Ich brauche deine Hilfe. Ich bin in einer Bar in Anchorage, und Ethel hat zu viel getrunken. Kannst du uns abholen?*

Das muss ein schlechter Scherz sein. Warum sollte Dori in Anchorage sein? Außerdem habe ich es noch nie erlebt, dass Ethel mehr als ein Glas Wein trinkt, ohne sich über Sodbrennen zu beschweren. Aber egal. Sieht ganz so aus, als würde ich nach Anchorage fahren.

ICH: *Klar. Schick mir einfach die Adresse.*

Mein Handy piept erneut. Großartig.

• • •

Ich betrete das Tipsy Turvy. Klingt ganz nach einer Bar, die Dori besuchen würde. Als sich meine Augen an das schummrige Licht gewöhnt haben, entdecke ich Juno, die sich mit einem Barkeeper unterhält.

»Colton?«, fragt sie mit gerunzelter Stirn.

»Hat Dori dich auch angerufen? Wäre gut gewesen, wenn sie es mir gesagt hätte, bevor ich den ganzen Weg hierhergefahren bin.«

»Nein. Aber sie sitzt dort hinten.« Sie verdreht die Augen, beendet das Gespräch mit dem Barkeeper und führt mich in den hinteren Teil der Bar. »Kingston, das Plappermaul, hat ihr erzählt, dass ich hier heute Abend ein Blind-Speeddating veranstalte. Und sie meinte, sie wolle auch dabei sein. Sie dachte wohl, ich würde sie und Ethel brauchen, falls ältere Herren auftauchen.«

»Sie meinte, Ethel sei betrunken, und ich müsse sie abholen.«

Juno schnaubt. »Bisher haben sie überhaupt nichts getrunken. Außerdem habe *ich* sie hergefahren. Leider.«

Bevor wir durch die Tür zum Hinterzimmer gehen, halte ich sie auf. »Wir sollten reden.«

Sie schüttelt bereits den Kopf, bevor ich überhaupt die Chance habe, weiterzusprechen. »Später, okay? Ich bin so nervös wegen heute Abend. Ich muss mich jetzt konzentrieren.«

Ich kann es ihr nicht verübeln, dass sie jetzt nicht über uns sprechen will, wenn sie gerade arbeitet.

»Vielleicht können wir zusammen zurück nach Lake Starlight fahren. Und Ethel fährt mit deinem Auto?«

»Ähm ... nein. Aber wir können uns danach treffen, wenn du willst.«

»Perfekt.«

Wir treten durch die Tür, und siehe da – Dori und Ethel sitzen an einem der Tische und spielen Karten.

»Grandma, hast du Colton gesagt, dass er kommen soll?«

»Habe ich?« Dori sieht Ethel an.

Ich halte das Handy in die Höhe. »Ich habe Beweise.«

»Ach ja. Seltsam. Ich dachte, ich hätte Kingston geschrieben. Du weißt ja, dass er in Anchorage arbeitet. Ich dachte, er wäre vielleicht auf dem Heimweg.«

»Ich habe dir doch gesagt, dass Kingston heute Abend kommt.« Juno rückt Stühle und Tische zurecht, die wie Wahlkabinen aufgestellt wurden. Selbst wenn die Leute die Plätze tauschen, werden sie sich nicht sehen können.

»Oh, wirklich? Mein Gedächtnis ist nicht mehr das beste.« Dori tippt sich an die Schläfe. »Ich kann mir die Sachen nicht mehr so gut merken.«

»Ich bin die Partnervermittlerin. Colton heiratet. Schon vergessen?« So habe ich Juno noch nie mit Dori reden hören.

»Ich kann dich immer noch übers Knie legen, Juno«, erwidert Dori streng.

»Ich hätte dir auch geholfen.« Ich rücke ein paar Sitzecken gerade. »Das ist großartig. Wie bist du auf die Idee gekommen?«

»Kingston. Wer sonst? Aber ich finde die Idee ziemlich cool. Ist mal etwas anderes. Hoffentlich kann ich so ein paar neue Klienten gewinnen.«

»Ganz bestimmt.«

Eine Kellnerin betritt den Raum und fragt, ob wir etwas brauchen, also bestelle ich ein Bier. Sie nickt und geht.

»Kommt noch jemand außer Kingston?«

Als sich Juno herunterbeugt, um etwas aus ihrer Tasche zu holen, habe ich plötzlich voll ihren Hintern im Gesicht. Ich hatte schon oft ihren Hintern im Gesicht, aber diesmal fällt es mir besonders schwer, sie nicht an den Hüften zu packen und an mich zu ziehen.

Ich fühle mich schuldig, weil ich Juno nicht erzähle, warum ich Brigette wirklich heirate, aber ich kann nicht riskieren, dass es rauskommt. Keiner außer mir und Brigette weiß, dass es nur um die Greencard geht. Wenn irgendetwas davon ans Licht kommt, könnte ich echt in Schwierigkeiten geraten.

Die Kellnerin serviert mir mein Bier. »Gerade sind ein paar Frauen angekommen. Micah macht ihnen einen Drink, dann kommen sie nach hinten.«

»Super.« Junos Augen werden groß und strahlen, wie sie es immer tun, wenn etwas eintritt, worauf sie schon lange gewartet hat.

»Kingston und ein paar seiner Feuerwehrkollegen kommen heute Abend auch. Wenigstens habe ich dann ein paar attraktive Typen im Angebot.«

Ich habe sie noch gar nicht gefragt, warum sie das hier macht. Bisher ist es ihr immer wichtig gewesen, dass Partnervermittlung eine persönliche Note hat. Aber ich werde sie jetzt nicht vor allen Leuten fragen.

»Rommé!«, schreit Ethel und legt ihre Karten ab.

Schmollend wirft Dori ihre Karten auf den Tisch. »Ich muss aufs Klo.«

Dori steht auf und geht in Richtung Damentoiletten. Ethel folgt ihr auf dem Fuß, als wären ihre Blasen synchronisiert.

Eine Frau steckt den Kopf zur Tür herein. »Ist das der richtige Raum?«

Juno eilt zu ihr. »Ja. Ja. Kommen Sie …« Als sie abrupt innehält, blicke ich zu ihr hinüber. »Stella?«

»Kingstons Stella?«, flüstere ich mir eher selbst zu, als Juno mich anschaut.

Und Stella sieht aus, als würde sie gleich in Ohnmacht fallen.

Kapitel 15

JUNO

Heilige Scheiße. Als wäre es nicht schon genug, dass Colton gekommen ist – jetzt ist auch noch Stella Harrison hier.

In Alaska.

In Anchorage.

Nicht in New York.

»Stella?«, frage ich.

Sie kann ihren Drink gerade noch auffangen, bevor er zu Boden fällt. »Juno?« Sie lässt den Blick durch den Raum schweifen. »Colton?«

Das letzte Mal haben wir Stella bei Austins und Hollys Hochzeit gesehen, was schon eine gefühlte Ewigkeit her ist. Sie hat sich den Großteil des Abends mit Kingston unterhalten, aber keine Ahnung, was danach passiert ist. Falls er weiß, dass sie wieder da ist, hat er mir nichts davon erzählt.

»Oh, ähm, ist das deine Veranstaltung?«, fragt Stella. »Meine Freundin von der Arbeit dachte, es wäre lustig.«

Sie ist schon so lange hier, dass sie auf der Arbeit bereits Freunde gefunden hat?

Doris und Ethels Gezanke hallt über den Flur, als sie von der Toilette zurückkommen.

Ich reiße die Augen auf. »O Gott! Versteck dich!«

Stellas Freundin lässt den Blick zwischen ihr und mir hin- und herwandern, als wollte sie fragen: *Meint sie das etwa ernst?* Doch Stella scheint den Ernst der Lage zu erkennen und versteckt sich in einer der Kabinen, die ich aufgestellt habe.

»Oh, es ist jemand aufgetaucht.« Grandma Dori strahlt, als wäre sie überrascht.

Danke für den Zuspruch, Grandma.

»Colton wird dich jetzt nach Hause fahren.« Ich starre Colton, der gerade an seinem Bier nippt, durchdringend an.

»Er trinkt. Ich habe meinem Sohn versprochen, dass ich mit niemandem mitfahre, der getrunken hat«, erklärt Ethel.

Colton starrt auf sein Bier. »Ich habe erst zweimal daran genippt.«

»Trinken ist Trinken. Ich kenne ja deine Toleranzschwelle nicht. Vielleicht liegt sie bei null. *Ich* fahre.« Ethel streckt die Hand aus, damit Colton ihr seine Schlüssel gibt.

Colton starrt auf ihre Hand. Dann sieht er mich mit einem Gesichtsausdruck an, der sagt, dass ich es ihm bestimmt niemals antun würde, dass er mit Ethel am Steuer seines Trucks den ganzen Weg bis nach Lake Starlight fahren muss. Aber ich kenne Grandma. Wenn sie erfährt, dass Stella hier ist, ist die Hölle los. Die Gerüchte werden sich verbreiten wie ein Lauffeuer. Und wenn sich Stella tatsächlich hier in Anchorage versteckt, ist sie noch nicht bereit, sich dem zu stellen, was vor all den Jahren passiert ist.

Stella und ich haben uns immer recht nahegestanden, denn sie ist nur ein paar Jahre jünger als ich. Als die Jungs eine Band gründen wollten, hing sie immer bei uns in der Garage ab. Und ich saß bei den Baseballspielen immer neben ihr auf der Tribüne.

»Lass sie einfach fahren«, flehe ich.

»Und dein Name ist?«, will Dori von Stellas Freundin wissen.

»Cami.«

»Nun, Cami, das ist Juno. Sie ist meine Enkelin. Und eine richtige Partnervermittlerin. Der Familie ihrer Mutter liegt es seit Generationen im Blut. Du kannst ihr also ruhig vertrauen, was die Partnerwahl heute Abend angeht.«

»Grandma, es ist Speeddating.« Ich gebe Grandma Dori einen Kuss auf die Wange in der Hoffnung, dass sie dann verschwindet.

Colton trinkt immer noch sein Bier.

»Du hast schon wieder einen Schluck genommen«, bemerkt Ethel. Wie eine Schwester, die ihren Bruder in Schwierigkeiten bringen will.

»Kannst du sie bitte einfach fahren lassen?«, bettle ich und versuche, ihn zur Tür zu zerren.

»Aber mein Truck«, erwidert er, als wäre ich verrückt.

Ja, vielleicht bin ich das, aber ich muss Dori loswerden und Stella sagen, dass sie gehen muss, bevor Kingston hier auftaucht. Ansonsten geht die ganze Veranstaltung in die Hose. Dann kann ich meine Rechnungen nie bezahlen. »Was soll denn schon passieren?«

»Ist das dein Ernst?«, fragt Colton.

»Dori muss hier weg«, flüstere ich.

Sie ist gerade damit beschäftigt, bei Cami Werbung für mich zu machen.

»Das verstehe ich. Aber hier geht es um meinen Truck, Juno.«

Ethel beobachtet mit Argusaugen, ob Colton noch einen Schluck von seinem Bier nimmt. Ich weiß, dass sie nur gehen werden, wenn Colton ihr die Schlüssel gibt. Schließlich sieht Colton es auch ein.

»Du bist mir echt was schuldig. Und zwar so was von.« Colton steht auf und trinkt den Rest seines Biers. Bevor sich Ethel wieder beschweren kann, drückt er ihr die Schlüssel in die Hand. »Du bist mir noch mehr schuldig als damals, als du mir beim Wrestling das Knie in die Eier gerammt hast.«

Ich muss kichern, denn ich kann mich noch gut daran erinnern, wie er blau angelaufen ist. Ich habe mich so schlecht gefühlt. Hoffentlich kann er noch Kinder zeugen. Ich stelle mich auf die Zehenspitzen und gebe ihm einen Kuss auf die Wange. »Ich bin dir echt was schuldig. Sag, was ich tun soll, und ich werde es tun. Versprochen.«

Er schlingt den Arm um meine Taille und dreht den Kopf zu mir. Wir sind nur Millimeter voneinander entfernt. Mein Herz klopft wie verrückt.

»Kein Rückzieher«, sagt er.

»Kein Rückzieher. Versprochen.«

Dann küsst er meine Wange und lässt mich los. Jetzt bin ich nicht mehr sicher, ob ich wirklich will, dass er geht.

»Lasst uns gehen, Golden Girls«, ruft Colton. »Aber wir

fahren mindestens zehn Stundenkilometer über der Geschwindigkeitsbegrenzung.«

»Ich kann meinen Führerschein nicht verlieren, Colton Stone«, entgegnet Ethel.

Bevor sie gehen, zwinkert er mir noch einmal zu.

»Die Luft ist rein«, flüstere ich Stella zu, die vorsichtig über die Trennwand späht.

»Danke. Ich will nicht schon wieder auf Buzz Wheel landen.«

Stella nippt an ihrem Drink, der inzwischen halb leer ist. »Seid ihr jetzt endlich zusammen? Du und Colton?«

Ich schüttle den Kopf. »Nein. Er heiratet nächste Woche.«

Sie reißt die Augen auf. »Wirklich?« Dann sieht sie ihre Freundin an. »Ich dachte immer, die beiden würden mal heiraten.«

»Das sagt die Richtige. Was ist mit meinem Bruder?«

Ihre Freundin nippt an ihrem Wein. »Erzähl mal. Stella schweigt wie ein Grab. Ich habe noch nicht herausgefunden, wie ich sie zum Reden bringen kann.«

Stella nimmt einen Schluck von ihrem Drink und sieht mich flehend an, damit ich nichts erzähle.

Als mir wieder einfällt, wer heute Abend noch kommen soll, schnappe ich nach Luft. »Das habe ich ganz vergessen! Kingston und seine Freunde von der Feuerwehr kommen heute Abend auch.«

Diesmal fällt Stella der Drink tatsächlich aus der Hand. Es bleibt keine Zeit, zu reagieren, denn ich höre bereits Männerstimmen aus dem Flur. Wahrscheinlich Feuerwehrmänner, denn sie sind laut und ungestüm und ziehen sich gegenseitig mit irgendwas auf.

»Ähm. Warte kurz«, sage ich.

So war das nicht geplant, als ich heute hergekommen bin. Ich verlasse den Raum, ziehe die Tür hinter mir zu und entdecke einen von Kingstons Freunden, der schon öfter bei uns war.

»Juno.« Lou umarmt mich so stürmisch, dass meine Füße in der Luft baumeln. »Kingston meinte, wir müssten heute Abend unbedingt kommen. Außerdem weißt du ja, wie sehr ich die Ladys mag.« Er lässt mich wieder herunter und zwinkert mir zu. »Das sind Cory, Shawn und Jorge.«

Ich begrüße die Jungs. »Wo ist Kingston?«

»Oh! Er musste Überstunden machen. Und dann ist da noch der ganze Papierkram. Ich würde nicht mit ihm rechnen.«

Genau in dem Moment piept mein Handy. Es ist eine Nachricht von Kingston.

KINGSTON: *Sorry, ich schaffe es heute Abend leider nicht. Nächstes Mal. Ich schwöre. Aber ich habe dir ein paar Jungs vorbeigeschickt* 😉

Ich kann ihm nicht böse sein. Arbeit ist nun mal Arbeit. Außerdem hat er schon mehr als genug für mich getan, indem er den Raum reserviert hat. Meine Nervosität lässt ein wenig nach.

»Nun, Jungs, gebt mir eine Minute, um die Damen vorzubereiten.« Ich lächle, verschwinde wieder im Hinterzimmer und werfe Stella einen Blick zu, der ihr zu verstehen geben soll, dass sie sich keine Sorgen machen muss.

Nachdem ich alle Damen in den Kabinen hinter den Pappwänden platziert habe, stecke ich den Kopf wieder hinaus in den Flur. »Kommt rein.« Ich öffne den Männern die Tür, und sie treten ein.

Dann kommen noch ein paar Leute, und ich weise jedem einen Platz zu.

Nach dem Speeddating setzen sich noch ein paar Leute in die Bar, um ihre Unterhaltungen fortzuführen. Ich packe gerade meine Sachen zusammen, als Stella auf mich zukommt.

»Hey, das war eine tolle Veranstaltung.«

»Du hast aber niemanden gefunden, oder? Mein Bruder würde mich bestimmt umbringen.«

Wir kichern beide nervös. Es ist immer komisch, mit Stella über Kingston zu sprechen.

»Was ihn angeht …«, sagt sie. »Eigentlich will ich dich nicht in diese Situation bringen, aber würdest du ihm bitte nichts davon sagen, dass du mich hier getroffen hast? Ich bin noch nicht bereit, ihn wiederzusehen.«

»Klar.« Ich hasse es, Kingston etwas zu verheimlichen. Aber bis Stella bereit ist, ist es wahrscheinlich besser so.

»Danke. Irgendwann gebe ich mich zu erkennen. Versprochen. Eigentlich hatte ich nicht vor, zurückzukommen, aber …«

Ich höre auf, den Papierkram in meine Tasche zu stopfen. »Ist alles in Ordnung?«

Sie seufzt und blickt geknickt drein. »Ich will dich nicht

mit einem weiteren Geheimnis belasten. Aber es ist schwer, wieder hier zu sein und keinem davon zu erzählen. Es fühlt sich an, als wäre ich mitten im Meer allein auf einem Eisberg. Cami ist super, aber wir haben noch nicht das Stadium erreicht, in dem ich sie anrufen würde, wenn ich im Knast sitze, damit sie mich raushaut.«

»Was ist los?«

»Meine Mom ist krank. Aber sie ist stur und sagt, sie brauche meine Hilfe nicht. Also bin ich nach Anchorage gezogen, um näher bei ihr zu sein. Aber nicht zu nah. Aus dir bekannten Gründen. Aber Kingston arbeitet bei der Feuerwehr in Anchorage, richtig?«

Ich nicke. »Ja, aber demnächst wird er hauptsächlich als Feuerspringer unterwegs sein. Dann ist er mehr weg als zu Hause.«

»Okay. Noch mal. Es tut mir echt leid. Aber du wirst mein Geheimnis nicht für immer für dich behalten müssen. Eines Tages werde ich mich Kingston stellen müssen und alles endgültig hinter mir lassen. Wir haben uns bei Austins Hochzeit unterhalten, aber über nichts Wichtiges. Ich weiß, dass ich mich irgendwann mit dem, was passiert ist, auseinandersetzen muss. Trotzdem kann ich mir gerade nicht vorstellen, deinem Bruder ständig über den Weg zu laufen, weißt du?«

Ich schenke ihr ein kleines Lächeln, das ihr hoffentlich zeigt, dass ich mit ihr fühle. Ich schnappe mir Stift und Papier und notiere meine Nummer. »Ruf mich an, falls du reden willst.«

Sie steckt den Zettel in ihre Handtasche. »Danke. Willst du über Coltons Hochzeit reden?«

Es ist, als würde man eine Kiste öffnen, und ein Schachtelteufel springt einem entgegen. Andererseits kann ich aber auch nicht mit meinen Schwestern darüber sprechen, denn ich weiß genau, was sie mir raten würden. *Sorge dafür, dass er seine Verlobung löst.* Aber Stella weiß, wie schrecklich es ist, einen Mann so sehr zu lieben, dass man sein Glück über das eigene stellt. Das ist der Grund, warum sie vor all den Jahren verschwunden ist.

Trotzdem fühle ich mich wie ein Schiff in Seenot. Am Ufer stehen etliche Leuchttürme, die mir den Weg weisen, aber ich weiß nicht, welcher Weg der richtige ist. Wer sagt mir denn, dass ich nicht dem falschen Licht folge und auf einer einsamen Insel strande?

»Nein. Noch nicht.«

Lächelnd legt sie die Hand auf meine. »Ich verstehe dich. Aber irgendwann musst du dich mit der Tatsache auseinandersetzen, dass du nicht mehr seine Nummer eins bist. Bist du dafür bereit?«

Ich zucke mit den Schultern.

Sie drückt noch einmal meine Hand, bevor sie sich den Stift nimmt und ihre Nummer auf eine Serviette schreibt. »Du kannst mich jederzeit anrufen.« Dann verabschieden wir uns. Als ich im Auto sitze, schreibe ich Colton eine Nachricht und frage, ob ich vorbeikommen kann. Brigette könnte gerade bei ihm sein. Doch er schreibt zurück, dass er noch wach sei und ich gern zu ihm kommen könne.

Dann mal los.

Kapitel 16

COLTON

Als ich die Tür öffne, steht Juno auf meiner Veranda. Normalerweise schlüpft sie mit einem knappen Hallo an mir vorbei und erzählt mir dann lang und breit, was ihr wieder Merkwürdiges widerfahren ist, denn Juno passiert immer etwas Merkwürdiges. Ich dachte, sie würde mir sofort von Stella erzählen. Doch sie steht einfach schweigend da.

»Willst du reinkommen?«, frage ich und trete beiseite.

Sie mustert mich. »Bist du allein?« Dann räuspert sie sich. »Ich meine, ist Brigette auch da?«

Ich kneife die Augen zusammen. »Nein.«

»Puh. Okay.« Jetzt schlüpft sie an mir vorbei. »Als ich geklopft habe, ist mir klar geworden, dass ich nicht mehr einfach so reinplatzen kann. Ab jetzt muss ich klingeln, damit ich die Frischvermählten nicht störe.«

Ich schließe die Tür und ignoriere den stechenden Schmerz in meiner Brust. »Wie war das Speeddating?«

Sie zuckt mit den Schultern und schaut in meinen Kühlschrank. »War okay. Hat ganz gut Geld eingebracht. Vielleicht sollte ich Kingston einen Teil davon abgeben. Fast alle Männer waren irgendwelche Ersthelfer.«

»Und Stella?« Ich setze mich an die Frühstückstheke und beobachte, wie sie Essensboxen aus dem Kühlschrank nimmt und an dem Inhalt riecht.

Sie sieht mich an. »Sie will, dass ich Kingston nichts davon sage, dass ich sie getroffen habe.« Sie verzieht das Gesicht. Juno und Geheimnisse passen manchmal nicht so gut zusammen. »Sie ist noch nicht bereit, ihn zu sehen.«

Sie schließt den Kühlschrank und öffnet das Orangenhühnchen von Wok For U. Dann geht sie zur Besteckschublade und nimmt sich eine Gabel heraus.

»Soll ich es für dich aufwärmen?«

Sie winkt ab. »Ich muss ganz schnell etwas essen. Mein Magen spielt komplett verrückt. Ich glaube, wenn ich jetzt nichts esse, muss ich mich vielleicht übergeben.« Ihre Gabel hält kurz vor ihren Lippen inne. »Wie war die Fahrt? Alles in Ordnung mit deinem Truck?« Dann steckt sie sich ein Stück Hühnchen in den Mund und kaut.

»Gott sei Dank, ja.« Ich schnappe mir ihre Gabel und spieße mir ebenfalls ein Stück kaltes Hühnchen auf. »Jetzt steht mein Truck wieder in der Garage, aber Ethel hatte darauf bestanden, mich zuerst nach Hause zu bringen und dann mit meinem Truck weiterzufahren. Schließlich habe ich Duke Thompson angerufen, um sie nach Hause zu bringen.«

»Sie ist nur vorsichtig«, sagt sie.

»Ich habe ein großes Opfer gebracht. Was kriege ich dafür?«

Sie lacht, aber es ist ihr nervöses Lachen. Irgendwas ist

los. Sie isst nur aus Angst, sich übergeben zu müssen, wenn sie jemandem etwas Unangenehmes mitteilen muss. Wie damals, als sie Savannah gestehen musste, dass ihr Auto einen Kratzer abbekommen hat. Oder als sie mir gesagt hat, dass sie doch mit Trey nach Hause gegangen ist. Sie hat eine ganze Box Bratreis gefuttert, bevor sie es zugegeben hat.

»Was ist los, Juno?«

Sie sieht mich mit ihren Rehaugen an, als wäre ich ein Jäger, der mit Pfeil und Bogen auf sie zielt. »Warum denkst du, dass irgendwas ist?«, fragt sie mit vollem Mund.

Ich erwidere nichts, schenke ihr nur »den Blick«.

Sie nimmt mir die Gabel weg, legt sie in die Spüle, schließt die Box mit dem Orangenhühnchen und stellt sie zurück in den Kühlschrank. Was auch immer es ist – hoffentlich ist es keine große Sache. Ich will ihr einfach sagen, dass ich verstehe, dass die Situation zwischen uns merkwürdig ist, wir es aber schaffen werden. Auch wenn es erst in drei Jahren ist, sobald ich mich von Brigette scheiden lasse.

Sie nimmt sich ein Wasser, schraubt den Deckel ab und trinkt die halbe Flasche in einem Zug aus, als hätte sie gerade Sport gemacht. Dann setzt sie die Flasche ab und richtet den Blick auf die Küchentheke. »Können wir heute Abend bitte nicht über große Dinge sprechen? Auch nicht über deine Hochzeit? Ich vermisse uns. Ich will einfach nur mit dir abhängen.«

Meine Schultern sacken zusammen. Sie hat recht. Wir haben schon ewig nicht mehr zusammen abgehangen. Es muss gewesen sein, bevor ich meine Verlobung bekannt gegeben habe. Vielleicht ist es zwischen uns nur so verrückt, weil wir einander so sehr vermissen. »Auf jeden Fall. Sollen wir irgendwas gucken?«

Sie lächelt, umrundet die Theke und geht in Richtung Wohnzimmer. »Ja. Das wäre schön.« Sie greift nach der Fernbedienung, schaltet den Fernseher ein und scrollt durch Netflix. »Was hat sich Colton denn in letzter Zeit angesehen?« Sie klickt auf meinen Namen statt auf ihren, denn, ja, wir teilen uns einen Netflix-Account. »Nur Dokumentationen. Du brauchst ein bisschen Comedy in deinem Leben.«

Ich setze mich zu ihr und lege die Beine auf den Hocker zwischen uns. Sie tut das Gleiche, nur auf der anderen Sofaseite. Das haben wir schon eine Million Mal so gemacht. Manchmal ist sie sogar mit dem Kopf in meinem Schoß eingeschlafen. Als ich einmal beim Fußballspielen gestürzt bin, hat sie mich die ganze Nacht wach gehalten, um sicherzugehen, dass ich keine Gehirnerschütterung habe. Als wir am nächsten Morgen aufwachten, waren wir komplett miteinander verwoben. Ihr Kopf auf meinem Bauch, mein Arm um sie geschlungen – und ich hatte einen Ständer in der Hose. Damit hat sie mich jahrelang aufgezogen.

»Wie wäre es damit?« Sie hat irgendeinen Frauenfilm ausgewählt. »Der soll angeblich lustig sein.«

»Okay.« Ich will jetzt nicht mit ihr diskutieren, denn ich bin einfach froh, dass sie da ist. »Aber nur, damit du's weißt. Jetzt schuldest du mir schon zwei Gefallen.« Ich hebe zwei Finger.

Lachend klickt sie den Film an. »Okay. Nach dem Film schaue ich mir mit dir zwei deiner langweiligen Dokumentationen an.«

Sie lehnt sich zurück, und ich stehe auf und knipse die Lichter aus, damit es dunkel ist.

Nach fünfzehn Minuten stellt Juno den Film – eine klassische romantische Komödie, in der sich zwei Menschen hassen, aber heimlich ineinander verliebt sind – auf Pause. »Hast du gesehen? Die hatten Popcorn. Lass uns auch welches machen.«

»Ich muss unbedingt einen Film finden, in dem nicht gegessen wird«, erwidere ich.

Sie erhebt sich vom Sofa. »Du liebst es doch, Essen aus Filmen nachzumachen.«

»Ähm.«

»Was ist mit dem einen Mal, als wir das Sandwich aus *Spanglish* gemacht haben? Da hast du dich auch nicht beschwert.« Da hat sie recht. Aber ich hätte das Sandwich nie gemacht, wenn sie den Film nicht fünfzehnmal zurückgespult hätte.

»Das Tiramisu von *Rezept zum Verlieben* war aber scheiße.«

Sie schnappt sich das Mikrowellenpopcorn aus meinem Vorratsschrank und öffnet die Verpackung. Ich liebe es, wie wohl wir uns beim jeweils anderen fühlen. »Ja, das überlassen wir lieber Rome.«

Wir müssen beide lachen.

Sie drückt auf den Knöpfen der Mikrowelle herum und hüpft auf die Küchentheke. »Es wird aber nicht so wie im Film. Vielleicht sollten wir eine Popcornmaschine kaufen.«

»Das würde ein bisschen zu weit gehen.« Ich hole Schokolade heraus und lege sie auf die Theke. Ihre Augen fangen an zu strahlen. »Wie wäre es mit dem Pulp-Fiction-Cheeseburger?«

Das war vielleicht das Beste überhaupt.

Sie legt den Kopf in den Nacken. »Ah, erinnere mich nicht daran, sonst schleppe ich dich zum Supermarkt, um die Zutaten einzukaufen.«

»Ich hätte nichts dagegen.«

»Erzähl mal, Mr. Ich-koche-nicht-gern-Essen-aus-Filmen-nach. Was würdest du nehmen? Den Cheeseburger von *Pulp Fiction* oder die Huevos rancheros von *The Wolf of Wall Street*?«

Ich nehme eine Schüssel und stelle sie in Junos Schoß, bevor ich das Popcorn aus der Mikrowelle hole, die Tüte aufreiße und den Inhalt in die Schüssel kippe. »Das ist schwer. Aber solange das Essen nicht redet, nehme ich alles.«

Sie tritt mir gegen den Oberschenkel, und ich weiche lachend zurück. Mit neun haben wir *Shrek* gesehen. Danach weigerte sich Juno, Lebkuchenmänner zu essen. Als ihre Mutter welche gebacken hatte, stellte sie eine ganze Dose davon auf die hintere Veranda, um sie freizulassen.

»Das ist überhaupt nicht lustig.« Sie springt von der Theke und starrt die Schüssel mit dem Popcorn an. »Das reicht nicht.«

Ich schüttle den Kopf, denn ich weiß genau, dass sie sich damit nicht zufriedengeben wird. Ich schnappe mir meine Schlüssel von der Küchentheke und lasse sie klimpern. »Worauf warten wir noch?«

Sie beißt sich auf die Unterlippe, und ihr typisches Grinsen erscheint.

»Die Pasta von *Kiss the Cook*?«

Sie nickt.

»Wenigstens hast du dir etwas relativ Einfaches ausgesucht.«

Wir steigen in den Truck, und ich fahre los. Sie fummelt am Radio herum.

»Warte. Noch mal zurück«, sage ich, und sie tut es.

»Oh, das mag ich auch.« Entspannt lehnt sie sich zurück.

Während wir *Get to You* von Michael Ray hören, fahren wir durch die dunklen Straßen von Lake Starlight. Der einzige Supermarkt, der bis Mitternacht geöffnet hat, befindet sich am Stadtrand. Es überrascht mich, dass Juno den Song mag, denn der Text passt genau zu ihr. Obwohl sie ihr gesamtes Leben in Lake Starlight verbracht hat, flüchtet sie vor jeglicher Form von Verbindlichkeit und Gefühlen. Manchmal wünsche ich mir, ich könnte ihre Blase zum Platzen bringen, damit sie merkt, was ihr entgeht.

»Meinst du, du hast überhaupt Hunger, wenn wir zu Hause sind?«, frage ich, während wir aussteigen und den abgelegenen Supermarkt betreten.

Sie schnappt sich einen Einkaufswagen, schiebt ihn an und stellt sich drauf. Kurz bevor sie in einer Kiste mit Kartoffeln landet, kommt sie zum Stehen. »Wann bin ich jemals nicht hungrig?« Sie steuert auf die Gemüseabteilung zu, um Petersilie zu suchen. »Was brauchen wir noch?«

»Nur Nudeln und frischen Knoblauch. Alles andere habe ich.« Ich nehme drei Knoblauchknollen.

Sie geht in die Abteilung mit den Backwaren und sucht sich eine Packung Kekse aus.

In einer Regalreihe, die wir uns eigentlich gar nicht genauer ansehen müssen, schnappe ich mir einen Ball, werfe und treffe voll ihren Hintern. Doch sie holt nicht zum Gegenzug aus. Im Gegenteil. Sie reagiert kaum.

»Was ist los?« Ich beuge mich zu ihr, nachdem ich den Ball zurück ins Regal gelegt habe.

Sie zuckt mit den Schultern, und ich folge ihrem Blick in Richtung Blumenabteilung.

»Welche Blumen habt ihr euch ausgesucht?«, fragt sie.

»Ich dachte, wir wollten nicht über die Hochzeit sprechen?« Ich kann ihr nicht mal eine Antwort geben, denn Brigette hat die Blumen allein ausgesucht.

»Danach wird sich vieles verändern. Vielleicht ist es das letzte Mal, dass wir etwas aus Filmen nachkochen. Ich meine, ja, Brigette könnte auch mitmachen.« Doch ihr Tonfall verrät, dass das eigentlich keine Option ist.

Ich würde Juno so gern die Wahrheit sagen, damit sie weiß, dass sich kaum etwas verändern muss. Brigette wird dann zwar bei mir wohnen, aber wir sind kein *richtiges* Paar. Juno wäre nicht das fünfte Rad am Wagen. Aber wenn ich es ihr erzähle, bringe ich Brigette und mich in Gefahr. Nicht, dass ich denke, Juno würde etwas verraten, aber manchmal kommen Geheimnisse eben doch heraus. Und dieses Geheimnis sollte besser zwischen den zwei Menschen bleiben, die am meisten zu verlieren haben.

»Es wird sich nichts verändern«, sage ich.

Sie schnaubt. Jepp, ich glaube mir ja selbst nicht.

»Komm schon. Lass uns einfach den Abend genießen. Schon vergessen?« Ich stoße sie mit der Schulter an.

Sie nickt. »Es ist einfach schwer. Du hattest recht. Es war dumm von mir zu glauben, wir könnten einfach Freunde bleiben, bis wir alt und grau werden.«

Ich kann das nicht mehr. Ich muss es ihr sagen. Ich lege die Hand auf ihre. »Juno.«

Sie sieht mich mit traurigen Augen an. Ja, das ist definitiv die richtige Entscheidung. »Was?«

»Überraschung!« In dem Moment springt Rome vor unseren Einkaufswagen. »Was macht ihr zwei Verrückten denn so spät im Supermarkt?« In seinen Händen hält er Brownies, eine Packung Eis und drei von den Bällen, mit denen ich Juno gerade beworfen habe.

»Gegenfrage. Was machst *du* hier?«, fragt Juno. »Hat Harley seltsame Gelüste?«

Er nickt. »Ja. Und es müssen die Brownies mit den Walnüssen obendrauf sein. Aber die Kinder mögen lieber die anderen, also muss ich beide kaufen. Ich versuche, nicht beleidigt zu sein, dass es sie nicht nach den Sachen gelüstet, die ich koche. Ich meine, sollte das nicht der Vorteil sein, wenn man mit einem Koch verheiratet ist?«

Juno lacht, denn wir wissen, wie empfindlich Rome mit seinen Kochkünsten ist. Calista und Dion ziehen die Instant-Makkaroni immer noch seiner hausgemachten Version vor. »Mir kannst du gern Brownies backen.«

Rome wirft einen Blick in unseren Einkaufswagen. »Was gibt's denn? Spaghetti, Knoblauch, Petersilie?«

»Hast du schon mal *Kiss the Cook* gesehen? Wir machen die Pasta aus dem Film.«

Rome zückt sein Smartphone, sucht den Ausschnitt auf YouTube und starrt uns an. »Das macht euch also heiß?«

Juno schlägt ihm auf den Arm. »Rome!«

»Es beleidigt mich, dass ihr nicht zu mir gekommen seid. Ich kann das viel besser kochen als ihr.« Er lädt seine Sachen in unseren Wagen. »Kommt. Das wird Harley auch schmecken. Wir holen noch mehr. Heute Abend koche ich.«

Wir wechseln einen Blick hinter seinem Rücken.

»Ist es nicht schon viel zu spät?«, fragt Juno.

»Ich bin Koch. Ich bin es gewohnt, lange aufzubleiben. Außerdem kann Harley wegen der Schwangerschaft sowieso nicht schlafen. Sie freut sich über ein wenig Gesellschaft.«

Bevor ich widersprechen kann, verlassen wir den Supermarkt und fahren zu Rome. So viel zu meinem letzten Abend mit Juno.

Kapitel 17

JUNO

Der Tag ist gekommen. Der Tag, an dem ich meinen besten Freund verlieren werde. Colton bis zu seinem Hochzeitstag aus dem Weg zu gehen war einfacher, als ich dachte. Er ist nur einmal bei mir im Büro vorbeigekommen, und ich habe Vier Pfoten gemieden wie die Pest. Ich habe sogar Calista dazu überredet, in einen anderen Park zu gehen, damit mich Colton nicht vom Fenster aus sieht. Brigette hat mir nicht geschrieben. Wahrscheinlich hat sie beschlossen, dass ein Doppeldate doch keine gute Idee ist.

Nachdem ich mit Brigette abgeklärt hatte, ob es okay ist, wenn ich Jason zur Hochzeit mitbringe, hat er zugestimmt, mich zu begleiten. Aber ich glaube, nach heute Abend werde ich ihm sagen, dass wir besser Freunde bleiben sollten. Es hat einfach nicht gefunkt. Wenn ich Glück habe, engagiert er mich dann trotzdem, um jemanden für sich zu finden.

Als wir den Weg neben dem B & B Cozy Cottage entlanggehen, entdecke ich Harley, die sich vor der Hintertür mit Selene, der Besitzerin, unterhält. Die Kids wuseln um sie herum. Rome ist für das Catering bei der Hochzeit zuständig. Unter einem großen weißen Pavillon erteilt er dem Servicepersonal Anweisungen, dass es sich bereithalten soll, denn das Essen wird direkt nach der Zeremonie serviert.

Der Weg neben Selenes Haus ist wunderschön. Es ist Frühling, und alles steht in voller Blüte. Die Blumen sind aber auch nicht zu üppig, hier und da treiben neue Knospen aus. Pfirsich- und pastellfarbene Blumen zieren den Traubogen, zusammen mit ein wenig Grünzeug. Auf dem Rasen stehen ein paar kurze Reihen mit weißen Stühlen. Da Brigettes Familie nicht kommt, halten sie die Zeremonie klein.

»Es ist wunderschön«, sage ich leise vor mich hin. Ich habe aber auch nichts anderes erwartet. Brigette hat einen sehr guten Geschmack.

Es gibt keinen Platzanweiser, doch in der Mitte des Gangs angekommen, werde ich von Mrs. Stone aufgehalten.

»Juno«, sagt sie und nimmt meine Hände in ihre. Ihr Blick wandert zu Jason und zurück zu mir. »Wollen wir mal nach dem Bräutigam sehen?«

»Ähm.« Ich sehe Jason an, doch er lächelt nur. »Jason, das ist Coltons Mom, Mrs. Stone.«

»Macy.« Sie streckt ihm die Hand entgegen. »Dieses Mädchen hätte eigentlich mal meine Schwiegertochter werden sollen. Trotzdem habe ich sie noch nicht dazu gekriegt, mich Macy zu nennen.«

Jasons Augenbrauen springen fast in seinen Haaransatz. Ich kann es ihm nicht verübeln.

»Mrs. Stone, ich hatte nie vor, Colton zu heiraten«, flüstere ich.

Sie tätschelt mir die Hand. »Ach, du weißt, was ich meine. Ihr habt euch schon immer so nahegestanden, dass die Leute einfach davon ausgegangen sind. Zumindest hatte ich es gehofft.« Sie legt die Hand auf ihr Herz.

Großartig. Das ist das Letzte, was ich heute gebrauchen kann.

»Komm. Es macht Ihnen doch nichts aus, Jason, oder? Es dauert nur ganz kurz.«

Mrs. Stone sollte sich mit Grandma Dori zusammentun. Gemeinsam würden sie jeden dazu kriegen, das zu tun, was sie wollen.

»Überhaupt nicht. Ich halte dir einen Platz frei«, sagt Jason.

Ich lächle. »Danke.«

Wir gehen den Weg zurück, den Jason und ich gerade gekommen sind. Austin und Holly beobachten mich aus dem Augenwinkel. Easton haben sie nicht mitgebracht.

»Juno.« Kurz vor dem Haus hält mich Harley auf, um mich zu begrüßen.

Selene erklärt Mrs. Stone, dass sie Braut und Bräutigam auf unterschiedlichen Stockwerken untergebracht habe, um sich fertig zu machen, und dass sie Colton in ihr Malzimmer verfrachtet habe, um sicherzugehen, dass sie sich nicht vor der Zeremonie über den Weg laufen.

»Wohin gehst du?«, fragt Harley leise.

»Tante Juno. Tante Juno!« Dion hüpft vor mir auf und ab und zupft an meinem Kleid. Ich packe seine Hände, bevor er es noch ruiniert.

»Dion«, schimpft Harley, und er sieht mich an, als hätte ich ihn in Schwierigkeiten gebracht.

»Mrs. Stone möchte, dass ich nach Colton sehe.« Ich schenke Harley einen Blick, der sagt, dass ich weiß, dass ich es besser nicht tun sollte. Es ist schon schlimm genug, dass ich miterleben muss, wie er eine andere heiratet. Wenn ich könnte, würde ich während der Zeremonie die Augen zukneifen und mir die Ohren zuhalten.

»Viel Glück«, sagt Harley.

Ich sehe sie mit meinem Ja-genau-Blick an, als plötzlich Stellas Kopf hinterm Treppengeländer auftaucht. Was zur Hölle macht sie hier?

»Was geht ab, Dion?« Kingston kommt um die Ecke.

Dion rennt auf ihn zu. Kingston ist der Spaßonkel. Er hebt ihn hoch und wirbelt ihn durch die Luft. Mein kleiner Bruder wirkt in seinem Anzug viel zu erwachsen. Wann ist das denn passiert? Und wo ist der kleine Junge mit dem braunen Wuschelkopf geblieben, der die ganze Zeit schmollend in der Ecke sitzt?

»Kommt, ich habe gehört, es gibt Seifenblasen«, flüstert er Calista und Phoebe zu seinen Füßen zu.

Alle drei jubeln und folgen ihm, als wäre er der Weihnachtsmann.

»Kingston, die sind für später«, ruft Selene. Sie bekommt alles mit, obwohl sie sich gerade mit jemandem unterhält.

»Nur ein paar, Mrs. Harrison.« Er zwinkert ihr zu.

Ich beobachte, wie Selene lächelt, als wäre er ihr eigener Sohn.

»Okay, lass uns reingehen, Juno.« Mrs. Stone nimmt meine Hand, und wir treten durch die Glastür.

Ich werfe Harley einen letzten Blick zu, der sagt, dass sie für mich beten soll. Sie lacht.

Als wir das Wohnzimmer durchqueren, stoße ich beinahe etwas um, von dem ich keine Ahnung habe, was es ist. Hier steht allerhand Krimskrams herum. Selene ist Künstlerin. Ich liebe ihre Arbeiten, aber das Haus ist so vollgestopft, dass ich Angst habe, etwas kaputt zu machen.

»Juno«, flüstert Stella, nachdem mich Mrs. Stone auf dem Weg zum Malzimmer losgelassen hat, wo Colton sich fertig macht.

»Ich gehe noch schnell auf die Toilette, Mrs. Stone. Ich komme gleich.«

Sie bleibt stehen und blickt schmollend drein. »Beeil dich. Du bist meine Ausrede, um überhaupt hineinzugehen. Aber was soll's. Schließlich bin ich seine Mutter. Und heute ist sein großer Tag.«

Nachdem sie sich selbst gut zugeredet hat, klopft Mrs. Stone an und betritt das Zimmer. Ich höre Colton nichts sagen und werte es als ein gutes Zeichen.

Stella packt mich am Arm und zerrt mich die Treppe hoch. Für sie ist es leicht, sie trägt Jeans und T-Shirt. Ich hingegen stecke in einem Kleid und High Heels. Sie bleibt nicht eher stehen, bis wir in ihrem Zimmer sind. Sie knallt die Tür zu und schließt ab.

»Stella?« Ich mache mir ernsthaft Sorgen, dass sie den Verstand verloren hat.

»Kingston ist hier.«

Ich nicke. »Ja. Colton heiratet heute.«

Sie geht im Raum auf und ab, die Hände in die Hüften gestemmt. »Ich habe Mom gesagt, dass sie dieses Jahr keine Hochzeiten annehmen soll. Es ist zu viel für sie. Ich tauche heute an meinem freien Tag hier auf, will nachsehen, ob ich im Haushalt oder mit den Gästen helfen kann, und dann finde ich sie mit den Zeltleuten im Garten. Ich hatte ja keine Ahnung. Und jetzt sitze ich hier oben fest, es sei denn, ich will Kingston begegnen.«

»Wäre das denn wirklich so schlimm?«

Sie späht durch einen Spalt im Vorhang aus dem Fenster. Von hier oben hat sie einen Blick auf das gesamte Grundstück. Als ihre Schultern zusammensacken, weiß ich, dass sie ihn entdeckt hat. »Wessen Kinder sind das?«

»Romes«, erwidere ich, ohne hinzusehen.

»Mann, das ging aber schnell. Meine Mom hat mir doch erst vor Kurzem erzählt, wie seine Frau mit dem Baby hier aufgekreuzt ist.«

Ich nicke. Ihre Geschichte ist schon ziemlich besonders.

»King sieht so ... alt aus. Im positiven Sinne. Erwachsen. Sein Haar ist dunkler, als ich es in Erinnerung habe.« Sie starrt immer noch aus dem Fenster.

»Ich finde, du solltest runtergehen und mit ihm sprechen. Auch wenn du Angst hast.«

Schnell zieht sie den Vorhang wieder zu. »Und was ist mit dir? Anscheinend haben meine Worte von neulich nichts gebracht. Hast du ihm immer noch nicht deine Liebe gestanden?« Sie setzt sich zu mir auf ihr Jugendbett mit der rosafarbenen Tagesdecke. Ihre Wände sind immer noch mit Trophäen und Medaillen gespickt.

»Ich kann die Hochzeit nicht verhindern.« Ich starre auf meine Hände in meinem Schoß.

»Spuck's aus«, sagt sie.

Ich erzähle ihr alles, was passiert ist, seit sie gegangen ist.

Nachdem ich ihr mein Herz ausgeschüttet habe, schweigt sie eine Weile. »Juno, du musst es ihm sagen.«

»Was?« Mein Kopf schnellt nach oben.

»Du kannst nicht zulassen, dass er eine andere heiratet. Was denkst du dir denn? Willst du zusehen, wie sie Kinder kriegen und das Leben führen, das du dir mit ihm vorgestellt hast? Dafür ist Lake Starlight viel zu klein. Das würdest du nicht überstehen.« Sie legt die Hand auf meine. »Meine Mom sagt immer, dass die Liebe angsteinflößend ist, weil es nur zwei Wege gibt, wie sie enden kann. Aber Juno, nur weil du ihm deine Gefühle nicht gestehst, heißt das nicht, dass sie verschwinden werden.«

»Ich sage mir immer wieder, dass ich bestimmt irgendwann akzeptieren werde, dass er niemals mir gehören wird. Ich will, dass er glücklich wird, auch wenn es nicht mit mir ist. Manchmal frage ich mich, ob es nur Eifersucht ist und keine Liebe.«

Sie legt den Kopf schief und sieht mich ungläubig an. »Du hast diesen Jungen schon lange geliebt, bevor er ein Mann geworden ist. Soll ich dir einen der Gründe nennen, warum ich abgehauen bin?«

»Ich weiß nicht. Will ich es wissen?«

Ihre Augen werden glasig. »Ganz davon abgesehen, dass ich zwischen Kingston und Owen stand. Als Kingston mir gesagt hat, dass er nicht aufs College gehen würde, weil er Feuerspringer werden wolle ... Es kam mir vor, als wollte er jeden Tag auf Messers Schneide leben. Er macht immer so gefährliche Sachen. Das weißt du genauso gut wie ich. Ich hatte Angst, ihn eines Tages zu verlieren, weil es ihn nicht kümmert, ob er lebt oder stirbt. Kingston zu lieben, hat mir Angst gemacht, denn für mich gab es nur eine Möglichkeit, wie es ausgehen würde. Dass er auf diesem Hügel neben deinen Eltern landet. Mach nicht den gleichen Fehler wie ich, und lauf weg und ruiniere das, was du haben könntest. Leb dein Leben so, wie es sich deine Eltern für dich gewünscht hätten. Es ist in Ordnung, Angst zu haben. Aber mach es trotzdem.«

Gerade als ich denke, sie wäre fertig, fährt sie fort. »Du bist nicht mehr das dreizehnjährige Mädchen. Wenn es schiefgeht, bist du stark genug. Du wirst aufstehen und dein Leben weiterleben. Aber dass du zusiehst, wie er eine andere heiratet, ohne ihm jemals deine Gefühle gestanden zu haben? Das ist einfach nur feige.«

Ich schließe die Augen. »Aber es würde seine Verlobte verletzen, wenn ich die Hochzeit verhindere. Sie ist eine tolle Frau. Ich will ihr nicht das Herz brechen.«

Seufzend lässt Stella die Schultern hängen. »Wenn Colton dich so liebt, wie jeder glaubt, wirst du den beiden eine Ehe ohne Liebe ersparen. Jede Frau verdient einen Mann, der sie so ansieht wie Colton dich.«

»Wie sieht er mich denn an?«

»So, wie du ihn auch ansiehst. Als würdet ihr einander alles bedeuten.« Wieder tätschelt sie mir die Hand. »Sag es ihm, bevor es zu spät ist.«

Als ich aufstehe, schlägt mir das Herz bis zum Hals. Stella hat recht. Wie kann ich zulassen, dass er eine andere heiratet, ohne ihm meine Gefühle offenbart zu haben?

»Danke.« Der Drang, Colton meine Liebe zu gestehen, entfacht plötzlich ein Feuer in mir.

Sie nimmt mich in den Arm. »Gern geschehen.«

»Bist du sicher, dass du King noch nicht sehen willst?«

Sie schüttelt den Kopf. »Noch nicht.«

»Aber widerspricht das nicht allem, was du mir gerade gesagt hast?«

Sie kichert. »Ratschläge geben und Ratschläge befolgen sind zwei verschiedene Paar Schuhe. Irgendwann werde ich ihm gegenübertreten müssen. Aber nicht heute.«

Ich nicke. Wenn unsere Freundschaft weiter wächst, kann ich sie hoffentlich irgendwann überzeugen. Wüsste Kingston, dass sie in Anchorage lebt, würde er wahrscheinlich an jede Tür klopfen, um sie zu finden. Doch dann kommt mir ein Gedanke: Vielleicht liebt sie Kingston nicht so, wie er sie liebt. Vielleicht will sie ihn deshalb nicht sehen. Dieser Gedanke deprimiert mich.

Ich hebe den Saum meines Kleides und eile nach unten zum Malzimmer. Als ich anklopfe, wird mir bewusst, dass mich Colton vielleicht auch nicht mehr so liebt wie ich ihn.

Kapitel 18

COLTON

Es klopft schon wieder. Ich öffne die Tür in der Hoffnung, dass mir jemand sagt, dass es jetzt so weit ist. Je länger ich hier drinsitze, desto mehr Zweifel kommen in mir auf. Dass meine Mom spontan vorbeigeschaut hat, hat nicht unbedingt geholfen. Sie hat nur von Juno geredet und erzählt, wie sie sich immer vorgestellt hat, dass wir beide mal heiraten. Welche Mutter tut so etwas, wenige Minuten vor der Trauung ihres Sohnes?

Meine Eltern haben Brigette bisher nur dreimal getroffen. Normalerweise besuche ich sie allein und lasse mir für Brigette irgendeine Ausrede einfallen. Wenn man alle Entschuldigungen zusammenzählen würde, müsste Brigette schon mehr Welpen und Katzenbabys auf die Welt gebracht haben als Dr. Murphy und ich zusammen.

Doch als ich diesmal die Tür öffne, steht Juno da. Mit der Hochsteckfrisur und dem Make-up sieht sie wunderschön aus. Mein Blick fällt auf ihren Hals und ihr Dekolleté. Doch es ist vor allem ihre Halskette, die mir ins Auge sticht.

Ich nehme die kleine Herzhälfte mit der gezackten Kante zwischen die Finger. »Du hast sie tatsächlich getragen?«

Sie senkt den Blick. »Ich hatte das Gefühl, eine Art Andenken zu brauchen.«

Ich lasse ihre Hälfte unserer Freundschaftskette los, greife in meine Hosentasche und ziehe die andere Hälfte hervor. Juno bestand darauf, dass wir uns eine holen, als sie total angesagt waren. Ich sagte ihr, dass ich sie niemals tragen würde – was ich auch nicht getan habe. Doch als ich heute Morgen die Manschettenknöpfe angelegt habe, habe ich die Herzhälfte in meiner Schublade entdeckt. Das Silber ist ein wenig angelaufen, weil die Kette seit Ewigkeiten nur herumliegt. Aber ich hatte ebenfalls das Gefühl, ein Andenken zu brauchen. Eine Erinnerung.

Dass wir für immer beste Freunde bleiben, trotz meiner viel zu voreiligen Entscheidung.

»Sind das Donuts?« Sie entdeckt das Tablett hinter mir.

Selene hat mir alle möglichen Backwaren und Saft hingestellt. Seit ich in diesem Raum, der nach Farbe riecht, sitze, habe ich schon mehr gegessen, als ich sollte. Doch Juno wartet erst gar nicht auf meine Antwort. Sie geht zum Tablett und schnappt sich einen glasierten Donut.

»Juno?«, frage ich, denn ich habe schon wieder das Gefühl, dass sie mir irgendetwas sagen will. »Was ist los?«

Sie senkt die Hand mit dem Donut, und unsere Blicke treffen sich. »Ich muss dir etwas sagen.« Dann steckt sie sich den restlichen Donut in den Mund und wischt sich die Finger an einer Serviette ab.

»Was denn?«, frage ich.

Hastig trinkt sie von dem Apfelsaft und sieht mich lange an. »Du bist mir so wichtig. Der wichtigste Mensch in meinem Leben. Ich liebe meine Familie. Wirklich, das tue ich. Aber du, Colton ... Es gibt nichts, was du nicht über mich weißt. Du tust viel zu viel für mich. Das ist dir klar, oder?«

Ich zucke mit den Schultern. Ich mache gern Sachen für sie. »Du tust doch auch viel für mich.«

»Ähm.«

Ich muss lachen. Wenn man es gegeneinander aufwiegt, mache ich vielleicht mehr, aber ich führe nicht Buch darüber – und das sollte sie auch nicht tun.

Eine Träne kullert über ihre Wange. »Es tut mir leid.«

Ich gehe auf sie zu, lege die Hand an ihre Wange und wische die Träne weg. So hat sie mich nicht mehr angesehen, seit ... noch nie, um ehrlich zu sein. »Hey, warum weinst du denn?«

»Weil ich dich all die Jahre von mir geschoben habe. Vielleicht hat das Timing nicht gestimmt. Oder ich hatte einfach zu viel Angst. Aber ich glaube, das war dumm von mir ...«

»Was ist denn? Ist irgendetwas passiert?«

»Ich liebe dich, Colton.« Als sie die Augen schließt, laufen ihr zwei weitere Tränen über die Wangen.

»Ich liebe dich auch. Heute ist ein emotionaler Tag. Kriegst du etwa deine Tage?« Ich will sie umarmen, doch sie schiebt mich von sich.

»Nein, ich kriege nicht meine Tage.«

»Sorry.« Keine Ahnung, warum sie so aufgebracht ist. Ich habe ihr sogar schon mal Tampons gekauft. Das frage ich sie immer, wenn sie schlecht drauf ist.

»Ich habe dir gerade gesagt, dass ich dich liebe.«

Ich nicke. »Ich weiß.«

»Nein, Colton. Ich liiieeebe dich.« Sie reißt die Augen auf und reckt den Kopf nach vorn. »Ich bin in dich *verliebt*.«

Der Schock trifft mich mit der Wucht eines Trucks. Ich bin vollkommen sprachlos.

Ich schaffe es kaum noch, ihrem Blick standzuhalten. Sie kann mir an meinem Hochzeitstag nicht das sagen, was ich seit Jahren von ihr hören will. »Wie meinst du das?«

Sie wirft die Arme in die Luft. »Ich will dich küssen. Ich liebe dich. Ich will für immer mit dir zusammen sein.«

Ich mache einen Schritt rückwärts, und meine Hand löst sich von ihrer Wange. »Das heißt, du fühlst dich zu mir hingezogen?«

Dass wir uns zueinander hingezogen fühlen, war klar. Wir haben die Grenzen schon ein paarmal überschritten. Zum letzten Mal vor zwei Jahren. Damals versteckte sie mich in ihrem Schlafzimmer, als ihre Familie überraschend vorbeikam, weil Denver dachte, er hätte Cleo für immer verloren. Dass sie mich versteckt hat, war für mich ein eindeutiges Zeichen, dass sie nicht bereit ist für eine Beziehung. Nachdem ihre Familie gegangen war, schlich ich aus ihrem Zimmer und erklärte ihr, dass es ein Fehler gewesen sei, bevor sie überhaupt die Chance hatte, etwas dazu zu sagen.

»Ja, ich fühle mich zu dir hingezogen. Aber es ist mehr als das.«

»Ich heirate gleich«, sage ich leise. Ein Teil von mir ist überglücklich, dass sie mir endlich ihre Gefühle gestanden hat. Ein anderer Teil ist wütend, weil ich erst eine andere heiraten muss, bevor sie es merkt.

»Ich weiß.« Sie presst die Handballen auf die Augen. »Es tut mir leid. Aber ich habe mit Stella geredet, und sie hat mich davon überzeugt, ehrlich zu dir zu sein. Es hat sich so richtig angefühlt. Aber jetzt, da ich es dir gesagt habe und du mich nicht überglücklich in die Arme schließt und küsst, glaube ich, dass es eine ganz, ganz schlechte Idee war. Ich sollte jetzt besser gehen.« Sie schlüpft zwischen mir und einer Staffelei hindurch.

»Juno, warte.« Ich drehe mich zu ihr um, und sie bleibt mit dem Gesicht zur Tür stehen. »Die Hochzeit ist nicht echt.«

Langsam dreht sie sich um, legt den Kopf schief und wartet darauf, dass ich mich näher erkläre.

»Brigettes Studentenvisum läuft bald aus. Aber sie will in den USA bleiben.«

Ihr klappt die Kinnlade herunter. Eine ganze Weile steht sie schweigend da. »Du liebst sie gar nicht?«

Ich schüttle den Kopf. »Ich wollte es dir sagen. So sehr. Vor allem an dem Abend, als du mich nach der Babyparty geküsst hast. Aber wir konnten es nicht riskieren. Wenn es jemand erfährt, könnte ich ins Gefängnis kommen.«

»O mein Gott«, sagt sie.

»Sag bitte noch irgendetwas anderes«, dränge ich.

Sie setzt sich auf einen von Selenes Hockern. »Das sieht dir gar nicht ähnlich. Warum lässt du dich auf so etwas ein?«

Eine gute Frage, die eine ehrliche Antwort verdient hat. Es überrascht mich fast ein wenig, dass sie mich nicht mit einer Farbpalette bewirft, weil ich sie die ganze Zeit angelogen habe. »Ich habe zugestimmt, nachdem du mir erzählt hast, dass du mit Trey geschlafen hast.«

Untypisch schweigsam dreht sie sich auf dem Hocker und starrt zu Boden. »Du hast einer Hochzeit zugestimmt, weil ich mit Trey geschlafen habe?«

Sie steht auf, durchquert das Zimmer und starrt zum Fenster hinaus. Jack und Frannie unterhalten sich gerade mit Savannah und Liam. Frannie steckt den Kopf in den Kinderwagen vor Savannah.

»Ja.«

»Weißt du, wie dumm das ist?«

»Weißt du, wie dumm ich mich gefühlt habe, als du es mir erzählt hast? Ich dachte, nach dem, was an jenem Abend passiert ist, als wir so betrunken waren, dass wir vielleicht …«

Sie wirbelt herum, erschrocken über meinen scharfen Ton. »Nein. Ich schätze, ich weiß es nicht. Aber … ich …«

Die Wut, die sich jahrelang in mir angestaut hat, platzt nun aus mir heraus wie eine Lawine, die nicht mehr aufzuhalten ist. So habe ich mir diesen Moment nicht vorgestellt. »Ich liebe dich schon mein ganzes Leben. Hast du eine Ahnung, wie das ist? Sich Tag für Tag, Jahr für Jahr nach jemandem zu sehnen? Nach einer Frau, die immer darauf bestanden hat, dass wir nur Freunde bleiben, weil sie mich nicht verlieren wollte? Ich sage dir jetzt etwas: Es hat mir das Herz gebrochen. Und es ist ermüdend. Und verdammt, es ist das Schwierigste, was ich je tun musste, okay? Und heute, an meinem Hochzeitstag, sagt Stella plötzlich irgendetwas, und du öffnest die Augen und siehst etwas, das die ganze Zeit schon da war?« Sie hält meinem Blick stand, während die Wut nur so aus mir herausströmt. »Nun, es tut mir leid, aber es ist zu spät. Ich heirate heute, Juno. Ich habe ihr ein Versprechen gegeben. Nicht, dass es eine Rolle spielen würde. Wenn ich die Hochzeit abblasen würde, würdest du wahrscheinlich schon morgen davonlaufen. Lass uns einfach offen aussprechen, was das hier ist: Du bist eifersüchtig und hast Angst, mich zu verlieren.«

Sie zuckt zusammen. »Hast du irgendeine Ahnung, wie schwer es mir gefallen ist, zu dir zu kommen? Wie viel Angst ich habe, weil sich das, was wir hatten, verändert hat? Ich kann nicht ohne dich leben.« Ihr Kinn sinkt auf die Brust, und ihre Tränen tropfen auf den Boden.

»Hier geht es nicht nur um dich. Du kommst zu spät.« Ich verschränke die Arme vor der Brust. Mir liegen eine Million Worte auf der Zunge, die ich gern aussprechen würde.

»Dann willst du es also wirklich durchziehen?«

»Ich habe es ihr versprochen.«

Sie nickt. »Okay. Dann war's das wohl.«

»Anscheinend.«

Sie stürmt an mir vorbei zur Tür.

»Juno.«

»Was?«

»Du wirst morgen froh sein, wenn du merkst, dass sich an unserer Freundschaft nichts verändern wird. Deine Gefühle für mich werden sofort verschwinden, sobald du merkst, dass du mich nicht verlierst.« Ich drehe mich nicht zu ihr um, denn würde ich es tun, würde ich sie wahrscheinlich gegen die Wand drücken und ihr meine Liebe gestehen. Wie sehr ich mir wünsche, sie hätte früher gemerkt, dass wir perfekt füreinander sind.

Aber der Zufall ist einfach zu groß.

Sie erwidert: »Ich weiß, dass ich es dir all die Jahre nicht leicht gemacht habe. Und ich wünschte, ich hätte keine Angst, dich zu verlieren. Und ja, ich bin ziemlich sicher, dass alle, auch du, denken, dass ich mich nur so fühle, weil ich meine Eltern so früh verloren habe. Dass ich deshalb Angst habe, dich zu verlieren. Was mich aber wirklich nachts wach hält, seit du deine Verlobung bekannt gegeben hast, ist der Gedanke, dass du jetzt eine andere Frau so liebst, wie du mich all die Jahre geliebt hast. Und ich weiß, dass ich ein bisschen begriffsstutzig bin und dir schon vor langer Zeit meine Liebe hätte gestehen sollen. Ich kann sogar verstehen, warum du sauer auf mich bist, aber du liegst falsch. Morgen werde ich immer noch ein gebrochenes Herz haben, denn ich liebe dich, Colton Stone. Diese Liebe ist von Jahr zu Jahr gewachsen. Ich habe mir die Erinnerung von uns im Baumhaus am Tag der Beerdigung meiner Eltern bewahrt, um mich daran zu erinnern, dass du immer für mich da sein wirst, ganz egal, was auch passiert. Aber jetzt heiratest du eine andere Frau, und ich konnte nicht mit dir darüber reden, wie sehr es wehtut.« Sie hält inne. »Ob du es glaubst oder nicht. Ich habe dich nie belogen.«

Ich höre, wie sie die Tür öffnet und hinter sich zuzieht.

Mein Kinn sinkt auf die Brust, und ich schiebe die Hände in die Hosentaschen. Die spitzen Kanten des Herzanhängers bohren sich in meine Fingerspitzen. Ich hole die Kette heraus und lege sie auf meine Handfläche.

Es klopft erneut, gefolgt vom Quietschen der Tür.

»Es ist so weit, Colton«, sagt Selene.

Ich stopfe den Anhänger zurück in meine Hosentasche und sehe sie an.

»Du siehst großartig aus«, sagt sie.

Ich lächle, obwohl ich gerade alles andere als glücklich bin. »Danke.«

Ich verlasse das Zimmer und gehe durch den Garten, bis ich vor den aufgereihten weißen Stühlen stehe. Ich lächle Pastorin Reynolds zu, und sie erwidert mein Lächeln.

Ich lasse den Blick durch den kleinen Garten schweifen und sehe all die Leute, die mir beim Aufwachsen zugesehen haben. Alle Baileys, meine zweite Familie, sitzen zusammen. Juno, die so tut, als wäre sie mit ihrem Handy beschäftigt, sitzt neben Jason.

Ich versuche, mich in ihre Lage zu versetzen, doch es geht nicht. Ich glaube, ich könnte es nicht ertragen, wenn sie einen anderen heiraten würde.

Dann setzt die Musik ein. Während sich alle umdrehen, um zuzusehen, wie Brigette den Mittelgang entlangkommt, bleiben Junos Augen auf mich gerichtet. Unsere Blicke treffen sich, und ihre grünen Augen spiegeln all das wider, was ich fühle.

Ich hätte nicht so barsch zu ihr sein sollen. Wer Juno kennt, weiß, wie schwer es ihr gefallen ist, zu mir zu kommen.

Bevor ich überhaupt blinzeln kann, steht Brigette in ihrem weißen schlichten Kleid ohne Schleier bereits vor mir am Altar. Sie sieht zwar aus wie eine Braut, doch sie strahlt nicht wie eine. Zwischen uns ist keine Liebe. Das hier ist eine rein geschäftliche Transaktion, die ich nur ausführe, weil ich mich zwingen muss, nicht mehr davon zu träumen, dass Juno eines Tages mein sein könnte. Wie konnte ich nur glauben, dass ich das hier wirklich durchziehen könnte?

Pastorin Reynolds lächelt uns an, und Brigette reicht meiner Mom ihren Brautstrauß, da wir uns gegen Brautjungfern und Trauzeugen entschieden haben. Dann streckt mir Brigette die Hände entgegen, und mein Blick wandert mal wieder zu Juno. Bisher hat sie uns nicht angesehen. Sie hat den Blick gesenkt, als müsste sie einen Fussel von ihrem Kleid zupfen.

Brigette streckt mir immer noch die Hände entgegen, damit wir einander das Eheversprechen geben können. »Colton?«

Fuck, was für ein Schlamassel.

»Tut mir leid«, sage ich. »Ich kann dich nicht heiraten.«

Brigette blinzelt ein paarmal, bevor sie nickt. Sie stellt keinerlei Fragen, dreht sich einfach um und geht zurück ins Haus.

Die Gäste schnappen hörbar nach Luft. Alle Blicke folgen Brigette, bevor sie auf mir landen.

»Colton?«, fragt meine Mom besorgt.

Ich stehe vor unseren Gästen und schlucke schwer. »Es tut mir wirklich leid, Leute. Aber heute wird es keine Hochzeit geben. Ich entschuldige mich für die Unannehmlichkeiten. Danke, dass ihr alle gekommen seid.« Mit gesenktem

Kopf gehe ich den Mittelgang hinunter, vorbei an dem Geflüster. Am Ende des Gangs bleibe ich stehen. »Aber bitte bleibt und esst noch etwas. Das Essen wurde bereits bezahlt.«

Keine Ahnung, was ich dachte, wie ich mich fühlen würde, wenn ich meine eigene Hochzeit platzen lasse, aber mit Erleichterung habe ich nicht gerechnet.

Kapitel 19

COLTON

Ich klopfe an Brigettes Tür, und sie bittet mich herein. Sie hat bereits ihr Haar gelöst und sitzt am Fenster mit Blick auf Selenes Garten.

Ich trete ein, reibe mir nervös die Hände und setze mich auf die Bettkante. »Es tut mir leid.«

»Das hast du bereits gesagt«, erwidert sie. »Ist es wegen Juno?«

»Ja ... Nein ... Ich weiß es nicht.« Und das ist die Wahrheit. Ich habe keine Ahnung, was mit Juno passieren wird, aber als ich am Altar stand, wusste ich, dass ich niemanden heiraten kann, den ich nicht liebe. Ich will Brigette wirklich helfen, denn mittlerweile ist sie eine gute Freundin geworden. Aber dass mir Juno ihre Gefühle gestanden hat? Das kann ich nicht einfach wegschmeißen. Ganz egal, wie wütend ich auf sie bin, weil sie es mir erst jetzt gesagt hat.

»Schon witzig. Ich wäre heute Morgen fast nicht erschienen«, sagt Brigette.

»Warum nicht?«

Sie dreht sich auf ihrem Stuhl zu mir um. »Weil du sie liebst. Und das sage ich nicht aus Verärgerung. Ich bin kein böser Mensch, Colton. Ich kann nicht zulassen, dass du dein ganzes Leben wegwirfst, nur damit ich nicht zurück nach Frankreich muss.«

»Aber du bist trotzdem aufgetaucht«, wende ich ein.

Sie nickt. »Ich habe mir eingeredet, wir würden eine Lösung finden. Eine Vereinbarung. Vielleicht hätten wir es Juno irgendwann sagen können. Aber das ist für euch kein Leben. Das war egoistisch von mir.«

»Und was wirst du jetzt tun?«

Sie zuckt mit den Schultern und zieht noch mehr Haarnadeln aus ihrer Frisur. »Zurück nach Frankreich gehen, schätze ich. Aber ich glaube, zuerst gehe ich auf ein Date.«

»Mit wem?« Wahrscheinlich mit Rhys oder Jason. Ich bin nicht sicher, welchen der beiden sie mag.

»Rhys ist in letzter Zeit oft mit seinem Hund in der Praxis gewesen. Gestern Abend sind wir uns zufällig begegnet und ...«

Ich hebe die Hand. »Du musst es mir nicht erzählen.«

Egal, was sie getan hat – es ist ihre Sache. Wir sind nicht zusammen.

»So bin ich eigentlich nicht«, sagt sie. »Tut mir leid, dass ich dich in diese Situation gebracht habe.«

Ich stehe auf, ergreife ihre Hände, ziehe sie hoch und umarme sie. »Aber ich habe zugestimmt. Es klang alles einfacher, als es letztendlich war. Ich dachte, ich könnte es. Ich war zu der Zeit so sauer auf Juno und wollte mein Leben endlich weiterleben. Wir haben diese Entscheidung gemeinsam getroffen.«

Sie dreht sich um und fasst ihr Haar zusammen. »Würdest du bitte?« Ich öffne den Reißverschluss ihres Kleids, und sie dreht sich wieder zu mir um. »Danke. Und danke für alles, Colton. Du bist ein guter Kerl.«

»Dann hasst du mich also nicht?«

Sie verschwindet hinter einem Paravent und hängt ihr Hochzeitskleid über die Trennwand. »Nein. Ich könnte dich niemals hassen. Du hast aus Liebe gehandelt. Das ist sehr ehrenhaft.« Dann taucht ihr Kopf hinter der Wand auf. »Ich hoffe, es geht gut für dich aus.«

Ich erzähle ihr nicht, dass Juno vor der Hochzeit zu mir gekommen ist. Ich will nicht, dass sie böse auf Juno ist, auch wenn es so klingt, als hätte Brigette auch jemanden gefunden, für den sie Gefühle hat.

»Komm mit runter, und nimm dir einen Drink.«

Als sie hinter dem Paravent hervorkommt, trägt sie Yogahosen und ein bauchfreies Shirt. »Nein, das sind deine Freunde.«

»Sie können auch deine Freunde sein. Das sind gute Menschen.«

Sie lächelt. »Nein, geh du nur. Tanz mit der Frau, die du von Anfang an hättest heiraten sollen.« Sie hebt die Augenbrauen.

»Und du kommst klar?« Ich stehe schon an der Tür. Es ist mir schwergefallen, Juno nicht sofort über die Schulter zu werfen und mit ihr abzuhauen, als ich den Altar verlassen habe. Aber ich musste zuerst mit Brigette sprechen. Und jetzt kann ich es gar nicht erwarten, Juno endlich zu sehen.

»Alles gut. Geh jetzt.«

»Du sagst mir, falls du irgendetwas brauchst, ja?« Ich bleibe im Türrahmen stehen.

»Du musst dich nicht mehr um mich kümmern. Geh und schnapp dir dein Mädchen.«

Ich nicke, schließe die Tür und bin froh, dass Brigette so gefasst ist. Trotzdem fühle ich mich schlecht, weil ich mein Versprechen nicht gehalten habe.

Ich eile die Treppe hinunter und finde meine Eltern in Selenes Wohnzimmer sitzend vor. Als ich den unteren Treppenabsatz erreiche, stehen sie auf.

»Ich muss euch etwas sagen.«

Meine Eltern sind nicht sonderlich streng, aber ich habe ihnen ohnehin nie viel Ärger bereitet. Ich kam höchstens ab und zu mal zu spät nach Hause, wenn ich bei den Baileys war. Aber ich weiß nicht, wie sie auf die Wahrheit reagieren werden.

»Wie geht es Brigette?«, fragt meine Mom und nimmt wieder Platz, als ich mich ihnen gegenüber in den Sessel setze.

»Es geht ihr gut. Sie versteht es.«

»Colt, ich bin verwirrt. Ihr wart seit Monaten verlobt. Was ist passiert?«, fragt mein Dad.

»Brigettes Studentenvisum läuft bald aus …«

Mein Dad reibt sich die Stirn.

Meine Mom zieht die Augenbrauen zusammen. »Ich verstehe nicht.«

»Er wollte sie heiraten, damit sie eine Greencard bekommt«, erklärt mein Dad, und ich merke, dass er darüber nicht sehr erfreut ist.

»Wie bitte? Wirklich?«

Ich nicke.

»Meine Güte, Junge. Hast du überhaupt eine Ahnung, welchem Risiko du dich ausgesetzt hast?«, fragt Dad. »Mit so etwas ist nicht zu spaßen. Du hättest ins Gefängnis kommen können, wenn es jemand herausgefunden hätte.«

»Wusste Juno davon?«, fragt meine Mom.

Ich schüttle den Kopf, und ihr Blick wandert zum Kamin.

»Ich weiß. Ich weiß. Aber Brigette hat Hilfe gebraucht. Und ich habe zugestimmt.« Die Gründe müssen sie nicht unbedingt erfahren.

»Dumm. Das ist einfach nur dumm. Du bist ein so kluger Junge, aber verdammt, das war eine wirklich dumme Entscheidung. Zum Glück hast du es nicht durchgezogen.« Mein Dad kann gar nicht mehr aufhören, den Kopf zu schütteln.

»Warum hast du es nicht getan?«, fragt meine Mom. »Ich meine, du hast es so lange durchgezogen.«

»Wolltest du deshalb nicht, dass wir für irgendetwas bezahlen?«, fragt mein Dad. »Du hättest es uns sagen können.«

Meine Mom legt die Hand auf Dads Arm. »Warte, Rich.« Dann richtet sie den Blick auf mich. »Warum hast du die Hochzeit abgeblasen? Geht es um das, was ich dir vorhin im Malzimmer gesagt habe?«

Ich schüttle den Kopf. »Nein. Aber wenn ich das nächste

Mal heiraten will, dann sag mir bitte nicht kurz vorher, dass ich lieber eine andere heiraten soll.«

Mom lächelt nur. »Solange es Juno ist, werde ich so etwas nicht mehr sagen. Ich wusste, dass irgendetwas faul war. Du liebst Juno schon dein ganzes Leben, und plötzlich kommt diese Französin in die Stadt, und du willst sie heiraten? Auf die Greencard wäre ich wahrscheinlich nicht gekommen, aber eine Mutter spürt, wenn ihr Sohn drauf und dran ist, etwas zu tun, das er lieber nicht tun sollte.«

Ich reibe mir den Nacken.

»Juno ist seine beste Freundin«, sagt mein Dad.

Meine Mom legt den Kopf schief und starrt mich an. »Sag es ihm.«

Sie ist echt anders als andere Mütter.

»Ich muss zuerst mit ihr sprechen, bevor ich mit euch darüber rede«, erwidere ich.

»Willst du mir damit sagen, dass ihr zwei schon die ganze Zeit ...«

»Nein, Rich, sie waren blind. Nun ja, ich glaube, Colton nicht, aber Juno ... du weißt schon ... mit Tim und Beth ...«

So läuft das bei uns zu Hause. Wir sprechen nie darüber, wie die Baileys tatsächlich gestorben sind.

Mein Dad nickt, denn er weiß, wie der Hase läuft. »Weißt du denn überhaupt, ob sie dich auch liebt?«

Ich stehe auf, denn ich kann diese Unterhaltung jetzt nicht weiterführen. Ich will Juno beiseiteziehen und küssen. Ihr sagen, dass mir mein Verhalten leidtut, und noch mal von vorn beginnen. »Können wir später reden?«

Anscheinend weiß meine Mom, was ich vorhabe, denn

dafür, dass ihr Sohn gerade seine Hochzeit abgeblasen hat, lächelt sie viel zu breit. »Geh nur, Schätzchen.«

Ich gehe durch die Schiebetür hinaus auf die Veranda und steuere auf das weiße Zelt zu. Der Musik und den Stimmen nach zu urteilen, sind die meisten Gäste geblieben.

Neben dem Zelt bleibe ich stehen und beobachte Juno eine Weile. Mir fällt sofort auf, dass Jason nicht mehr da ist. Sie steht mit ihren Schwestern in einer Ecke. Als würde sie meine Anwesenheit spüren, sieht sie auf, und unsere Blicke treffen sich. Ich betrete das Zelt.

Da tritt Dr. Murphy vor mich. »Colton.«

»Dr. Murphy.«

»Wie geht es Brigette?«, fragt er.

»Es geht ihr gut. Ich glaube, wir sind uns einig.«

Er streckt mir die Hand entgegen, und ich schüttle sie. »Ich hätte nicht gedacht, dass du doch noch zu Sinnen kommst. Dass du jemanden wegen einer Greencard heiratest, hätte ich nie von dir erwartet.«

»W… was?«

Er lacht. »Dachtest du, die Regierung würde nicht deinen Arbeitgeber kontaktieren? Ich habe eine Weile gebraucht, aber nachdem sie angerufen und mich nach der Authentizität eurer Beziehung gefragt haben, habe ich angefangen, euch genauer zu beobachten. Nur wenige Gesten der Zuneigung. Und immer nur vor anderen. Wenn ich in den Pausenraum gekommen bin, saß sie immer am einen Tischende, du am anderen. Ich habe nie mitbekommen, wie ihr euch in den Lagerraum geschlichen habt. Ich meine, ihr wart schließlich frisch verlobt.« Er zwinkert mir zu.

»O Mann!« Ich schüttle den Kopf.

Er drückt meine Hand noch fester. »Vier Pfoten gehört dir. Wir kümmern uns gleich nächste Woche um den Papierkram.«

»Wirklich?«

Er nickt. »Ja. Und ich habe einen Freund, der auf dem Konsulat arbeitet. Ich werde mal sehen, was er für Brigette tun kann.«

»Danke, Dr. Murphy.«

Dann lässt er meine Hand los. »Du bist ein guter Junge, Colton.«

Dr. Murphys Blick wandert zu Juno, bevor er wieder mich ansieht. Er lächelt, tätschelt mir den Rücken und geht.

Mit einem riesigen Kloß im Hals betrete ich die Tanzfläche. Juno blickt zwischen den Schultern von zwei ihrer Schwestern hindurch. Je näher ich komme, desto breiter wird ihr Lächeln.

Ein Teil von mir würde gern zu ihr rennen, ein anderer will sich den Moment jedoch ganz genau einprägen. Den Moment, auf den ich so lange gewartet habe. Endlich werden wir die Grenze überschreiten, die sie vor Jahren gezogen hat.

»Colton!« Kingston steht vor mir, und Junos Lächeln verschwindet.

Er legt die Hand auf meine Brust und schiebt mich aus dem Zelt, weg von den anderen – und zu den restlichen Bailey-Brüdern. Austin hat die Hände in die Hosentaschen geschoben, Rome die Arme vor der Brust verschränkt, Denver eine Hand um seine geschlossene Faust gelegt.

Kingston drückt meine Schulter. »Zuerst sagst du deine Hochzeit ab, und jetzt begaffst du unsere Schwester? Was zur Hölle ist nur los mit dir, Mann?«

»Glaubst du wirklich, wir vertrauen dir unsere Schwester an, nachdem du fast eine andere geheiratet hättest?«, fragt Rome.

Denver steht einfach da, boxt immer wieder mit der Faust in seine Handfläche und funkelt mich an.

»Denk mal drüber nach, Colton. Nenn uns einen Grund, warum wir mit dir und unserer Schwester einverstanden sein sollten«, sagt Kingston.

Das kann unmöglich ihr Ernst sein. Ich hätte niemals damit gerechnet, dass es für sie nicht in Ordnung sein könnte. Mist! Da habe ich sie wohl falsch eingeschätzt. »Ich liebe sie.«

»Du liebst sie?«, wiederholt Kingston. »Glauben wir ihm?«

Austin verlagert das Gewicht auf die Fersen. »Ich glaube ihm.« Auf seiner ernsten Miene zeichnet sich ein Lächeln ab.

»Fuck, ja. Wurde aber auch Zeit.« Denver tut, als würde er mir in den Bauch boxen.

»Ich habe mich echt gefragt, was zur Hölle du dir dabei denkst.« Rome nimmt mich in den Schwitzkasten und verpasst mir eine Kopfnuss.

»Aber jetzt mal im Ernst. Wenn du ihr wehtust, machen wir dich fertig«, warnt Kingston grinsend.

»Ich werde ihr nicht wehtun.«

»Das wissen wir«, erwidert Austin und deutet mit dem

Kopf auf das Zelt. »So verzwickt die Situation auch ist – geh zu ihr, und rede mit ihr.«

»Danke.«

Ich verlasse die vier Bailey-Brüder und betrete zum zweiten Mal das Zelt. Jetzt tanzt Juno mit Calista, Dion und Phoebe im Kreis.

Es läuft gerade *The Difference* von Tyler Rich. Ich halte Juno meine Hand hin. »Würdest du mit mir tanzen?«

Romes Kinder starren mich an, als würden sie mich nicht erkennen.

Juno legt ihre Hand in meine, und ich ziehe sie zu mir.

»Ist das komisch? Glaubst du, die Leute starren?«, fragt sie und lässt den Blick durch das Zelt schweifen.

Ich lege den Zeigefinger unter ihr Kinn und drehe ihren Kopf zu mir. »Mir geht es nur um uns.« Ich schlinge den Arm um ihre schmale Taille, unsere Hände zwischen unseren Körpern. »Tut mir leid mit vorhin.«

Sie schüttelt den Kopf, und ihre Augen werden glasig. »Ich bin diejenige, die sich entschuldigen sollte. Ich habe deine Hochzeit ruiniert.«

»Zum Glück. Ansonsten würde ich jetzt mit der Falschen tanzen.«

»Colton, was, wenn ...«

Ich schüttle den Kopf. »Leb einfach im Moment. Vergiss alle anderen. Nur du und ich. Sonst niemand.«

Sie legt den Kopf an meine Brust. »Ich liebe dich.«

Mein Herz fühlt sich an wie ein mit Helium gefüllter Luftballon. Ich gebe ihr einen Kuss auf den Kopf. »Und ich liebe dich.«

Noch nie hat sich ein Satz so gut angefühlt. Ich drücke sie noch fester an mich. Jetzt, da sie endlich mir gehört, werde ich sie nie wieder loslassen.

Kapitel 20

JUNO

Nach unserem Tanz führt mich Colton aus dem Zelt. Alle haben Fotos gemacht. Es ist so gut wie sicher, dass eines davon auf Buzz Wheel landen wird.

»Wohin gehen wir?«, frage ich.

»Zu mir.«

»Aber was ist mit …«

Ein paar Meter neben dem Haus bleiben wir stehen. Er legt seine großen Hände an meine Wangen und sieht mir in die Augen. »Keine Sorge. Meine Eltern kümmern sich um alles. Ich will mit dir den Abend nicht auf meiner abgesagten Hochzeitsfeier verbringen. Wo ist Jason?«

»Ich habe ihn nach Hause geschickt und ihm erklärt, dass ich mich nicht länger mit ihm treffen kann.« Ich trete näher an ihn heran, bis meine Brust seine berührt. »Küss mich, Colton.«

Zwar hat er mir seine Liebe gestanden und mich beim Tanzen gehalten wie ein kostbares Geschenk, aber davon einmal abgesehen, haben wir die Grenze noch nicht überschritten.

»Das wollte ich schon so lange hören.« Lächelnd beugt er sich zu mir herab und drückt seine Lippen auf meine.

Ich schlinge ihm die Arme um den Hals, unsere Körper eng aneinandergepresst. Inzwischen ist es kühler geworden. Die Insekten in Selenes Garten zirpen und summen. Die Klänge aus dem Zelt – in dem Grandma Dori ihren Cha-Cha-Cha tanzt – können die Geräusche der zum Leben erwachten Natur nicht mehr übertünchen.

Unsere Zungen berühren sich, und er umfasst meine Taille mit beiden Händen. Ich habe Colton schon oft geküsst. Mit dreizehn, als wir noch gar nicht wussten, was wir taten. Mit achtzehn, als wir beide schon ein wenig Übung hatten. Mit sechsundzwanzig, als ich feststellte, dass er inzwischen ein Mann geworden war und gelernt hatte, wie man eine Frau küsst. Aber kein Kuss hat sich bisher so richtig angefühlt wie dieser hier. Ich glaube, meine Knie geben gleich nach.

Er beendet den Kuss viel zu früh, ergreift meine Hand und zieht mich durch den Garten. »Wir müssen jetzt nach Hause.« Er beginnt, in seiner Hosentasche nach seinem Schlüsselbund zu kramen.

»Colton.« Ich halte ihn auf. »Wie geht es Brigette? Ist sie sehr traurig?«

Als Colton ihr gesagt hat, dass er sie nicht heiraten könne, hatte ich ein schlechtes Gewissen, denn meine erste Reaktion war Freude. Aber *meine* Freude bedeutet *ihren*

Schmerz. Hätte ich mir meine Gefühle früher eingestanden, wäre sie niemals in diese Situation geraten.

»Es geht ihr gut. Sie hat es verstanden. Und ich glaube, sie war auch ein bisschen erleichtert. Dr. Murphy meinte, er würde mit einem Freund auf dem Konsulat sprechen.« Er entriegelt seinen Truck und legt eine Hand auf meine Hüfte. »Ab jetzt will ich ihren Namen heute Abend nicht mehr hören, okay?« Er streicht mir eine lose Strähne hinters Ohr. »Ich habe so lange darauf gewartet, dich endlich bei mir zu haben.«

Ich stelle mich auf die Zehenspitzen. »Okay. Aber wenn du mir noch mal Informationen vorenthältst, gibt's Ärger. Verstanden?« Ich pikse ihm den Zeigefinger in die Brust.

Nachdem ich Colton meine Gefühle offenbart habe, habe ich eine Verzweiflung gespürt, die ich noch nie empfunden habe. Dass er Brigette wegen einer Greencard heiraten wollte, hat den Schmerz noch schlimmer gemacht. Aber wie kann ich ihm deshalb böse sein? Seine arrangierte Hochzeit ist der Grund, warum ich endlich den Mut gefunden habe, ihm meine Liebe zu gestehen.

»Ich werde dir nie wieder etwas verheimlichen.« Er küsst mich. »Und jetzt steig bitte in den Truck.«

Kichernd klettere ich hinein. Er umrundet die Motorhaube, schlüpft aus seinem Jackett und lockert seine Krawatte. Dann steigt er ein, wirft das Jackett auf den Rücksitz und startet den Motor. Die Situation ist nicht anders als all die Male zuvor, als ich in seinem Truck saß. Und gleichzeitig ist sie ganz anders. Diesmal fahren wir zu ihm, um miteinander zu schlafen.

Er fährt auf die Straße, und ich beobachte, wie die Landschaft an uns vorüberzieht.

»Das ist seltsam, nicht wahr?« Ich sehe ihn an, und er dreht den Kopf, doch ich kann seinen Gesichtsausdruck nicht deuten. »Ich meine, du wolltest heute eine andere heiraten, und jetzt fahren wir zu dir, um *es* zu tun.«

Er fährt rechts ran und stellt den Truck in den Park-Modus. »Willst du nicht zu mir? Würdest du es lieber langsamer angehen?« Als er meine Hände ergreift, werde ich nervös. »Du bestimmst das Tempo. Verdammt, ich habe schon so lange gewartet. Meine Eier sind eh schon blau. Auf ein paar Wochen mehr oder weniger kommt es da auch nicht mehr an. Falls wir aber auf eine bestimmte Anzahl von Dates gehen müssen, bevor wir miteinander schlafen, musst du in deinem Kalender Platz schaffen.«

Er versteht mich völlig falsch. Ich will unbedingt mit ihm schlafen. Ich träume seit Monaten von nichts anderem. »Ich will es nicht langsamer angehen. Aber das letzte Mal, als wir Sex hatten, waren wir beide ziemlich betrunken ...« Ich zucke mit den Schultern. »Es ist nur irgendwie seltsam, dass ich deinen Penis sehen werde.«

»Du hast ihn doch schon mal gesehen. Und können wir ihn bitte nicht *Penis* nennen? Das klingt, als wären wir in der fünften Klasse in Bio.«

Ich kichere. »Ich weiß, ich weiß. Aber findest du es nicht komisch, dass du mich nackt sehen wirst?«

»Ähm, nein. Ich kann es kaum erwarten. Bisher habe ich nur einzelne Puzzleteile von dir im Kopf. Ich kann es nicht erwarten, endlich das Gesamtwerk zu betrachten. Und zwar nüchtern.«

Ich löse den Sicherheitsgurt, setze mich auf die Knie und beuge mich zu ihm, um ihn zu küssen. »Du sagst immer genau das Richtige.« Ich drücke meinen Mund auf seinen. »Bring mich nach Hause. Vergiss, was ich gerade gesagt habe.«

Ich setze mich wieder ordentlich hin, schnalle mich an, und er stellt den Truck in den Drive-Modus.

»Was, wenn ich nicht so bin, wie du es dir vorstellst?«, frage ich, als wir sein Wohnviertel erreichen.

Colton wohnt so nahe an der Innenstadt, dass er theoretisch zu Fuß zur Arbeit gehen kann. Er hat ein zweistöckiges Haus mit drei Schlafzimmern. Die Leute haben sich über ihn lustig gemacht, als er es direkt nach seinem Studium gekauft hat. Doch er meinte, er wolle in kein Apartment ziehen und die Hypothek eines anderen abbezahlen. Wir haben uns dreißig Häuser angeschaut, bevor er auf das hier geboten hat. Nachdem ich ihm vor all den Jahren geholfen habe, es einzurichten, wäre es wie ein Stich ins Herz gewesen, mit anzusehen, wie Brigette hier einzieht.

Er schweigt, bis er in die Garage gefahren ist und den Schlüssel abgezogen hat.

»Du musst jetzt aufhören, so viel nachzudenken.« Er steigt aus. Ich will ebenfalls aus dem Truck klettern, doch er steht bereits da. »Ab jetzt wartest du, bis ich dir die Tür öffne.«

»Das ist aber ganz schön fordernd. Du weißt, dass ich

auf so etwas nicht höre«, erwidere ich, nehme seine Hand und steige aus.

Er lacht leise. »Okay. Bitte steig ab jetzt nicht mehr aus, bevor ich dir nicht die Tür geöffnet habe. Ist das besser?«

Ich gehe ins Haus. »Vielleicht. Aber ich kann meine Tür selbst öffnen. Ich meine ja nur.«

Ich liebe es, dass er so ein Kavalier ist. So ist er schon immer gewesen. Aber ich ziehe ihn auch gern damit auf.

Im Waschraum schlüpfe ich aus meinen High Heels und gehe in die Küche – wie schon so viele Male zuvor. Mein Lächeln verschwindet jedoch, als ich auf der Theke den Ordner mit der Aufschrift *Hochzeitsreise* entdecke. »Oh, ihr wolltet auf Hochzeitsreise gehen?«

Er nimmt den Ordner und stopft ihn in eine Schublade. »Nur ein kleiner Trip, falls jemand Fragen stellt. Allerdings ohne Reiserücktrittsversicherung. Das Geld ist also futsch.«

»Meinst du, ihr beiden hättet ... Ich meine, vielleicht hättet ihr irgendwann Gefühle füreinander entwickelt.«

»Nein. Hätten wir nicht.« Er umrundet den Küchentisch, ergreift meine Hand und verschränkt unsere Finger miteinander. »Ich bin schon in eine verrückte Rothaarige verliebt.«

»Aber vielleicht mit der Zeit?«

»Hör jetzt auf.« Er lässt meine Hand los, schlingt die Arme um meine Taille und zieht mich an sich.

»Womit?«

Er küsst meine Stirn. »Hör auf, das zwischen uns zu blockieren.«

»Mach ich gar nicht.«

»Doch. Du verhältst dich genau wie damals, als wir miteinander geschlafen haben, bevor ich aufs College gegangen bin.«

Meine Stirn sinkt gegen seine Brust. Dieser Mann durchschaut mich komplett – und es macht mir Angst. »Ich glaube, ich habe einfach nur Angst.«

Er gibt mir einen Kuss auf den Kopf. »Ich auch. Aber ich will nirgendwo sonst sein. Und du?«

Ich blicke zu ihm auf und schiebe meine Angst beiseite. »Ich auch nicht.«

Er streicht mir mit der Hand über die Wange. »Siehst du, wir sind uns schon einig.«

Er beugt sich herab und küsst mich. Plötzlich ist es nicht mehr komisch. Das Zögern weicht meinem Verlangen nach diesem Mann. Ich will mehr, als seine Zunge in meinen Mund gleitet und sich seine Finger in meinem Haar vergraben, als könnte ich jede Sekunde verschwinden.

Mit zitternden Fingern öffne ich die Knöpfe seines Hemds. Würde ich es ertragen, mich von seinem Mund zu lösen, würde ich ein wenig zurückweichen, um zu beobachten, wie meine Hände über seine nackte muskulöse Brust wandern.

Er hört auf, mich zu küssen, und begutachtet mein Kleid. »Reißverschluss?«

»An der Seite.« Ich streife das Hemd über seine Schultern.

Es dauert nicht lange, bis er seine Manschettenknöpfe entfernt hat. Dann steht er mit nacktem Oberkörper vor mir. Es ist nicht so, als hätte ich ihn noch nie so gesehen. Dieser

Kerl rennt im Sommer sogar ohne Shirt über die Main Street. Trotzdem kann ich den Blick nicht losreißen.

»Ich liebe es, wie du mich ansiehst.« Er tritt näher an mich heran. Während er den Reißverschluss meines Kleids herunterzieht, blicken wir uns tief in die Augen. »Du bist wunderschön.«

»Colton«, sage ich und schließe die Augen, als er die Träger über meine Schultern streift.

»Sag mir, wenn ich aufhören soll.«

Ich schüttle den Kopf. Er schiebt das Kleid über meine Hüften, bevor es schließlich zu Boden fällt. Als ich die Augen aufschlage, betrachtet Colton meine Brüste und fährt sich mit der Zunge über die Unterlippe.

Ich hatte keinen BH, den man unter dem Kleid nicht gesehen hätte, also stehe ich jetzt nur mit einem schwarzen Slip bekleidet vor ihm. Er packt mich an den Hüften und setzt mich auf den Tisch.

»Ich will dich schon so lange.« Seine Finger streichen über mein Dekolleté und meine steifen Nippel.

Er beugt sich herunter und küsst mich zwischen den Brüsten. Dann leckt er über meinen rechten Nippel, bevor er an ihm zu saugen beginnt. Ich kralle meine Finger in sein Haar, damit er weitermacht. Er lässt die Zunge um die harte Spitze kreisen, und ich spüre seinen heißen Atem auf meiner Haut.

»Sollen wir nach oben gehen?«, flüstert er und küsst mich.

»Ja.« Mit einem Arm hebt er mich hoch, und ich schlinge die Beine um seine Taille. »Das klingt jetzt vielleicht verrückt, aber ich dachte, wir würden ungeschickt herumfummeln. Ich hätte nicht gedacht, dass du so ... zärtlich und männlich bist.«

Mitten auf der Treppe legt er den Kopf in den Nacken. »Hast du etwa an meinen Fähigkeiten gezweifelt?«

Ich lege den Zeigefinger an seine Lippen. »Ich will gar nicht wissen, wie du deine Fähigkeiten erworben hast.«

Er lacht leise und küsst mich sanft. »Okay, dann werde ich es dir nicht erzählen.«

»Moment mal ... Oder will ich es doch wissen?«

Er trägt mich in sein Schlafzimmer mit den dunkelblauen Wänden, die ich mit ihm zusammen gestrichen habe. Nachdem er mich auf der graubraunen Steppdecke abgesetzt hat, über die wir im Laden zehn Minuten lang diskutiert haben, geht er zum Nachttisch, der genau zum Bett passt. Was die Möbel angeht, waren wir uns sofort einig.

Er holt ein Kondom heraus und legt es auf die Kommode, bevor seine Finger zu seinem Gürtel wandern. Jetzt ist es so weit. Ich werde gleich seinen Penis sehen. Ich meine *Schwanz*.

»Mach die Augen auf, Juno«, sagt er.

Kichernd öffne ich ein Auge. Das Geräusch seines Reißverschlusses kommt mir so laut vor wie ein Feueralarm. Als seine Gürtelschnalle zu Boden fällt, öffne ich auch noch das andere Auge. Er trägt schwarze Boxershorts – und er hat eine ordentliche Beule.

Als er seine Finger an den Bund legt, hebe ich eine Hand, um ihn aufzuhalten. »Warte!«

Je länger ich ihn betrachte, desto mehr fangen meine

Nervenenden an zu kribbeln. Ich knie mich hin. Er fährt sich mit der Zunge über die Unterlippe, während er beobachtet, wie ich auf ihn zukrabble.

»Ich hoffe, du hast jetzt keine panische Angst mehr?«, fragt er, als ich mich vor ihm auf die Fersen setze.

»Ganz im Gegenteil.« Ich lege die Hand auf seine harte Länge.

Er fasst mir an den Hinterkopf, beugt sich zu mir herab und gibt mir einen Kuss, der definitiv mehr ist als nur freundschaftlich.

Endlich legt sich in meinem Kopf ein Schalter um. Colton ist nicht länger nur mein bester Freund, den ich seit Kindheitstagen kenne, sondern vor allem ein Kerl, bei dem mir das Wasser im Mund zusammenläuft.

Kapitel 21

COLTON

An Junos Hand auf meinem Schwanz kann ich mich definitiv gewöhnen. Das Bild von ihr, wie sie nur mit einem schwarzen Slip bekleidet auf mich zugekrabbelt ist, hat sich für immer in mein Gehirn eingebrannt. Ihre Hand gleitet in meine Boxershorts und umfasst meinen Schwanz. Stöhnend stoße ich die Hüften nach vorn.

Ihre Zunge gleitet in meinen Mund, und ich halte sie fest, damit sie nicht aufhört. Ihr Griff wird fester, und sie beginnt, die Hand auf und ab zu bewegen.

Mein Gott, ihre Geräusche. Das war eines der Dinge, die ich mir von unserer gemeinsamen Nacht vor zwei Jahren gemerkt habe – wie laut sie ist. Aber heute Abend ist kein Kingston nebenan. Jedes Seufzen, das ihr entweicht, ist ein Zeichen, dass sie mit mir hier im Moment ist.

Ich schiebe eine Hand in ihren Slip und streichle sie langsam. Verdammt, wie feucht sie ist.

Schließlich nimmt unsere Begierde überhand. Sie streift meine Boxershorts über meine Schenkel, reißt den Mund von meinem los und lässt ihre Finger über meine Brust und meinen Bauch wandern.

»Ich will dich«, raunt sie und will nach dem Kondom greifen.

Sie muss verrückt geworden sein. Ich habe das Kondom bereitgelegt, um später schneller dranzukommen, nicht, weil ich heute Nacht irgendetwas überstürzen will. Ich packe sie, und sie landet wieder auf der Matratze, bevor sie das Kondom erreichen kann.

»Hey!«

Ich hebe eines ihrer Beine an, küsse ihre Wade, knabbere an der Innenseite ihres Oberschenkels. »Noch nicht.«

Ich starre zwischen ihre Schenkel und beobachte, wie sich ihre Brust hebt und senkt. Dann lege ich ihr Bein über meine Schulter und lecke ihre Muschi durch den feuchten hauchdünnen Slip. Mit dem Zeigefinger schiebe ich ihn beiseite und entblöße sie. Sie biegt den Rücken durch und drängt sich mir entgegen. Ich spreize ihre Schenkel weiter auseinander und dringe mit einem Finger in sie ein, jedoch nie ganz, während ich meine Zungenspitze um ihren Kitzler kreisen lasse und daran sauge. Sie windet sich, ihre Brüste hüpfen, und ihr Atem geht immer heftiger.

Heute Nacht möchte ich einen Weltrekord aufstellen und sie so oft wie möglich zum Orgasmus bringen, sei es mit meinem Schwanz, meiner Zunge oder meinen Fingern.

Langsam dringe ich mit dem Finger in sie ein, achte auf die Zeichen ihres Körpers, versuche herauszufinden, was sie mag. Ganz ohne Hast.

Ihre Finger krallen sich in die Steppdecke. Ich beobachte

sie intensiv, nehme einen zweiten Finger dazu und krümme sie, um ihren G-Punkt zu erwischen. Als sie den Kopf hebt, um mich zu beobachten, treffen sich unsere Blicke. Sie schließt die Augen und öffnet sie wieder mit flatternden Lidern. Ihre Brüste heben und senken sich mit jedem Atemzug.

»O mein Gott.« Stöhnend fällt sie zurück auf die Matratze.

Sie reckt sich mir entgegen, und ihr gesamter Körper spannt sich an. Ihre Muschi zieht sich um meine Finger zusammen, bis sich ihre Hände schließlich von der Steppdecke lösen. Ihr entweicht ein tiefes, zufriedenes Seufzen.

Ich muss in ihr sein. Sofort. Ich greife nach dem Kondom, knie mich auf die Matratze, reiße das Tütchen auf und streife den Gummi über meine Länge. Juno nimmt zwar die Pille, aber ich möchte nicht automatisch davon ausgehen, dass sie gleich ohne Kondom mit mir schlafen will.

Ich küsse ihren Bauch, ihr Rosentattoo und arbeite mich immer weiter nach oben, zwischen ihren Brüsten hindurch, bis ich ihren Mund erreiche. »Hast du dich schon erholt?«

Ihre Augen werden wieder klarer, und sie grinst ein wenig. »Mann, du hast vielleicht Talent. Das hätte ich schon viel früher nutzen sollen.«

»Keine Sorge. Wir haben noch genug Zeit.« Ich küsse ihren Mundwinkel. Ich will nicht, dass wir der Vergangenheit nachtrauern, denn ab jetzt zählt nur noch die Zukunft.

Die Spitze meines Schwanzes stößt gegen ihre heiße Mitte. Seufzend spreizt sie die Beine und schlingt die Arme um meinen Körper. Als sie mein Gewicht auf sich spürt, schnappt sie nach Luft. Vorsichtig dringe ich in sie ein, und sie vergräbt die Finger in meinem Haar und spielt damit. Ich glaube, sie mag es langsam.

»Ich hoffe, es ist okay für dich, morgen wund zu sein«, sage ich, bevor meine Zunge in ihren Mund gleitet.

Ich brauche keine Antwort. Ihre Beine, die sich um meine Taille schlingen, reichen mir, um zu wissen, dass sie voll dabei ist.

Genau in dieser Stellung waren wir schon mal – als wir betrunken waren. Damals ging es mehr um das Ziel als um den Weg dorthin. Doch heute Nacht ist der Weg das Ziel. Ich streiche ihr das Haar aus dem Gesicht und bedecke jeden Quadratzentimeter Haut, den ich erreichen kann, mit Küssen, während ich immer noch tief in ihr bin. Ich beschleunige den Rhythmus, während sich ihre Fersen in meine Waden bohren und unverständliche Worte über ihre Lippen kommen.

»Ich werde nie genug von dir bekommen«, flüstere ich.

Ihre Hände wandern hinauf zu meinen Schultern, und ihre Finger bohren sich in meine Muskeln.

Sie lässt den Kopf nach hinten sinken, und ich küsse, schmecke und knabbere an ihrem Hals, als wäre ich am Verhungern. Sie hebt die Hüften, und ich stoße immer tiefer in sie. Ich kann gar nicht aufhören, ihre seidige Haut zu berühren.

Ich fasse nicht, wie schnell aus meiner besten Freundin meine Liebhaberin geworden ist. Ich liebe sie. Ich habe sie schon immer geliebt. Aber jetzt, hier in diesem Bett, weiß ich, dass das, was wir vorher waren, sich nicht mit dem vergleichen lässt, was wir sein werden. In mir entfacht sich ein Feuer. Ich vergrabe das Gesicht an Junos Hals, stoße immer wieder in sie, auf der Jagd nach meiner eigenen Erlösung.

»Ich komme«, flüstert sie mir schwer atmend ins Ohr. Ihre Fingernägel graben sich tief in meine Schulterblätter.

Ich werde nicht schneller, warte, bis sie sich um mich zusammenzieht, bevor ich selbst zum Orgasmus komme. Wie aufs Stichwort schlingt sie laut stöhnend die Beine fester um meine Taille. Ich stoße sie schneller, bis ich nur noch Sterne sehe und in ihr komme.

Ich sinke mit meinem ganzen Gewicht auf sie. Noch nie habe ich eine so tiefe Zufriedenheit empfunden.

Ich stütze mich auf die Ellbogen und betrachte sie. Ihre Haut ist gerötet, und sie atmet immer noch schwer. »Immer noch komisch?«

Sie schlägt mir auf den Rücken. »Ich habe festgestellt, dass ich deinen Penis ziemlich mag.«

Ich gebe ihr einen Kuss auf den Mund. »Können wir jetzt bitte aufhören, ihn *Penis* zu nennen?«

»Soll ich mir einen Namen für ihn ausdenken?«

Ich ziehe mich aus ihr zurück. Natürlich steht er immer noch auf Halbmast, beinahe bereit für die nächste Runde. »Wie wäre es einfach mit *Schwanz?*«

Ich setze mich auf, und sie streckt die Arme über den Kopf. Wie sehr ich ihren Körper verehre. »Ich habe das Gefühl, du willst, dass ich ihn *Anakonda* oder so nenne.«

»*Boss* ist auch okay.« Lachend gehe ich ins Badezimmer, um das Kondom wegzuwerfen.

Als ich zurückkomme, kramt Juno in meiner Kommode

nach einem T-Shirt. Sie zieht eines heraus und öffnet die Schublade mit den Shorts. Wir fühlen uns so wohl miteinander. Wie schaffen wir es, dass diese Phase neu und aufregend bleibt?

Ich setze mich auf die Bettkante und bewundere ihren Hintern, während sie sich vornüberbeugt. Als sie sich umdreht, breite ich die Arme aus, um sie zu umarmen. Und sie kommt zu mir. Hoffentlich heißt das, dass es ihr jetzt nicht mehr unangenehm ist, nackt zu sein.

»Willst du ein Shirt?« Sie hält mir das T-Shirt entgegen, das sie sich gerade herausgeholt hat.

»Nein. Du kannst es haben. Aber ich nehme die Shorts.«

»Ich hole dir ein Paar.«

Ich schüttle den Kopf. »Du sollst nur mein T-Shirt tragen.«

Lächelnd schlingt sie die Arme um meinen Hals. »Warum?«

»Weil ich mir jedes Mal, wenn du ein Shirt von mir anhattest, vorgestellt habe, wie du nur das Shirt trägst. Sonst nichts.«

»Dann ist das also eine deiner Fantasien?« Sie grinst.

»Hast du denn irgendwelche Fantasien?«

Sie zuckt mit den Schultern, klettert von meinem Schoß und zieht das T-Shirt an.

»Hey.« Ich greife nach dem Saum, ziehe sie zu mir und schiebe meine Hände unter das Shirt. »Ich habe nicht gesagt, dass du es *jetzt* anziehen sollst.«

»Ich bin am Verhungern. Und ich werde nicht nackt essen.«

Ich lasse von ihr ab, schnappe mir die Shorts vom Bett und schlüpfe hinein. »Wie wäre es mit ein wenig *9 1/2 Wochen*-Action?«

»Den Film habe ich nie gesehen.« Sie wirft mir einen letzten Blick zu, bevor sie das Schlafzimmer verlässt.

»Dann wird sich das jetzt ändern.« Wir gehen die Treppe hinunter, und ich schlinge den Arm um sie und ziehe sie wieder an mich. So erreichen wir die Küche nie. »Ich glaube, zu dem Film habe ich mir im Sommer nach meinem vierzehnten Geburtstag jeden Tag einen runtergeholt.«

Sie dreht sich um. Ich hebe sie hoch, und sie schlingt die Beine um meine Taille. »Hm ... Und ich dachte, du hättest dabei nur an mich gedacht.«

»Na ja, damals hattest du noch keine Brüste.« Sie schlägt mir auf den Rücken, und ich setze sie auf den Küchentresen. Ich streichle über ihre Schenkel, meine Finger gefährlich nahe an ihrer Körpermitte. »Keine Sorge. Du bist meine Nummer eins.«

Sie verdreht die Augen. »Wie schmeichelhaft.«

Ich öffne den Kühlschrank. Leider war ich diese Woche nicht richtig einkaufen, weil ich dachte, ich wäre auf Hochzeitsreise.

»Ich habe nicht viel da.« Ich stelle einen Karton mit Eiern auf die Küchentheke und die Pizza, die ich gestern bestellt, aber nicht aufgegessen habe.

»Und was stellst du dir vor, wenn du beim Wichsen an mich denkst?«

Ich blicke über die Schulter und hebe eine Augenbraue. »Stehst du auf so was?«

Sie zuckt mit den Schultern. »Es gab Zeiten, da habe ich … Du weißt schon …«

Ich stelle mich wieder zwischen ihre Schenkel. »Nein, weiß ich nicht. Ich sage es dir, wenn du es mir auch sagst.«

Sie errötet.

»Du musst dich nicht schämen.« Ich ziehe sie nach vorn zur Kante, und ihre Arme legen sich über meine Schultern.

»Du zuerst.«

Ich nicke. »Nun, wie gesagt, ich stelle mir vor, wie du mein Shirt mit nichts drunter trägst. Aber es gab da diesen einen Abend nach dem College, bevor ich zur Uni gegangen bin. Ich war bei euch, und es war so heiß. Kingston musste zu einem Einsatz, er war also nicht da. Ich durfte bei euch wohnen, bis ich etwas Eigenes gefunden hatte. Dann fing es an zu regnen. Du meintest, der Regen würde sich bestimmt gut anfühlen, weil uns trotz der Ventilatoren immer noch so heiß war. Erinnerst du dich?«

Sie nickt lächelnd. »Wir sind rausgegangen. Und ich habe erst viel zu spät gemerkt, dass ich etwas Weißes anhatte. Du meintest, es sei dir gar nicht aufgefallen.« Sie schlägt mir auf die Brust, und ich lache.

»Sonst wärst du wieder reingegangen. Aber«, ich drücke meinen Mund auf ihren, »ich stelle mir immer wieder vor, wie ich auf dich zugehe, dich ausziehe und wir im strömenden Regen Sex haben.«

»Mitten in der Innenstadt?« Sie hebt die Augenbrauen.

»Deshalb ist es ja eine Fantasie. Es gibt nur uns, den Regen und die verlassene Straße.«

»Das gefällt mir.« Ich warte geduldig, bis sie mich ansieht. »Was?«

»Jetzt bist du dran.«

Sie kaut auf der Innenseite ihrer Wange herum. »Meine Fantasie spielt hier in diesem Haus.«

»Erzähl.« Ich öffne den Pizzakarton, nehme ein Stück heraus und halte es ihr vor den Mund.

Sie nimmt einen kleinen Bissen, kaut und schluckt. »Einmal bin ich bei dir vorbeigekommen. Ich glaube, das war auch im Sommer. Du hast auf der Veranda gearbeitet. Und du hattest nur Shorts und einen Werkzeuggürtel an, kein Shirt. Deine Brust hat geglänzt vor Schweiß, und deine Muskeln haben sich mit jedem Hammerschlag angespannt.«

»Und wo ist da die Fantasie? Denn wenn ich mich richtig erinnere, hast du mir eine Flasche Wasser zugeworfen und gesagt, es sei viel zu heiß, um draußen zu arbeiten.«

Sie nickt kichernd. »Na ja, sagen wir es so: In jener Nacht sind dein Werkzeuggürtel und deine Shorts auf die Holzplanken der Veranda gefallen, und du hast mir deinen Hammer gezeigt.«

»Ich weiß nicht, welche Fantasie ich besser finde.« Ich füttere sie weiter mit der Pizza.

»Meine natürlich.« Sie schmiegt sich an mich und küsst meine Wange. »Deine Bartstoppeln sind ziemlich heiß.«

»Sollen wir die Pizza lieber mit nach oben nehmen, Miss Nympho?«

Sie schüttelt den Kopf. »Ich habe nichts von *oben* gesagt. Außerdem muss ich deinen Penis noch besser kennenlernen, damit ich einen passenden Spitznamen für ihn finde.«

Ihre Finger gleiten über meine Brust und verschwinden in meinem Hosenbund.

»Können wir ihn bis dahin bitte einfach *Schwanz* nennen?« Ich drücke ihn gegen ihre Handfläche. »Ach, nenn ihn, wie du willst. Hauptsache, du machst weiter.«

Innerhalb weniger Stunden haben wir schon zwei Räume meines Hauses eingeweiht. Zum Glück habe ich drei Schlafzimmer.

Kapitel 22

JUNO

Ein starker Arm legt sich um meine Taille und drückt mich gegen eine muskulöse Brust. »Guten Morgen«, raunt Colton mit tiefer Stimme.

Ich weiß nicht, ob wir jetzt wirklich aufstehen oder zum sechsten Mal nur kurz wach sind. Wir haben uns die ganze Nacht gegenseitig wach gehalten. Nach unserem Ausflug in die Küche haben wir versucht, uns einen Film anzuschauen, aber dann bin ich plötzlich auf meinen Knien zwischen seinen Beinen gelandet. Danach wollten wir uns den Film im Bett ansehen, aber nach nur fünf Minuten fing Colton an, meinen Hals zu küssen, und seine Finger wanderten nach unten. Jedes Mal, wenn sich einer umdrehte, stieß er gegen den anderen – und Küsse verwandelten sich in Sex.

Er rollt auf mich drauf, sein Schwanz schon wieder hart und bereit. Mit seinen starken Händen hält er meine Handgelenke fest, während seine Spitze vor meiner Mitte verweilt. Mit Kondomen sind wir schon durch. Aber um ehrlich zu sein, war ich sowieso nicht sicher, ob wir welche benutzen würden. Gestern Abend in der Küche, als die Kondome Lichtjahre entfernt waren, haben wir uns kurz über Tests unterhalten, und er wusste schon, dass ich die Pille nehme.

Komisch, denn irgendwie habe ich das Gefühl, etliche Phasen einer normalen Beziehung zu überspringen.

»Mr. Willy ist bereits wach und will die Sonne begrüßen, was?«

Zwar schüttelt Colton den Kopf, aber sein Grinsen verrät, dass er nichts gegen die Spitznamen hat, die ich bisher erfunden habe. Irgendwie ist das einfacher als die Tatsache, dass wir die Grenze wirklich überschritten haben und ich jetzt weiß, wie mein bester Freund im Bett ist.

Ich spreize die Beine, damit er mehr Platz hat, und er gleitet in mich hinein. Ich seufze leise. Wie eine schnurrende Katze. Ohne meine Handgelenke loszulassen, stößt er in mich und lässt quälend langsam die Hüften kreisen. Colton beobachtet mich immer ganz genau, um herauszufinden, was mir gefällt. Mir ist schnell aufgefallen, wie gut er meine Körpersprache lesen kann. Das ist das Gute, wenn man sich so lange kennt.

»Ich glaube, so will ich ab jetzt immer geweckt werden.« Ich biege den Rücken durch und versuche, mich aus seinem Griff zu befreien, denn ich will ihn berühren.

»Das hoffe ich doch.« Er beugt sich herunter und küsst mich. Jetzt ist seine Zunge schon viel selbstbewusster als gestern Abend, als wir uns zum ersten Mal geküsst haben. Es ist noch nicht einmal vierundzwanzig Stunden her, und schon ist es irgendwie ganz normal, dass wir uns küssen. Gerade als ich denke, er würde meine Hände loslassen, beendet er den Kuss und gibt mir einen letzten Schmatzer auf die Nasenspitze.

»Ich brauche meine Hände«, jammere ich.

Lachend schüttelt er den Kopf. »Nein, tust du nicht.«

Er stößt mich heftiger, und ich hebe die Hüften. Er ergreift die Chance und beginnt, an meinem Nippel zu saugen. Darüber kann ich nun wirklich nicht meckern.

Dann lässt sein Mund von meiner Brust ab, und er erhöht den Rhythmus. Wieder versuche ich, mich zu befreien, doch er ist viel zu stark. Es gefällt mir viel zu sehr, nicht in der Lage zu sein, ihn zu berühren. Festgehalten zu werden. Seine Lippen wandern über meine nackte Haut. Aufreizend, knabbernd, saugend, während er mich nimmt. Ich schlinge die Beine um seine Taille, denn es ist die einzige Kontrolle, die ich habe. Ich presse die Schenkel zusammen, um die Reibung zu erhöhen.

Ich spüre in meinem Bauch, wie sich mein Orgasmus nähert. Ich bin so kurz davor. »Fester«, keuche ich. Es macht mir Spaß zu versuchen, mich zu befreien.

Kurz verliere ich mich in seinen Augen, die voller Liebe sind. Obwohl ich Angst habe, dass es schiefgeht, gibt es keinen anderen, mit dem ich lieber zusammen wäre. Unsere Blicke treffen sich. Was auch immer er in meinen Augen sieht – es veranlasst ihn dazu, meine Handgelenke loszulassen. Ohne das Tempo zu verringern, nimmt er mein Gesicht zwischen seine Hände und küsst mich, als wäre es das erste Mal.

Während seine Zunge meinen Mund erkundet und meine Hände über seinen Körper wandern, treibt er mich immer weiter zum Höhepunkt. In den letzten zwölf Stunden hat er mich schon so oft und so heftig zum Kommen gebracht, dass ich schon eine Million Sterne gesehen habe. Mir ist ganz schwindlig vor Lust, und ich kann den nächsten Orgasmus kaum erwarten. Doch diesmal erfüllt mich ein Gefühl tiefen Friedens. Als er in mir innehält, drücke ich ihn fest an mich, um die Liebe und Sicherheit zu spüren, die nur er mir geben kann.

Er stützt sich auf die Ellbogen und betrachtet mich. »Ein perfekter Morgen.«

Er küsst mich noch einmal, zieht sich aus mir zurück und geht ins Badezimmer. Es gibt natürlich auch einen Nachteil, wenn man kein Kondom benutzt, aber da er ein Gentleman ist, bringt er mir einen Waschlappen.

Ich säubere mich, stehe auf und gehe ins Badezimmer. »Wenn wir nicht auch bald ein Baby kriegen wollen, sollte ich besser schnell nach Hause und meine Pille nehmen.«

Er folgt mir ins Bad und dreht in der Dusche das Wasser auf.

»Wie wäre es, wenn ich dir im Schrank ein wenig Platz freiräume?«

Ich starre ihn über den Spiegel an. »Geht das nicht ein bisschen schnell?«

»Eher ein bisschen langsam.«

Er schmiegt sich von hinten an mich und küsst meinen Nacken. Schon wieder breitet sich Begierde in mir aus. Aber mit dem Platz im Schrank bin ich trotzdem unsicher.

Ich drehe mich in seinen Armen zu ihm um. »Lass uns in frühestens einer Woche noch mal darüber sprechen.« Kichernd küsse ich seine Wange. »Ich bin am Verhungern. Geh du duschen, ich mache uns etwas.«

Er steigt unter die Dusche. »Hast du vergessen, dass du nicht kochst? Außerdem brauche ich dringend Lebensmittel. Sollen wir einkaufen gehen?«

»Ich weiß nicht, ob ich mich nach gestern in der Öffentlichkeit blicken lassen will. Ich bin die *andere* Frau.« Ich schmiere mir ein wenig Zahnpasta auf den Zeigefinger, schrubbe mir Zähne und Zunge und spüle meinen Mund aus.

»Ich glaube, ganz Lake Starlight hat immer Brigette als die andere Frau gesehen.«

»Apropos. Warst du schon online?«

»Buzz Wheel?«, fragt er, während ich beobachte, wie der Schaum über seinen Körper gleitet. Nichts erinnert mehr an den Jungen, mit dem ich aufgewachsen bin. Er ist jetzt durch und durch ein Mann. »Nein. Ist mir egal, was die schreiben.«

»Ich frage mich, ob sie gestern Abend schon etwas veröffentlich haben oder erst heute.« Ich kaue auf meinem Fingernagel herum.

Ich will nicht, dass diese Klatschseite über uns schreibt. Natürlich bin ausgerechnet ich die Bailey, die eine Hochzeit platzen lässt. Wie sollte es auch anders sein? Mein ganzes Leben ist so. Ich bin schon immer anders gewesen als meine Geschwister.

»Es ist egal, was sie schreiben. Das ändert gar nichts. Außerdem werden sie schon morgen eine andere Story haben.«

»Wie kannst du da so locker bleiben? Machst du dir denn gar keine Sorgen? Ich verdiene mein Geld mit Partnervermittlung. Und jetzt habe ich einer Klientin den Bräutigam gestohlen. Das ist nicht gerade die beste Werbung.« Ich setze mich auf die Ablage. Mein Magen rumort, aber Hunger habe ich keinen mehr.

Colton dreht das Wasser ab und nimmt sich das Handtuch vom Haken. Ein Haken – ein Handtuch. Aus irgendeinem Grund lenkt das meine Gedanken in eine völlig andere Richtung, was für mich nicht unbedingt ungewöhnlich ist.

»Hatte Brigette vor, bei dir einzuziehen?«

Er trocknet sich ab, rubbelt sich die Haare und wickelt das Handtuch um seine Hüften. »Okay, ganz langsam.« Er drückt mich gegen die Ablage, wie eben, bevor er wie ein frischer Regenschauer geduftet hat. »Du denkst zu viel nach. Alle sind sowieso davon ausgegangen, dass wir irgendwann zusammenkommen. Sie werden sich für uns freuen. Und Brigette versteht es auch.«

»Weil sie dich wegen einer Greencard heiraten wollte. Aber das weiß der Rest von Lake Starlight nicht. Wahrscheinlich halten mich jetzt alle für ein Flittchen.«

Er lacht leise. »Unsinn. Lake Starlight liebt seine Partnervermittlerin. Sie werden dich nicht ans Kreuz nageln. Und du wirst auch keinen scharlachroten Buchstaben tragen müssen.« Er verschwindet im Schlafzimmer und kommt mit seinem Smartphone zurück. Er mustert mich, während ich das T-Shirt, das er mir gestern Abend gegeben hat, überstreife. »Soll ich vorlesen? Oder willst du lieber selbst lesen?«

Ich schnappe mir das Handy und atme tief durch.

LAKE STARLIGHT BUZZ WHEEL

Diejenigen, die gestern nicht zu Colton Stones Hochzeit eingeladen waren, werden möglicherweise überrascht sein zu erfahren, dass sie gar nicht stattgefunden hat. Die Gäste, inklusive des ganzen Bailey-Clans, wurden Zeuge, wie die Braut zum Altar schritt, doch bevor das Ehegelübde gesprochen wurde, ging sie wieder zurück und verschwand im B & B Cozy Cottage. Colton ging ihr nach und sagte den Gästen, sie sollen noch zum Essen bleiben. Eine halbe Stunde später kam er zurück ins Zelt und tanzte mit … Juno Bailey. Gerüchte besagen, dass sie die Hochzeit kurz danach gemeinsam verließen. Ja, meine Damen und Herren, die Partnervermittlerin hat ihrer Liebe zu Colton Stone endlich nachgegeben. Es ist schön zu sehen, dass die Liebe gestern Abend in Lake Starlight gesiegt hat.

Manche von euch mögen sich nun fragen, was mit Brigette ist … Sie wurde beobachtet, wie sie das B & B Cozy Cottage mit Rhys von Smokin' Guns Tattoo-Studio verließ und er sie zu seinem Auto führte. Die Gäste fragen sich nun, was tatsächlich der Grund für die abgeblasene Hochzeit war.

Ich schalte das Display aus, und Colton stößt mich mit der Schulter an. »Gar nicht so schlimm, was?«

Ich schüttle den Kopf. Ich habe mir ganz umsonst Sorgen gemacht, dass sie mich kreuzigen würden. Vielleicht liegt es aber auch an meinem schlechten Gewissen. »Es sollte mich nicht beruhigen, dass sie mit Rhys gegangen ist, aber das tut es.«

»Du musst endlich begreifen, dass du auch glücklich sein darfst.«

Ich küsse ihn auf die Wange. »Jetzt habe ich aber das Gefühl, dass meinetwegen jemand das Land verlassen muss.«

Er lacht leise. »Oh Juno. Alles wird gut. Sie wollte ganz offensichtlich mit Rhys zusammen sein.«

»Ich dachte, vielleicht sie und Jason. Aber Rhys überrascht mich.«

Er nimmt das Handtuch ab, als wäre es die natürlichste Sache der Welt, und schlüpft in Shorts und Shirt, bevor er mir ebenfalls ein Paar Shorts zuwirft. Ich muss den Bund herunterrollen, damit sie nicht rutschen. »Jason ist nicht Brigettes Typ. Sie will jemanden, mit dem sie reisen und die Welt sehen kann. Sie will zwar in Amerika bleiben, aber sie will auch die Freiheit haben, zu reisen. Ein Arzt könnte ihr das niemals bieten, aber ich glaube, Rhys könnte für sie der Richtige sein. Er hat seine Sachen zusammengepackt und ist hierhergezogen, ohne auch nur eine Menschenseele zu kennen. Jason ist eher wie ich. Einer, der ein Haus kauft, bevor er überhaupt eine Frau gefunden hat.« Er ergreift meine Hand und führt mich aus dem Zimmer. »Und jetzt frühstücken wir und holen dir etwas zum Anziehen.«

Er führt mich die Treppe hinab. Unten angekommen, springe ich auf seinen Rücken, damit er mich in die Küche trägt, doch im Durchgang bleibt er abrupt stehen und senkt die Arme, sodass ich herunterrutsche.

»Dori? Ethel?«, fragt er.

Ich strecke den Kopf hinter seinem Rücken hervor.

»Guten Morgen, ihr Turteltäubchen.« Dori belädt einen Teller mit Donuts, während Ethel Saft einschenkt.

»Wie seid ihr hier reingekommen?«, fragt Colton.

Dori umrundet die Kücheninsel und leckt sich den Puderzucker von den Fingern. »Ich habe zu allen Häusern meiner Kinder einen Schlüssel.«

»Aber ich bin nicht dein Kind.« Colton ist kreidebleich. Ich muss lachen, denn er könnte fast als Donut durchgehen.

»Du bist schon immer mein Kind gewesen. Auch wenn ich ein bisschen sauer bin, weil ich euch beide nicht verkuppeln durfte. Was mich zum eigentlichen Grund meines Besuchs führt.«

Ich beiße in einen Donut mit Schokoglasur und Streuseln und lächle Colton an, der wohl gerade begriffen hat, was es bedeutet, mit einer Bailey zusammen zu sein. So etwas wie Privatsphäre kennt Grandma Dori nicht.

Kapitel 23

COLTON

Wie zum Teufel ist Dori an meinen Schlüssel gekommen?

Diese Frage stelle ich mir unentwegt, während Juno am Tisch sitzt und ihren zweiten Donut futtert. Ich setze Kaffee auf. Da Dori und Ethel nur entkoffeinierten trinken, haben sie sich selbst welchen mitgebracht.

»Juno, sei nicht so unordentlich.« Dori hebt Junos Kleid auf, das ich ihr gestern Abend ausgezogen habe, und legt es fein säuberlich über die Rückenlehne des Sofas.

»Ich habe es nicht da liegen lassen. Das war Colton«, erwidert Juno, was mich ehrlich gesagt ein wenig schockiert. Gerade eben hat sie sich noch Sorgen gemacht, dass die ganze Stadt sie jetzt hasst, weil sie meine Hochzeit verhindert hat.

Dori gibt ihr einen Klaps auf den Arm. »Hör auf, Juno. So etwas will ich nicht hören.«

»Warum seid ihr dann so früh am Morgen schon hier? Und bitte sag mir, dass ihr eben erst gekommen seid.« Juno wirft mir einen Blick zu, denn vor nicht einmal einer halben Stunde hat sie laut meinen Namen geschrien.

»Ja, wir sind gerade erst gekommen. Zum Glück.«

Doch Ethels Gesichtsausdruck verrät, dass sie uns vielleicht doch gern beim Sex belauscht hätte. Bei dem Gedanken erschaudere ich.

»Und ich bin hier, weil ich euch leider überspringen musste«, fügt Dori hinzu. »Da ihr schon zusammen seid, muss ich mich jetzt um Kingston kümmern. Ich habe gehört, Stella Harrison war bei deinem Blind-Speeddating?«

Junos Kopf schnellt in meine Richtung, doch ich schüttle den Kopf. Woher weiß sie das denn schon wieder? Hat Dori sie auf der Hochzeit gesehen? Jeder in Lake Starlight weiß, dass Stellas Rückkehr das Letzte ist, was Kingston braucht. Was sie angeht, denkt er einfach nicht nach.

»Ich weiß nicht, wovon du redest«, sagt Juno, und ich sehe, wie sie unter dem Tisch die Finger kreuzt.

»Juno Bailey!«, schimpft Dori.

Ethel dreht sich um, grinst mich an und schnappt sich noch einen Donut. Als ihr Blick auf meinen Schritt fällt, lächle ich höflich. Wie lange sind die zwei tatsächlich schon hier?

»Dori, ich hätte gern meinen Schlüssel wieder«, mahne ich sie und unterbreche das Gespräch.

Dori hebt eine Hand. »Entspann dich. Ich komme nur her, wenn es unbedingt sein muss. Ich bin es nur. Nicht irgendein Stalker.«

Ich schüttle den Kopf. Zum Glück piept in dem Moment die Kaffeemaschine. Ich schenke mir eine Tasse ein und halte eine in die Höhe, um Juno zu fragen, ob sie auch einen Kaffee will. Da sie lächelnd nickt, gieße ich ihr ebenfalls eine Tasse ein.

»Ich finde, wir sollten uns nicht in Kingstons und Stellas Angelegenheiten einmischen«, meint Juno und gibt sich somit geschlagen.

»Du bist Partnervermittlerin. Du weißt genauso gut wie ich, dass die beiden zusammengehören«, erwidert Dori.

»Ist das wirklich so?«, fragt Juno. »Die beiden haben einander sehr verletzt.«

»Ihr euch auch.« Dori deutet zwischen Juno und mir hin und her. »Aber ihr habt es geklärt, und jetzt rammelt ihr wie die Karnickel.«

Ich starre Juno an. Wie soll ich darauf bitte reagieren?

»Bitte sag mir, dass du in meinem Haus keine Kamera installiert hast, Dori.« Ich werfe einen Blick ins Wohnzimmer und entdecke eine Blumenvase, an deren Kauf ich mich nicht erinnern kann.

»Red doch keinen Unsinn«, schimpft Dori und winkt ab, als wäre ich ein Kleinkind, das die ganze Zeit nervige Fragen stellt.

Nicht einmal meine Eltern haben einen Schlüssel zu meinem Haus. Die Einzige, die einen hat, ist …

»Juno, hast du meinen Schlüssel noch?«, frage ich.

»Colton Stone.« Dori wendet sich mir zu. »Vergiss jetzt den Schlüssel. Ich habe hier keine Kameras installiert. So interessant bist du nun auch wieder nicht.«

Mir fällt die Kinnlade herunter.

Juno lacht.

Ethel tätschelt mir den Arm und schenkt mir einen Blick, der mir wohl sagen soll, dass sie mich durchaus interessant findet.

»Hast du Stellas Nummer?«, will Dori von Juno wissen.

Junos Blick schweift über die Küchenzeile. Ich glaube, sie sucht nach ihrem Smartphone. »Nein.« Doch sie schürzt die Lippen – ein eindeutiges Zeichen, dass sie lügt.

»Du lügst«, sagt Dori.

»Nein, tue ich nicht«, widerspricht Juno und schürzt erneut die Lippen. Sie sollte den Kampf besser aufgeben.

»Nun, die Damen, ich muss Juno jetzt nach Hause bringen, damit sie duschen und sich umziehen kann. Danke für die Donuts und den Saft«, sage ich in dem Versuch, sie zu retten.

Junos Lächeln verrät mir, dass sie sich später dafür bei mir bedanken wird. Ich liebe diese neuen Vorzüge.

»Gern geschehen«, sagt Ethel und begafft mich schon wieder von Kopf bis Fuß.

Ich rücke mit dem Stuhl ein wenig näher an den Tisch heran.

»Juno, ich will nur mit ihr reden«, sagt Dori.

»Grandma, sie ist noch nicht so weit, okay? Kingston muss nicht wissen, dass sie zurück ist, bevor sie nicht bereit ist, ihm gegenüberzutreten. Du weißt, wie schwach er wird, wenn es um sie geht.« Junos Worte scheinen etwas in Dori zu bewirken.

Kurz starrt Dori auf ihre Kaffeetasse, bevor sie schließlich nickt. »Okay, du hast recht. Ich glaube, ich bin nur ein wenig traurig, weil ich bei euch beiden nicht die Finger im

Spiel hatte. Ich habe monatelang auf diesen Moment gewartet.« Doris Blick wandert zwischen Juno und mir hin und her.

»Sorry, Grandma, aber du *hattest* die Finger im Spiel. Ich meine …« Juno versucht, irgendetwas zu finden, doch die Wahrheit ist, dass es nicht Doris Verdienst ist, dass wir jetzt zusammen sind.

»Nein, hatte ich nicht. Aber ist schon in Ordnung. Ihr werdet mich sicherlich irgendwann noch brauchen.« Sie steht auf, nimmt einen letzten Schluck von ihrem Kaffee und greift nach ihrer Handtasche. »Ethel, hör auf, Colton so anzustarren. Lass uns gehen.«

»Was meinst du mit *irgendwann noch brauchen?*«, fragt Juno, steht ebenfalls auf und umarmt ihre Grandma und Ethel.

»Ihr zwei habt noch so viel vor euch. Habt ihr denn wirklich gedacht, ihr gesteht euch einfach eure Liebe, und alles ist in Butter?« Sie lacht. »Der Spruch gefällt mir.«

Juno zieht die Augenbrauen zusammen und sieht mich an. Ich schüttle den Kopf. So ist Dori nun mal. Sie liebt es, ihre Enkelkinder zu verkuppeln. Zu glauben, dass sie ohne sie nicht zueinandergefunden hätten.

»Kinder sind ja so naiv«, sagt sie zu Ethel, die zustimmend nickt. »Sie denken, alles wäre so einfach.«

Die beiden Damen gehen den Flur hinunter, und ich lege den Arm um Juno.

»Der Schlüssel, Dori?« Ich wage einen letzten Versuch.

»Wir sehen uns später.« Sie öffnet Ethel die Tür – und weg sind sie.

»Du besorgst mir diesen Schlüssel«, sage ich zu Juno.

Sie lacht. »Du bist so paranoid.«

»Weil sie einen Schlüssel zu meinem Haus hat. Und weil ihre Freundin mich ansieht, als wäre ich ein Stück Fleisch.«

»Ethel ist Vegetarierin«, erwidert Juno immer noch lachend.

Ich kitzle sie zwischen den Rippen, bis sie sich windet und um Gnade winselt. Ich ersticke ihr Lachen mit einem Kuss.

Dori liegt falsch. Juno und ich haben alles im Griff. Jetzt, da wir endlich ein Paar sind, kann nichts mehr schiefgehen.

• • •

Seit einer Woche sind Juno und ich unzertrennlich. Heute hat mich Dr. Murphy um ein Gespräch gebeten. Hoffentlich geht es um die Übernahme der Praxis.

Ich klopfe an seine Bürotür. Er blickt von seinem Computermonitor auf und winkt mich herein.

»Colton«, sagt er und deutet auf den Stuhl vor seinem Schreibtisch.

»Guten Morgen.«

»Brigette hat gekündigt«, sagt er, und mir wird ganz flau im Magen. »Aber es scheint, als wäre sie glücklich. Ihr wirkt beide glücklich.«

»Konnte Ihr Bekannter Brigette helfen?«

»Vielleicht hätte er ihr helfen können, aber sie und Rhys sind vor zwei Tagen abgereist, um die unteren achtundvierzig Staaten zu erkunden. Ich weiß nicht, was ihre Pläne sind.«

Da weiß Dr. Murphy mehr als ich. Obwohl wir uns freundschaftlich getrennt haben, ist sie nicht zu mir gekommen, bevor sie mit Rhys in den Sonnenuntergang geritten ist. Aber ich hoffe, sie ist glücklich.

»Das bedeutet, dass wir ihre Stelle neu besetzen müssen. Ich will mit einem befreundeten Professor in Anchorage sprechen. Vielleicht kennt er jemanden, der uns aushelfen kann. Aber ich glaube, wir sollten uns jetzt um den Papierkram kümmern. Ich nehme an, du wirst einen Kredit aufnehmen müssen. Warum kümmerst du dich nicht darum, und ich kontaktiere meinen Anwalt?«

»Wirklich? Sind Sie schon so weit?« Ich gehe davon aus, dass Dr. Murphy bleiben wird, bis wir jemand Neues gefunden und eingearbeitet haben.

Dr. Murphy nickt lächelnd. »Seit du deine Hochzeit für die Frau abgeblasen hast, die du wirklich liebst, hat Mrs. Murphy ihre Liebe zur Spontaneität wiederentdeckt. Sie will reisen. Ich habe ihr schon vor fünf Jahren versprochen, dass ich einen Gang zurückschalten werde, sobald ich jemanden gefunden habe, dem ich vertraue. Und sie redet auf mich ein, seit du deinen Abschluss gemacht hast. Jetzt ist es also so weit. Natürlich nur, wenn du die Praxis immer noch übernehmen willst?«

»Ja.« Ich nicke enthusiastisch. Das steht völlig außer Frage, vor allem jetzt, da ich mit Juno zusammen bin. Wenn ich Chef der Tierklinik werde, ist das eine gute Sicherheit für unser gemeinsames Leben. »Auf jeden Fall.«

Lächelnd schüttelt er mir die Hand.

»Danke, Dr. Murphy. Ich verspreche Ihnen, dass ich die

Praxis mit der gleichen Professionalität und Fürsorge führen werde, wie Sie es all die Jahre getan haben.«

»Nun, es gibt da aber noch eine Sache, über die wir sprechen müssen.«

Ich lehne mich zurück. Ich weiß schon, was jetzt kommt: Lori.

»Lori ist meine Schwester. Auch wenn sie mit ihren Fähigkeiten locker einen anderen Job finden würde, kann ich sie nicht einfach rauswerfen. Aber ich glaube, sobald du ihr Boss bist, wirst du besser mit ihr klarkommen.«

Ich stütze die Ellbogen auf die Armlehnen. »Ich glaube, sie hasst mich.«

»Nein. Sie kommt nur mit Neuerungen nicht so gut zurecht. Ich glaube, ich habe ihr all die Jahre zu viel Spielraum gelassen. Aber ich werde in den Vertrag schreiben lassen, dass sie bleibt, bis sie freiwillig gehen will oder gegen die Firmenpolitik verstößt.«

Wenn das der Preis ist, den ich zahlen muss, um eine eigene Praxis zu besitzen, dann ist das eben so. Lori ist auch nicht mehr die Jüngste. Ich werde mit ihr klarkommen, bis sie in Rente geht. »Das verstehe ich.«

Sein Gesichtsausdruck sagt mir, dass er es zu schätzen weiß, dass ich ein Teamplayer bin. »Okay, nun, dann ruf deine Bank an, und dann bringen wir den Ball ins Rollen. Glückwunsch, Colton.« Er steht auf und streckt mir erneut die Hand entgegen.

Ich erhebe mich ebenfalls und schüttle sie. »Vielen Dank, dass Sie mir diese Chance geben.«

»Du bist ein guter Junge. Ich freue mich, wie alles für dich gekommen ist.« Er zwinkert mir zu.

Ich kann nur an Juno denken. Er hat recht. Zwischen uns könnte es nicht besser sein. Und jetzt kriege ich auch noch die Praxis. Das Leben ist nie schöner gewesen.

Nachdem ich Dr. Murphys Büro verlassen habe, gehe ich in den Pausenraum und rufe Mario von der Bank an. Hoffentlich dauern die Formalitäten nicht allzu lange. Wir haben bereits über alles gesprochen. Die Frage war nur immer, wann es so weit sein würde.

»Mario Arroyo«, meldet er sich.

»Hey, Mario, hier ist Colton Stone.«

»Dr. Murphy geht endlich in Rente, was?«

Ich lache. »Ja.«

»Okay, dann werde ich den Kredit beantragen. Komm in deiner Mittagspause vorbei, wenn du willst. Ansonsten haben wir bis fünf Uhr geöffnet. Dann kannst du alles unterschreiben, und ich bringe den Kredit auf den Weg.«

Plötzlich habe ich Schmetterlinge im Bauch. Es passiert tatsächlich. Ein Kredit ist zwar nicht ideal, aber da ich schon das Haus gekauft habe, habe ich nicht mehr genügend Ersparnisse. »Ich komme in meiner Mittagspause vorbei.«

»Perfekt.«

Ich lege auf und mache mir bewusst, dass mein Leben endlich so läuft, wie ich es mir immer gewünscht habe.

Kapitel 24

JUNO

Ich packe gerade Sachen in meinem Büro zusammen, um für ein weiteres Blind-Speeddating nach Anchorage zu fahren. Ich habe Stella geschrieben, um sie wissen zu lassen, dass Kingston heute Abend auch dort sein wird. Doch sie hat noch nicht geantwortet. Wenn sie beide auftauchen, verstecke ich mich unterm Tisch.

»Fertig?« Colton betritt mein Büro. In seinen Jeans und dem T-Shirt, das seine muskulösen Schultern betont, sieht er einfach zum Anbeißen aus.

»Du hast dich extra umgezogen? Die Frauen werden sich wünschen, du wärst eins von den Dates.« Ich packe noch Flyer und Visitenkarten von SparkFinder in den Karton.

»Nun, dann sage ich ihnen eben, dass mein Herz schon einer anderen gehört.«

Lächelnd schüttle ich den Kopf.

»Ich habe gute Neuigkeiten.« Er setzt sich auf meinen Bürostuhl und dreht sich wie ein kleiner Junge im Kreis.

Wenigstens hat *er* gute Neuigkeiten. Meine guten Neuigkeiten sind, dass ich vielleicht, aber nur vielleicht, meine ausstehende Miete bezahlen kann, wenn die Blinddates weiter so gut laufen.

»Ja?«

»Dr. Murphy hat zugestimmt, mir die Praxis zu verkaufen.«

Ich lasse den Karton stehen und wende mich ihm zu. »Das sagst du erst jetzt? Wann hat er dir das mitgeteilt?«

»Heute Morgen. Ich habe sofort bei der Bank angerufen wegen des Kredits. Und in der Mittagspause habe ich die Papiere unterschrieben. In ungefähr einer Woche erfahre ich, ob es klappt.« Sein jungenhaftes Lächeln verrät, wie glücklich er ist.

Das will er schon, seit er seinen Abschluss gemacht hat. Er wusste, dass Lake Starlight nicht groß genug ist für zwei Tierarztpraxen. Also musste er warten, bis er die Praxis von Dr. Murphy übernehmen kann, oder wegziehen, um irgendwo seine eigene Praxis zu eröffnen. Jetzt kann er für immer in Lake Starlight bleiben.

Im Gegensatz zu Coltons ist mein Leben immer im Fluss, aber um meine Probleme muss er sich keine Gedanken machen, denn seine Träume gehen endlich in Erfüllung.

»Ich habe mein Mädchen und die Praxis. Das Leben ist schön.« Er lehnt sich zurück, verschränkt die Hände hinterm Kopf und legt die Füße auf den Schreibtisch.

»Und es steht dir.« Ich grinse.

»So gut, dass es vielleicht für einen Quickie reicht, bevor wir gehen?« Er wackelt mit den Augenbrauen.

Lachend gehe ich auf ihn zu und schiebe seine Füße vom

Tisch. »Ich könnte mich einfach unterm Schreibtisch verstecken. Keiner wüsste, was hier drin passiert, wenn jemand durch die Scheibe späht.«

Ich werfe einen Blick auf die Uhr. Wir haben noch zehn Minuten, bis wir losfahren müssen. Nachdem ich unter den Schreibtisch geschlüpft bin, rückt Colton den Stuhl gerade, sodass er direkt vor dem Tisch sitzt. Auf Knien öffne ich seine Jeans und ziehe den Reißverschluss herunter.

Stöhnend rutscht er weiter nach unten, damit ich besser rankomme. Ich reibe seine harte Länge und ziehe seine Boxershorts ein Stück herunter. Inzwischen denke ich mir nichts mehr dabei, seinen Schwanz zu sehen. In der letzten Woche haben wir ausgiebig die erogenen Zonen des jeweils anderen erforscht. Ich lecke über seine gesamte Länge und lasse die Zunge um die Spitze kreisen. Er drückt den Rücken fester gegen den Stuhl.

»Scheiße«, raunt er und umklammert die Armlehnen.

Ich bin kein Profi, aber Colton gibt mir das Gefühl, ein Pornostar zu sein, wenn ich es ihm besorge. Er stöhnt, während ich mit einer Hand seine Eier knete und ihn mit der anderen massiere. Mein Mund leckt seine Eichel, als wäre er mein Lieblingslutscher.

»Verdammt, Juno.« Er hebt die Hüften, und sein Schwanz stößt gegen meinen Rachen.

Ganz langsam erhöhe ich das Tempo. Sein Stöhnen verrät mir, dass er kurz davor ist. Als sich seine Finger in mein Haar graben, weiß ich, dass er die Schwelle erreicht hat. Ich bearbeite ihn weiter, denn inzwischen weiß ich, was ihn anmacht.

»Ich komme«, keucht er und stößt die Hüften nach oben.

Als die Türklingel ertönt, erstarrt Colton zur Salzsäule, während sein Sperma meinen Mund füllt.

»Colton«, ruft seine Mom kichernd, während sie eintritt. »Bist du jetzt der Partnervermittler?«

»Mom«, erwidert Colton hustend.

Er starrt mich zwischen seinen Beinen hindurch an, und ich versuche, mir irgendetwas einfallen zu lassen, wie wir uns aus diesem Schlamassel befreien können. Vielleicht habe ich einen Stift fallen lassen. Aber warum sollte Colton dann vor meinem Schreibtisch sitzen, statt mir zu helfen? Es gibt nur eine Erklärung, warum ich unterm Schreibtisch sitze: weil ich ihrem Sohn gerade einen geblasen habe.

Meine Stirn sackt gegen seine Kniescheibe. Am liebsten würde ich im Erdboden versinken.

»Wo ist Juno? Ich habe am Wochenende etwas für sie auf dem Flohmarkt in Greywall gefunden. Ist es nicht süß? Siehst du den Spruch? *Vertrau mir, ich bin Partnervermittlerin.*«

»Ja. Sehr niedlich.«

»Und? Wo ist sie?«

Colton lacht, denn das tut er immer, wenn er sich unwohl fühlt. Ich boxe ihm gegen den Oberschenkel, was ihn nur noch mehr zum Lachen bringt.

»Sie sucht nach etwas«, sagt er.

»Wo denn?«

Jetzt lacht er noch lauter. »Okay, Mom, du weißt ja, dass wir erwachsen sind und so, richtig?«

O nein, das tut er nicht wirklich. Ich schiebe die Hand in sein Hosenbein und kneife ihn.

»Aua!« Er rollt zurück und fasst sich ans Bein.

»Was ist?«, fragt seine Mom panisch, denn Colton, ihr einziger Sohn, bedeutet ihr die ganze Welt. »Alles in Ordnung?«

»Ja. Alles gut. Juno ist bestimmt gleich wieder da. Lass es einfach hier. Ich gebe es ihr.«

»Oh, ich warte einfach. Wo ist sie denn hin?«

Vorsichtig schiebt er die Hände unter den Tisch und zieht seine Boxershorts hoch, doch wenn er nicht verraten will, wo ich stecke, hat er keine andere Wahl, als seine Hose offen zu lassen. »Ich weiß nicht genau. Zur Bank?«

Genau, um nach Geld zu betteln.

»Wie läuft es denn mit euch beiden?«, fragt sie.

Ich höre, wie sie sich einen Stuhl heranzieht. Anscheinend macht sie es sich jetzt bequem.

»Gut.«

»So gut, dass bald eine weitere Hochzeit ansteht?«

Ich muss würgen, und Colton hustet, um das Geräusch zu übertönen.

»Du wirst doch nicht krank, Schätzchen, oder?«

»Nein. Du musst nicht rüberkommen. Ich bin doch keine fünf, Mom. Ich habe kein Fieber.« Er kann sie abwimmeln, bevor sie zu ihm kommt und seine offene Hose und mich zwischen seinen Beinen entdeckt.

Wenigstens haben sie jetzt das Thema gewechselt. Ich meine, hallo? Es ist erst eine Woche her, dass er seine Braut für mich am Altar hat stehen lassen. Was denkt sie sich denn?

»Bist du sicher? Du weißt, dass du im Frühling manchmal Allergien bekommst.«

»Ja, ich bin sicher.«

Ich muss fast lachen, denn er hat erst heute Morgen gesagt, dass er seine letzte Tablette genommen hat und neue besorgen muss.

»Hör zu, Mom. Sie muss heute noch nach Anchorage, weil sie wieder ein Blinddate-Event veranstaltet. Ich weiß nicht, ob sie vorher noch mal herkommt.«

»Wann hat sie denn damit angefangen? Bisher ist sie immer Partnervermittlerin gewesen, keine Singlebörse.«

Großartig. Jetzt stellt sie auch noch Fragen, die Colton womöglich an meinem Beruf zweifeln lassen. Scheiße!

»Ich schätze, um mehr Klienten zu gewinnen. Ich weiß es nicht«, erwidert er.

»Geht es ihr denn gut? Du weißt, dass man in einer Beziehung nicht nur von sich spricht, oder? Du musst ein guter Partner sein und ein offenes Ohr für sie haben. Es ist ein Geben und Nehmen …«

Colton hebt eine Hand. »Ich weiß. Keine Sorge, du hast mich gut erzogen.«

Und das hat sie. Darüber muss man sich bei Colton nun wirklich keine Sorgen machen, was genau der Grund ist, warum ich nicht will, dass er erfährt, dass mein Business den Bach runtergeht. Sonst schlüpft er in sein Superheldenkostüm, und ich will nicht, dass er kommt und mich rettet.

»Wenn du das sagst.« Kurz schweigt sie. »Schade, dass

ich sie verpasst habe. Ich würde sie so gern drücken. Ich freue mich ja so, dass ihr zwei jetzt endlich zusammen seid.«

Colton lächelt seine Mom an. Es ist ein zustimmendes Lächeln.

»Nun, dann komme ich morgen noch mal vorbei. Komm, lass dich drücken.«

»Nein«, wehrt Colton ab.

»Wie bitte?« Mrs. Stone klingt verwirrt.

»Ich muss echt dringend aufs Klo. Wenn ich jetzt aufstehe und dich umarme, mache ich mir bestimmt in die Hose.«

Ich beiße in seine Jeans, um nicht laut loszulachen. Etwas Besseres ist ihm nicht eingefallen?

»Ich habe dir gesagt, dass du es nicht halten sollst. Sonst bekommst du noch eine Blasenentzündung.«

»Sorry, Mom.«

Ich schlage die Hand vor den Mund, bevor ich hier unten noch in schallendes Gelächter ausbreche.

»Hm. Okay. Hab dich lieb.«

»Tschüss, Mom.« Er winkt. Ich nehme an, sie ist bereits an der Tür.

»Juno, du kannst jetzt rauskommen. Hach, junge Liebe. Erinnert mich an deinen Vater und mich.«

In dem Moment ertönt die Türglocke. Colton rollt mit dem Stuhl zurück, schließt den Reißverschluss und knöpft seine Hose zu.

Meine Wangen glühen. »Ich kann deiner Mom nie wieder unter die Augen treten«, jammere ich und krabble auf seinen Schoß.

Er drückt mich fest an sich und küsst meinen Hals. »Vielleicht ist sie ein wenig schockiert, aber sie hat kein Problem damit.«

»Das ist einfach nicht richtig. Dass deine Mom weiß, was ich getan habe.«

Er streicht über meinen Rücken und fasst mir an den Hinterkopf. »Aber darin bist du eine Meisterin. Lass dir das gesagt sein.«

Ich klettere von seinem Schoß. »Musst du nicht aufs Klo?« Ich kichere.

»Was hätte ich denn sonst sagen sollen?«

»Dass du wahrscheinlich eine Erkältung kriegst. Wie wäre es damit?«

»Du weißt, dass sich meine Mom von so etwas nicht abhalten lässt.«

Ich nicke. »Das stimmt.« Dann greife ich nach dem Karton. »Bereit?«

»Ja.« Er nimmt mir den Karton ab, als in dem Moment erneut die Türklingel ertönt.

Es ist Earl, der Postbote.

»Hey, Earl«, sagt Colton. »Schmeiß sie einfach in die Kiste.«

Earl tut es und nickt mir zu. »Miss Juno. Mr. Colton. Ich habe gehört, man darf euch beglückwünschen?«

Colton sieht mich über die Schulter an und blickt wieder zu Earl. »Ich schätze schon.«

»Freut mich, zu hören. Ihr seid ein wirklich schönes Paar. Einen schönen Tag noch.«

»Dir auch, Earl«, sagen wir wie aus einem Mund.

Ich hole die Briefe aus der Kiste und stopfe sie hastig in eine Schublade.

»Du kannst sie auch unterwegs öffnen«, schlägt Colton vor.

»Nee. Ist sicher nichts Wichtiges.« Ich winke ab.

Hoffentlich hat er nicht das Rot durch den Umschlag gesehen. Und falls doch, denkt er sich wahrscheinlich nichts dabei, denn er hat noch nie in seinem Leben eine Mahnung bekommen.

Colton geht zu seinem Truck, den er am Straßenrand geparkt hat. Ich betrachte das Foto von Tante Etta und frage mich, ob diese ganze Partnervermittlungssache es überhaupt wert ist, dafür zu kämpfen. Vielleicht hatte meine Mom unrecht, und ich weiß überhaupt nicht, wer zu wem passt. Dass mein Business gerade scheitert, ist ein eindeutigeres Zeichen als meine roten Haare. Die Farbe bedeutet immer noch dasselbe wie mit elf: dass ich anders bin.

Kapitel 25

COLTON

Juno hat das Blind-Speeddating auch heute wieder perfekt organisiert, und ihre Kunden – hauptsächlich Freunde von Kingston – sind zufrieden. Keine Ahnung, ob Stella Junos Nachricht bekommen hat oder nicht, aber zum Glück ist sie nicht erschienen. Auch wenn ich die Situation anders sehe als Juno. Kingston hat es verdient zu wissen, dass Stella wieder hier ist, damit er die Sache mit ihr klären kann. Damit sie herausfinden können, wo sie stehen. Ob sie nur noch Bekannte sind oder vielleicht auch gar nichts.

Nach den Blinddates gehen ein paar der Jungs noch in die Bar, um mit den Frauen zu plaudern, doch Kingston kommt mit einem Bier in der Hand auf mich zu.

»Was geht ab?«, fragt er und setzt sich mir gegenüber auf den Hocker.

»Nicht viel. Keine Matches?«, frage ich.

Grinsend schüttelt er den Kopf. »Ich kann das einfach nicht, weißt du? Ich habe es probiert. Hast du schon mal versucht, ein Loch zu stopfen, das sich einfach nicht füllen lässt?«

Ich hebe die Augenbrauen, und er fängt an zu lachen.

»Ja, da habe ich mich wohl falsch ausgedrückt. Ich meine, ich schlafe zwar mit Frauen, aber nichts füllt wirklich die Leere.«

Ich richte meine Wasserflasche auf ihn. »Dafür gibt es ein besseres Wort.«

Er lacht leise.

Aber leider weiß ich, was er meint. Ich beobachte Juno, die sich gerade mit ein paar Frauen unterhält, die kein Match gefunden haben. Sie verteilt Visitenkarten, und eine der Damen deutet auf unseren Tisch. Kurz treffen sich unsere Blicke. Sie lächelt, bevor sie sich wieder den anderen zuwendet und sich weiter mit ihnen unterhält.

»Eins kann ich dir sagen: Ich habe es satt, meine Zeit mit diesem Datingkram zu verschwenden«, erklärt Kingston. »Eine Weile war das ja in Ordnung, aber inzwischen haben meine Geschwister alle jemanden gefunden und bekommen Babys.«

»Du bist erst fünfundzwanzig«, erwidere ich, und er nickt.

»Stimmt.« Er blickt über die Schulter. »Ich habe neulich auf Social Media nach Stella gesucht. Nachdem ich letzte Woche wieder bei Selene im Cozy Cottage war, konnte ich einfach nicht anders.«

Meine Kehle schnürt sich zusammen. »Und?«

»Anscheinend ist sie immer noch in New York. Ich denke

darüber nach, Sedona zu besuchen. Vielleicht schaue ich dann bei Stella vorbei.«

»Jag ihr nicht hinterher«, sage ich, hauptsächlich, weil er falschliegt. Stella ist nur wenige Minuten von uns entfernt. Ich hasse es, dass ich dieses Geheimnis für mich behalten muss.

»Es ist schon eine ganze Weile her. Auf Austins und Hollys Hochzeit haben wir uns gut verstanden. Seither sind wir sogar auf Social Media befreundet. Das bedeutet doch etwas, oder nicht?«

Mir ist schon häufig aufgefallen, dass Kingston keinerlei Probleme hat, über seine Gefühle zu sprechen. Während Rome und Denver ihre Emotionen verbergen und Austin als Ältester das Gefühl hat, er müsste alles für sich behalten, trägt Kingston sein Herz auf der Zunge. Bewundernswert.

»Du redest gerade mit einem Typen, der über zehn Jahre darauf gewartet hat, dass deine Schwester endlich zu Sinnen kommt.«

Er lacht leise und nimmt einen Schluck von seinem Bier. »Sie lernt eben nicht so schnell.«

»Wie bitte?« Juno schlägt ihm auf den Hinterkopf. »Ich hoffe, ihr redet nicht über mich.«

»Du hast Ewigkeiten gebraucht, um dir deine Gefühle für Colton einzugestehen.«

Juno streckt ihm die Zunge heraus, stellt sich zwischen meine Beine und schlingt die Arme um meinen Hals.

»Und? Musstest du den Damen sagen, dass ich schon vergeben bin?«, frage ich.

Sie verengt die Augen zu Schlitzen. Mit dem Kopf deute

ich auf die Frau mit der Visitenkarte, und Juno lacht. »Sorry, Don Juan, aber sie haben sich für Kingston interessiert.«

Kingston lacht.

»Aua«, sage ich.

»Aua? Du hast das beste Mädchen in diesem Laden.«

Ich drücke sie fester und küsse sie auf den Hals. »Das stimmt. Du bist eine brillante Kupplerin.«

Sie kichert.

»Entschuldigung?« Eine Frau kommt auf uns zu. Ich reiße den Mund von Junos Hals los und richte mich auf. »Ich hätte da noch ein paar Fragen.«

»Aber natürlich.« Juno führt sie zur Seite und zieht eine Visitenkarte aus der hinteren Hosentasche.

Kingston und ich führen unsere Unterhaltung fort.

»Ich habe eine Frage«, sage ich.

»Was ist?«

»Es ist ziemlich persönlich. Du musst es mir nicht sagen, wenn du nicht willst. Aber könntest du dir die Miete für euer Apartment auch allein leisten?«

Eigentlich hatte ich nicht vor, das Thema anzuschneiden, bevor ich nicht mit Juno darüber gesprochen habe, aber ich habe die unbezahlten Rechnungen gesehen, als Earl die Post gebracht hat. Juno ist zu stolz, um zuzugeben, dass sie finanzielle Probleme hat. Meine Mom hat recht. Warum veranstaltet Juno plötzlich, nach all den Jahren, diese Blinddating-Veranstaltungen?

Kingston hebt die Augenbrauen. »Meint ihr nicht, ihr überstürzt es ein wenig?«

»Bitte sag es nicht deiner Schwester. Du weißt, dass sie

es gern langsam angeht. Aber ich sehe keinen Sinn darin, für zwei Wohnungen zu bezahlen. Schließlich sind wir schon seit über zehn Jahren befreundet. Das haben wir anderen Paaren voraus.«

Er hebt eine Hand. »Ich werde ihr nichts sagen. Aber ja, ich könnte es mir leisten. Aber wenn sie zu dir zieht, werde ich wahrscheinlich ausziehen und mir eine Wohnung in der Nähe von Anchorage suchen.«

»Du würdest Lake Starlight verlassen?«

Er zuckt mit den Schultern. Darin unterscheidet er sich von seinen Geschwistern. Die meisten von ihnen sind in Lake Starlight geblieben. Ich glaube, alle gehen davon aus, dass Sedona auch eines Tages zurückkehren wird. Und Phoenix pendelt zwischen L. A. und Lake Starlight hin und her, aber ihr Zuhause ist hier. Kingston scheint hingegen immer nur zum Schlafen in Lake Starlight zu sein.

»Sag ihr jedenfalls noch nichts. Ich habe sie noch nicht gefragt. Und wahrscheinlich wird sie erst mal ablehnen.«

Kingston trinkt von seinem Bier. »Hast du es nicht satt, dass sie sich immer so benimmt?«

Ich zucke mit den Schultern. »Ich liebe sie. Wenn man jemanden liebt, muss man alles an ihm lieben. Die Macken *und* die Vorzüge. Ich hoffe, dass sie eines Tages versteht, dass sie sich zu einhundert Prozent auf mich einlassen kann. Sollten wir jemals heiraten, wirst du wissen, dass ich sie geknackt habe.«

Lachend stößt er sein Bier gegen meine Wasserflasche. »Du bist der Einzige, der das schafft.« Dann nimmt er einen Schluck. »Oh, ich habe mir überlegt, dass wir uns alle treffen könnten, wenn Jamison spielt. Sie spielen dieses Wochenende gegen die Seattle Sounders. Ich habe frei, es sei denn, ich werde zu einem Einsatz gerufen.«

»Ja, auf jeden Fall. Wir können uns bei mir treffen.«

»Perfekt.«

»*Bailey!*«, ruft einer seiner Kumpel.

Kingston hebt eine Hand. »Ich sollte jetzt besser los. Die können sich ganz schön rüpelhaft benehmen. Und ich will nicht, dass Juno ihre Events nicht mehr hier veranstalten kann. Schick mir die Details.« Er steht auf und geht in den anderen Raum.

»Kingston«, rufe ich ihm hinterher, und er dreht sich um. »Ich weiß, es ist scheiße. Aber manchmal muss man sein Leben weiterleben, bis die andere Person bereit ist, sich dem zu stellen, was zwischen einem ist.«

»Hast du so meine Schwester erobert? So getan, als würdest du heiraten, um sie zum Handeln zu zwingen?« Er lacht, als wäre die Vorstellung total absurd. Obwohl ich grinse, plagt mich das schlechte Gewissen.

»Benimm dich, King!«, ruft Juno, winkt ihm zu und kommt zu mir. Dann schlingt sie die Arme um meinen Hals. »Bereit, wieder zu dir zu fahren?«

»Dabei hatte ich nicht mal einen Anmachspruch.«

»Ach. Die sind vollkommen überbewertet. Ich bin der Engel, den Gott auf die Erde gesandt hat. Du musst nicht noch mal an mir vorbeigehen, denn es war Liebe auf den ersten Blick. Ich glaube, ich habe ein Pflaster für dein aufgeschürftes Knie, weil du mir zu Füßen liegst.« Sie gibt mir einen Kuss auf den Mund. »Siehst du? Ich habe mich um die

Sprüche gekümmert, und jetzt können wir zu dir fahren.« Sie zwinkert mir zu.

Lachend stehe ich auf, schnappe mir den Karton mit ihren Sachen und trage ihn zur Hintertür hinaus.

Auf dem Heimweg muss ich an Kingstons Worte denken. Mein schlechtes Gewissen wird immer größer. Ich greife nach Junos Hand. »Juno?«

»Ja?« Sie blickt von ihrem Smartphone auf.

»Wie lange weißt du schon, dass du Gefühle für mich hast?«

Sie steckt ihr Smartphone in die Handtasche. »Ich glaube, ich hatte schon immer Gefühle für dich ... aber ... du weißt doch, wie verkorkst ich bin, was die Zukunft angeht.«

Ich nicke. Erst im April entschied sie sich, auf welches College sie gehen wollte. Sie hasst es, Entscheidungen zu treffen, die ihre Zukunft beeinflussen. Und dass Kingston das weiß, sagt mir, dass sie schon lange so ist. Vielleicht war sie sogar schon vor dem Tod ihrer Eltern so, aber irgendetwas sagt mir, dass das eine mit dem anderen zusammenhängt. Aber wir waren viel zu jung, als ihre Eltern gestorben sind, um es mit Sicherheit sagen zu können.

»Aber das Gute ist, dass ich es mir eingestanden habe.« Sie lehnt sich über die Mittelkonsole und küsst meine Wange.

»Aber nicht nur, weil ich Brigette heiraten wollte, oder?«

Sie stellt das Radio leiser und wendet sich mir ganz zu. »Was ist los?«

Ich hätte wissen müssen, dass sie mich sofort durchschaut. Das ist das Problem, wenn man sich so lange kennt.

Wir wissen ganz genau, wie sich der andere in bestimmten Situationen verhält. Wie ein verheiratetes Ehepaar – nur ohne Sex.

»Als ich zugestimmt habe, Brigette zu heiraten, war ich sauer. Du hattest mir gerade von Trey erzählt. Ich war wütend, weil du mit ihm geschlafen hast und nicht mit mir. Es könnte also sein, dass ich nur Ja gesagt habe, um mich an dir zu rächen.« So. Jetzt ist es raus. Wenn sie will, kann sie jetzt wütend werden, aber ich hätte nicht weitermachen können, ohne dass sie davon weiß. Ich bin nicht der selbstlose Kerl, für den sie mich hält.

»Das habe ich mir schon gedacht. Es gefällt mir zwar nicht, aber ich bin froh, dass wir jetzt zusammen sind. Ich hasse mich dafür, dass ich dir so lange wehgetan habe.«

Als ich an einer Ampel halten muss, kann ich ihr endlich ins Gesicht sehen. Sie ist tatsächlich nicht wütend. Zumindest blickt sie nicht finster drein, wie sie es für gewöhnlich tut, wenn sie wütend ist. »Dann ist es also in Ordnung für dich?«

Sie zuckt mit den Schultern. »Es ist Vergangenheit. Nachdem du es mir gesagt hast, habe ich alle Punkte miteinander verknüpft. Ich hatte solche Angst, dich zu verlieren. Und jetzt musste ich dich tatsächlich fast verlieren, um endlich zu handeln. So traurig es auch ist.«

Die Ampel springt auf Grün, und ich trete aufs Gas. »Danke, dass du mich verstehst. Tut mir leid, wenn ich dir das Gefühl gegeben habe, dich irgendwie ausgetrickst zu haben. Ich würde nicht wollen, dass unsere Beziehung so beginnt.«

Sie drückt meine Hand. »Colton Stone, ich kenne dich lange genug, um zu wissen, dass du nichts aus Boshaftigkeit tust.«

Ich nicke und biege in meine Einfahrt ein. »Hast du schon darüber nachgedacht, ob du ein paar deiner Sachen zu mir bringen willst?«

Sie öffnet die Beifahrertür. »Noch nicht. Wir sind erst seit einer Woche zusammen. Mach mal langsam.« Lachend steigt sie aus und verschwindet im Haus.

Ihr Handy piept, und ich nehme es von der Mittelkonsole. Es ist eine Benachrichtigung, dass sie eine E-Mail bekommen hat. Ich werfe einen kurzen Blick auf die Garagentür, die ins Haus führt, und öffne die Nachricht von ihrem Vermieter. Er schreibt, er könne ihr nicht mehr Zeit geben. Die Miete sei bis Freitag fällig, ansonsten würde er am Samstag ihr Büro dichtmachen.

Mein Kopf sinkt gegen die Nackenstütze, und ich schließe die Augen. Warum wusste ich nicht, dass sie in Schwierigkeiten steckt?

Ich schalte ihr Smartphone aus, greife nach meinem und schreibe Mario, um ihn nach den Bedingungen des Kredits zu fragen und ob ich ihn unbedingt für Vier Pfoten verwenden muss.

Kapitel 26

JUNO

Es ist Freitagmorgen, als ich an Grandma Doris Apartmenttür in der Northern Lights Seniorenresidenz klopfe. Ich hasse es, sie um Geld zu bitten, aber sie ist meine letzte Rettung.

»Juno«, sagt sie, als sie die Tür öffnet. Das blaustichige Haar hat sie auf Lockenwickler gedreht. »Komm rein.«

Als ich das Apartment betrete, steht eine Friseurin von Clip and Dish am Waschbecken und spült etwas ab.

»Seit wann gehst du nicht mehr in den Salon?«, frage ich, und die Friseurin lächelt mich an.

»Mila hatte nichts dagegen, diesmal zu mir zu kommen. Ich habe Knieschmerzen.« Sie setzt sich aufs Sofa und massiert sich das Knie.

Ich habe noch nie erlebt, dass Grandma krank ist. Diese Frau kann nichts aufhalten. »Ist alles okay?«

Sie winkt ab. »Hör auf. Warum bist du hier?«

Ich weiß, dass Grandma Dori ein bisschen Geld hat. Aber ich kann nicht einfach ihr Geld nehmen, um eine

Firma zu retten, von der ich gar nicht weiß, ob ich sie überhaupt noch will. Ich überlege es mir anders. Ich werde sie nicht danach fragen. »Ich wollte nur Hallo sagen.«

»Hm … Und was ist der wahre Grund?« Ich blicke zu Mila an der Spüle, und Grandma folgt meiner Blickrichtung. »Mila, du solltest in die Cafeteria gehen und dir etwas von dem Vanillepudding schnappen, den sie heute anbieten. Wenn sich jemand beschwert, sagst du, du gehörst zu mir.«

Entweder hat Mila den Hinweis verstanden, oder sie liebt Vanillepudding, denn keine Minute später ist sie weg.

»Was ist los, Süße?«, fragt Grandma, und ich atme laut aus.

»Glaubst du, Tante Etta gab es wirklich?«

»Du meinst, ob deine Mom sie erfunden hat?«

Ich nicke.

»Warum hätte sie das tun sollen?«

»Weil ich elf war und das Gefühl hatte, nicht dazuzugehören. Weil sich meine Geschwister über mich lustig gemacht haben. Und die Kinder in der Schule auch. Hank Billings meinte, sie hätten mich auf einer von Moms Geschäftsreisen in einem Pfandhaus oder auf einem Flohmarkt gekauft.«

»Die Billings sind Arschlöcher. Das weißt du doch.«

Ich nicke. »Ich weiß nur nicht, ob ich wirklich als Partnervermittlerin tauge.«

Sie verengt die Augen zu Schlitzen. »Warum um alles in der Welt solltest du so etwas denken? Du hast nie an dir gezweifelt. Warum jetzt? Dein eigenes Liebesleben läuft doch gerade super.«

Lächelnd denke ich an Colton. Ich hätte niemals so lange warten sollen, um ihm meine Liebe zu gestehen. Obwohl ich immer noch Angst habe, ihn zu verlieren, habe ich es bisher ganz gut geschafft, sie zu verdrängen. »Ich weiß nicht. Es kam mir einfach in den Sinn.«

»Nun ja, es ist die Familie deiner Mutter. Ich weiß nur das, was dir deine Mom erzählt hat und was du selbst herausgefunden hast.«

»Etta könnte auch nur irgendein Foto sein, das überhaupt keine Bedeutung hat. Und warum habe ich mein ganzes Leben lang daran geglaubt? Um das Gefühl zu haben, zu meinen Geschwistern zu gehören, obwohl ich ihnen kein bisschen ähnlich sehe?«

»Ihnen ähnlich sehen? Hast du dir mal Holly angeschaut?«

Ist sie inzwischen so alt geworden, dass sie nicht mehr weiß, wer tatsächlich ihre Enkelkinder sind?

»Mit Holly bin ich nicht blutsverwandt«, erwidere ich.

Grandma winkt ab, wie sie es immer tut, wenn sie weiß, dass jemand recht hat. Aber schließlich ist sie älter und weiser, und alle sollten auf sie hören. »Die Einzigen, die sich wirklich ähnlich sehen, sind Phoenix und Sedona und Rome und Denver. Der Rest von euch ...«

»Brooklyn und Savannah sind beide blond.«

»Und was ist mit Austin? Er sieht auch keinem ähnlich.«

»Er sieht aus wie seine Brüder. Und ich habe diese roten Haare.«

»Also, ich würde deine Haarfarbe eher als kastanienbraun mit dunkleren Strähnen bezeichnen. Außerdem, was sagt die Haarfarbe schon aus?«

»Aber es ist auch meine blasse Haut. Keiner ist so blass wie ich.«

»Das alles lässt sich mit Haarfärbemittel und Sonnenstudio beheben. Ich war bei deiner Geburt dabei, Juno. Du bist eine Bailey.«

Doch ich schmolle in meinem Sessel. »Ich habe Hank Billings damals nicht wirklich geglaubt. Ich habe nicht geglaubt, dass mich Mom und Dad im Pfandhaus oder auf dem Flohmarkt gekauft haben.« Ich zucke mit den Schultern. »Ich habe mir all die Jahre eingeredet, dass ich Leute verkuppeln kann. Aber was, wenn Mom mich angelogen hat?«

»Hast du deine Mutter als Lügnerin in Erinnerung?«

»Nein, aber ich kannte sie nur vierzehn Jahre lang.«

Klopf, klopf.

»Perfektes Timing. Mach die Tür auf.«

Ich stehe auf und öffne. Vor der Tür steht Savannah mit dem Kinderwagen.

»Brinley«, sage ich und beuge mich zu meiner süßen Nichte herunter.

»Wenn du sie aufweckst, bist du tot.« Savannah schiebt den Kinderwagen ins Apartment. »Du bekommst die Haare gemacht, Grandma? Ich weiß nicht, ob Brinley diese Dämpfe einatmen sollte.«

»Ich bekomme keine Dauerwelle. Das sind nur Lockenwickler«, schimpft Grandma Dori. Anscheinend sind heute alle gereizt. »Denkst du, ich hätte noch keine Kinder großgezogen?«

»Was machst du denn hier?«, fragt mich Savannah.

»Das könnte ich dich auch fragen«, gebe ich zurück.

»Weil ich mit Grandma über die Firma sprechen muss.«

Sie schiebt den Kinderwagen vor und zurück, damit Brinley nicht aufwacht. »Wie läuft's denn mit Colton, du kleine Füchsin?«

Meine Wangen fangen an zu glühen. »Gut.«

»Juno denkt mal wieder, sie wäre keine richtige Bailey«, sagt Grandma Dori.

Savannah schnaubt. »Juno, du *bist* eine Bailey.«

»Ich weiß, dass ich eine Bailey bin. Ich weiß nur nicht, ob ich wirklich eine Partnervermittlerin bin. Hat dich Mom jemals angelogen?«

Savannah lacht. »Und ich dachte, meine Hormone würden verrücktspielen. Zuerst war ich gemein, dann nett, und jetzt bin ich in dieser komischen Galaxie gelandet, in der ich anfange zu heulen, weil sie größer wird und Liam die Creme an den falschen Platz stellt.«

»So ist es nun mal, Mutter zu sein«, erklärt Grandma Dori ganz gelassen.

»Juno, du musst dich entspannen. Du machst deine Sache gut. Meine Mitarbeiterin empfiehlt dich immer noch weiter, weil du ihren Bruder verkuppelt hast. Sie sind inzwischen verheiratet und haben zigtausend Kinder. Obwohl ich nicht verstehe, warum Menschen mehr als eins bekommen.« Sie sieht Brinley an und lächelt. »Aber wenn sie schläft, ist sie zuckersüß.«

Ich muss lachen. »Hat dir deine Arbeit bei Bailey Timber immer Spaß gemacht?«

»Du machst wohl Witze. Nein. Kannst du dich noch daran erinnern, wie uns Hollys Vater vor ein paar Jahren Konkurrenz machen wollte und ich dachte, wir würden in die Insolvenz schlittern? Das war schlimm ...« Sie sieht mich durchdringend an, als wüsste sie, was wirklich los ist. Dann wandert ihr Blick zu Grandma und wieder zu mir. »Ruf mich später mal an«, flüstert sie.

»Ich gehe jetzt besser. Wenn ich meine Nichte nicht auf den Arm nehmen darf, bin ich raus.« Ich gebe Grandma einen Kuss auf die Wange. »Übrigens. Colton will seinen Schlüssel zurück, und Ethel macht ihm Angst.«

Grandma Dori lacht.

»Habe ich irgendwas verpasst?«, fragt Savannah.

»Grandma ist am Morgen nach der Hochzeit mit einem Schlüssel in Coltons Haus gekommen.«

»Igitt, warum das denn? Willst du etwa sehen, wie die beiden es miteinander treiben?« Angewidert verzieht Savannah das Gesicht.

»Und Ethel sieht Colton an, als wäre er ihr nächster Rentenscheck«, füge ich hinzu.

»Tut sie nicht. Und wenn schon? Ist doch ein Kompliment, dass sie seinen Körper so eingehend begutachtet«, sagt Grandma.

Savannah und ich wechseln einen Blick. Noch ein Wort, und wir müssen uns übergeben.

»Erklär Colton, dass er sich an die Sache mit dem Schlüssel gewöhnen muss«, sagt Savannah. »Neulich dachte ich, Brinley wäre gekidnappt worden, als ich sie aus der Wiege nehmen wollte. Und dann saß sie mit Grandma Dori im Wohnzimmer.«

Grandma lacht.

»Das ist überhaupt nicht lustig. Ich dachte, jemand hätte mein Kind entführt!«

»Und dann kam Liam in Boxershorts angerannt. Ethel hatte ja keine Ahnung, dass er so viele Tattoos hat.« Grandma Doris Augen beginnen zu strahlen. Okay, jetzt bin ich echt angewidert.

»Warum ist Ethel eigentlich immer mit dir zusammen?«, fragt Savannah.

»Weil der Sheriff meinte, er würde mich ins Gefängnis stecken, wenn er mich beim Fahren erwischt. Ich glaube, das ist nur leeres Gerede, aber da Ethels Familie in Sunset Bay lebt, gehört sie quasi eh zu unserer.«

Ich gebe Savannah einen Kuss auf die Wange. »Tschüss.«

»Warte«, bittet Savannah mich und wendet sich an Grandma: »Weck sie ja nicht auf. Ich muss mit dir reden, Juno. Und das kann ich nicht, wenn du dabei Brinley anhimmelst.«

Wir treten hinaus auf den Flur.

»Geht es SparkFinder finanziell nicht gut?«, fragt Sav.

»Warum fragst du das?«

»Weil das für gewöhnlich der Punkt ist, an dem die Leidenschaft verloren geht. Dass du plötzlich in einer Bar Blind-Speeddating veranstaltest, um Geld zu verdienen, sagt mir, dass irgendwas nicht stimmt.«

»Woher weißt du ...« Es ist egal, wie sie davon erfahren hat. Wie dumm von mir zu glauben, dass alle meine Geschwister, die gerade Babys bekommen haben, mit dem Kopf ganz woanders sind. Anscheinend nicht. »Es ist alles gut.«

»Du würdest es mir doch sagen, oder?«

»Natürlich.« Ich nicke.

»Nein, würdest du nicht. Aber ich muss jetzt wieder rein und mein Baby retten, denn ich weiß, dass Grandma nicht auf mich hört. Komm demnächst mal vorbei, dann können wir uns deine Buchhaltung ansehen und uns etwas einfallen lassen.«

Als ich mich umdrehe und gehe, höre ich, wie Savannah die Tür aufreißt und schreit: »Ich habe dir doch gesagt, du sollst sie nicht aufwecken!« Und dann fängt Brinley an zu brüllen.

Ich grinse vor mich hin. Da habe ich den perfekten Zeitpunkt zu gehen erwischt.

Während ich zurück zum Büro fahre, denke ich über Savannahs Worte nach. Sie leitet einen riesigen Betrieb. Vielleicht hätte sie mir helfen können. Aber es ist bereits Freitag, und Mr. Richards will die Miete für letzten und für diesen Monat, doch ich habe das Geld nicht. Also werde ich das Büro wohl räumen müssen.

Ich parke am Ende des Blocks und bin überrascht, als ich Colton vor meinem Büro stehen sehe.

Er hält eine Tüte von dem Sandwichladen in Sunset Bay in die Höhe. »Mittagessen für mein Mädchen.«

»Sunset Bay?«

»Musste Welpen auf die Welt bringen.«

»Hast du einen mitgebracht?« Ich schließe die Tür auf, und er folgt mir nach drinnen.

»Hättest du denn gern einen?« Er stellt die Tüte auf meinen Schreibtisch und nimmt die Sandwiches heraus.

»Ehrlich gesagt wundert es mich, dass du nicht schon längst einen Hund hast.«

Er nickt. »Bisher habe ich mich noch nicht bereit gefühlt, aber jetzt ...« Er schlingt die Arme um mich und küsst mich. »Wenn meine Freundin einen will, bekommt sie einen. Ich will, dass sie glücklich ist.«

»Oh, das würdest du tun? Nun, vielleicht sollten wir mal darüber sprechen.«

»Aber zuerst musst du zu mir ziehen.« Er sieht mich durchdringend an.

Ich atme laut aus und löse mich aus seiner Umarmung. »Ich bin am Verhungern. Bitte sag mir, dass du mir das Bacon Turkey Ranch mitgebracht hast.«

Er steht da und ist nicht bereit, mir eine Antwort zu geben oder sich zu bewegen.

Ich sehe ihn an. »Was ist?«

»Hör auf, immer das Thema zu wechseln. Warum willst du nicht zu mir ziehen?«

»Und was ist mit Kingston?« Ehrlich gesagt meinte Kingston neulich, als ich kurz zu Hause war, um frische Klamotten zu holen, dass er darüber nachdenke, näher nach Anchorage zu ziehen.

»Na schön, Kingston kann auch bei mir einziehen. Wir haben noch zwei freie Schlafzimmer.« Er kommt zu mir herüber und wickelt sein Sandwich aus.

»Du meinst, *du* hast noch zwei freie Schlafzimmer.«

Er lehnt sich über den Schreibtisch. »Was mir gehört, gehört auch dir«, sagt er und nimmt einen Bissen.

»Wir sind aber nicht verheiratet«, erwidere ich, packe ebenfalls mein Sandwich aus, das einfach köstlich duftet. Der Käse quillt seitlich heraus, und ich lecke mir voller Vorfreude die Lippen. Wir haben den Laden auf einem unserer Frühlingsausflüge zufällig entdeckt.

»Noch nicht.«

»Colton.« Ich seufze.

»Juno«, äfft er mich nach.

»Ich meine es ernst. Wir sind erst zusammengekommen. Lass es uns einfach genießen. Was ist, wenn ...«

»Ich hasse deine Was-wenn-Fragen«, murmelt er und beißt in sein Sandwich.

»Wie bitte?«

Nachdem er fertiggekaut hat, holt er einen Stapel Dokumente aus seiner Tasche. »Vergiss es. Wir haben andere Dinge zu besprechen. Ich habe etwas getan. Und ich will nicht, dass du sofort Nein sagst. Ich will, dass du mir zuerst zuhörst.«

Er legt die Papiere auf meinen Tisch. Als ich die erste Zeile lese, wird mir klar, dass Savannah und Mr. Richards nicht die Einzigen sind, die von meinem Scheitern wissen.

KREDITVERTRAG

Ich überfliege das Dokument. Von Vier Pfoten steht da nichts, aber die Summe ist an Colton Stone persönlich ausgestellt. Ich atme tief ein, versuche, meine Wut zurückzuhalten, aber ihr wisst, was man über Rotschöpfe sagt: Wir sind feurig.

Kapitel 27

COLTON

Eigentlich wollte ich ihr nicht so von dem Kredit erzählen, aber sie hat mich echt aufgeregt mit ihren Was-wenn-Fragen. Warum zur Hölle kann sie nicht einfach zu mir ziehen? Verdammt, ich würde sogar ihren Bruder bei mir aufnehmen. Er müsste nicht einmal Miete bezahlen. Ich will einfach nur *sie*. Mir ist klar geworden, dass sie noch nicht wirklich mir gehört, obwohl sie jetzt nicht mehr verzweifelt ist, weil sie mich mit einer anderen sehen muss. Aber sie will nicht über unsere gemeinsame Zukunft nachdenken.

»Das werde ich nicht akzeptieren.« Sie gibt mir die Papiere zurück.

Als ich mich weigere, mein Sandwich aus der Hand zu legen, wirft sie die Dokumente einfach auf das Sandwichpapier, sodass sie mit Mayonnaise und Gewürzen beschmiert werden.

»Verdammt!«, schimpfe ich und greife danach. »Ich weiß, dass du deine Rechnungen nicht zahlen kannst.«

Sie schluckt ihren Bissen herunter und durchbohrt mich mit ihrem Blick. »Das geht dich überhaupt nichts an.«

»Doch, tut es. Du bist meine Freundin, und ich will dir helfen.«

»Reicht der Kredit auch für Vier Pfoten?«

»Nein.« Ich lehne mich zurück. »Meine Kreditsicherheit ist nicht hoch genug. Das Geld ist allein für dich und Spark-Finder. Ich werde nächste Woche mit Dr. Murphy reden, sobald er aus Portland zurück ist. Ich bin sicher, wir finden eine Lösung.«

»Woher willst du wissen, dass er sich keinen anderen sucht?« Sie verschränkt die Arme vor der Brust. Heute ist sie lässig gekleidet, in Leggings und ein langes Shirt, das ihren Hintern bedeckt, den ich so sehr liebe.

»Es gibt keinen anderen.«

»Er könnte jemanden suchen. Es geht um eine Tierarztpraxis in einer Kleinstadt ohne Konkurrenz. Ruf die Bank an, und sag ihnen, dass du einen Geschäftskredit brauchst, keinen Privatkredit.«

»Nein.«

»Verdammt, Colton!« Mit der flachen Hand schlägt sie auf den Tisch. »Warum?«

»Weil du es verdienst. Weil du deinen Job liebst. Ich will nicht, dass du deinen Traum aufgeben musst.«

Sie blickt auf. »Und dass dein Traum stirbt, ist in Ordnung?«

Ich zucke mit den Schultern. »Mein Traum ist nicht ausgeträumt. Er verschiebt sich nur ein wenig nach hinten.«

Sie steht auf und geht vor dem Schreibtisch auf und ab. »Wie hast du davon erfahren?«

»Ich habe eine E-Mail gesehen. Und die Mahnungen, als Earl die Post gebracht hat. Aber die eigentliche Frage ist, warum du es mir nicht erzählt hast.« Es fühlt sich an, als hätte sie mir ein Messer ins Herz gerammt. Sollen wir unser ganzes Leben so verbringen? Dass sie mir nicht erzählt, was sie bedrückt? »Eigentlich sollte ich deine Vertrauensperson sein.«

Sie wirft die Hände in die Luft. »Wir sind erst seit einer Woche zusammen.«

Ich reiße ebenfalls die Arme hoch. »Wir sind die besten Freunde, seit wir sechs sind.«

Sie verengt die Augen zu Schlitzen. »Wie süß, Colton.«

»Ja, ich finde es süß.« Ich setze mich wieder auf meinen Stuhl. »Warum behältst du immer alles für dich? Das verstehe ich nicht.«

Sie geht hinüber zu dem Bild ihrer Tante Etta. Oder sollte ich lieber *Schrein* sagen? Denn obwohl es nur ein Foto ist, betrachtet es Juno, als wäre Etta ihre Retterin.

»Ich weiß nicht, ob ich noch Partnervermittlerin sein will. Deshalb …« Sie dreht sich um und verschränkt die Arme. »Ich werde SparkFinder schließen. Ich werde deinen Kredit nicht annehmen. Benutz ihn, um dir deinen Traum zu erfüllen.«

»Wie bitte?« Was zur Hölle meint sie damit?

Sie schüttelt den Kopf. »Ich habe meine Entscheidung bereits getroffen. Mit dem Blind-Speeddating mache ich weiter, denn schließlich muss ich irgendwie Geld verdienen.«

»Bist du sicher?« Sie nickt und geht zurück an ihren Schreibtisch, doch bevor sie an mir vorbeihuschen kann, packe ich sie am Handgelenk und ziehe sie auf meinen Schoß. »Ich liebe dich.«

Sie nickt. »Das weiß ich, aber du kannst mich nicht retten.«

»Ich mache das nicht nur, weil wir ein Paar sind.«

»Ich weiß. Du hättest es auch gemacht, wenn wir immer noch nur Freunde wären. Aber ich muss mich endlich selbst finden. Und um ehrlich zu sein, herrscht in meinem Kopf gerade ein einziges Chaos.« Ich drücke sie fest an mich, und sie legt den Kopf auf meine Schulter. »Ich habe nie darüber nachgedacht, etwas anderes zu machen, als Leute zu verkuppeln. Als ich noch jünger war, dachte ich, es wäre meine Bestimmung, nachdem mir Mom von Tante Etta erzählt hatte. Aber ich habe nie wirklich darüber nachgedacht, ob ich das überhaupt den Rest meines Lebens machen will. Ich habe es einfach getan. Es ist kein Wunder, dass ich nie darüber nachgedacht habe, irgendetwas zu verändern, um mehr Kunden zu gewinnen, denn ich habe einfach Tag für Tag gelebt. Ich hatte für meine Firma keine Langzeitziele. Und es tut mir leid, dass es dich so enttäuscht, dass ich noch nicht bei dir einziehen will.«

»Warum nicht? Siehst du mich denn nicht in deiner Zukunft?« Ich halte die Luft an und warte auf ihre Antwort.

Sie hebt den Kopf und nimmt mein Gesicht in beide Hände. »Du bist das Einzige, was ich auch in Zukunft haben will. Ich habe Angst, es zu vermasseln, aber ich kann einfach nicht aufhören, mir lauter Was-wenn-Fragen zu stellen. Was, wenn du gehst, sobald ich mich voll und ganz darauf eingelassen habe?«

Ich lege den Kopf schief und warte darauf, dass sie fortfährt, doch es kommt nichts mehr. »Juno, ich würde dich nie verlassen.«

Sie legt den Zeigefinger auf meine Lippen. »Ich sage ja nicht, dass du es vorhast. Aber Dinge passieren nun mal.«

Ich starre sie an. Mann, ich lag total falsch. Sie hat keine Angst, dass ich sie verlasse. Sie hat Angst, dass ich irgendwann sterbe. Fuck!

Ich umarme sie, unfähig, irgendetwas Tröstendes zu sagen.

• • •

Mario ändert meinen Kredit, und zwei Wochen später unterschreibe ich mit Dr. Murphy den Vertrag, dass ich Miteigentümer von Vier Pfoten werde.

Ich schmeiße keine Party, denn ich will keine große Sache daraus machen für den Fall, dass ich scheitere. Doch als ich nach Hause komme, wartet Juno bereits auf mich. Ich öffne die Garagentür zur Küche, und meine Einkaufstüte fällt mir aus der Hand. Mit einer Seidenrobe bekleidet – wenn mich nicht alles täuscht – sitzt sie auf meinem Küchentisch, und darunter ist sie vollkommen nackt.

»Sind Sie jetzt offizieller Miteigentümer von Vier Pfoten,

Dr. Stone?«, fragt sie mit verführerischer Stimme und spreizt die Beine.

»Ja, bin ich. Was passiert hier?« Ich sehe mich um und kann weder Kerzen noch Blumen entdecken. Nicht einmal etwas zu essen. Aber solange ich *sie* vernaschen kann, will ich mich nicht beklagen.

»*Juhu!*« Sie springt vom Tisch. Ich fange sie auf und packe ihren Hintern, als sie die Beine um mich schlingt.

Ich streichle ihr nacktes Hinterteil. »Du bist tatsächlich nackt da drunter.«

»Ja. Und du musst dich auch ausziehen. Ich habe nämlich eine Überraschung für dich.« Sie löst ihre Beine und beginnt, mein Hemd aufzuknöpfen, noch bevor ihre Füße wieder den Boden berühren.

»Was ist es?«

»Ich habe doch gesagt, dass es eine Überraschung ist. Da ich für dich keine Party organisieren durfte, dachte ich, wir bereiten ein Gericht aus einem Film zu, so, wie wir es immer gern gemacht haben.«

»Oh, und welches hattest du im Sinn? Irgendwas von *Chocolat*?«

Sie schüttelt den Kopf, öffnet meinen Gürtel, meinen Hosenknopf und den Reißverschluss, bevor meine Hose auf dem Boden landet. Als ich nur noch in Boxershorts dastehe, ergreift sie meine Hand und platziert mich auf dem Fußboden vor dem Kühlschrank.

»*9 ½ Wochen*?« Grinsend reiße ich die Augen auf.

Sie zieht ein wenig ihre Robe auseinander, sodass ich einen Blick auf ihre rasierte Muschi erhaschen kann. Mein

Schwanz begrüßt sie und ihre verruchte Idee sofort. »Einen Teil des Films musste ich mir schon mal allein anschauen.«

»Aber ich wollte ihn mit dir schauen.« Ich ziehe sie zu mir herunter, doch sie befreit sich aus meinem Griff und kniet sich vor mich hin.

»Okay, schließ die Augen«, sagt sie und öffnet den Kühlschrank.

»Das verbraucht aber sehr viel Strom.«

Sie lacht. »Du bist Tierarzt. Du kannst es dir leisten. Zwing mich nicht, dir die Augen zu verbinden.«

Ich schließe die Augen. Die Kälte aus dem Kühlschrank trifft meine Nippel.

Sie hält mir etwas vor den Mund, drückt es gegen meine Lippen und zieht es wieder zurück. Schließlich kriege ich es zu fassen und stelle fest, dass es sich um eine schwarze Olive handelt. Ich kaue, schlucke und warte, als ich höre, wie Metall gegen Metall schlägt.

»Aufmachen«, flüstert sie.

Ich tue, wie mir geheißen – und sie schiebt mir einen Löffel mit eingelegten Kirschen in den Mund. Die Süße trifft auf meine Zunge und lässt mich seufzen. »Das würde ich gern später von dir runterlecken.«

»Das lässt sich einrichten.« Dann fährt sie mit etwas Kaltem über meine Lippen.

Ich beiße in eine Erdbeere. Als ich sie kauen höre, öffne ich ein wenig die Augen.

»Nicht linsen«, schimpft sie und versucht zu verbergen, was sie gerade in den Kühlschrank gestellt hat.

»Ich glaube, hier wird gerade die falsche Person mit Essen verführt. Findest du nicht auch?« Ich stehe auf und platziere sie auf dem Boden. »Mach die Augen zu.«

»Du ruinierst meine Überraschung.« Sie schmollt ein wenig.

»Glaub mir, dich zu füttern und dir dabei zuzusehen, ist ein verdammt gutes Geschenk.« Ich entdecke im Kühlschrank ein Glas Champagner, also nehme ich es und führe es an ihre Lippen. Sie trinkt, doch da ich das Glas ein bisschen zu weit anhebe, läuft der Champagner aus ihrem Mund, fließt über ihr Kinn und landet auf ihrem Dekolleté. Ich nutze die Gelegenheit und lasse meine Zunge durch das Tal zwischen ihren Brüsten gleiten.

»Du sollst mich nicht berühren. Du brichst die Regeln, Stone.«

Lachend schnappe ich mir etwas von dem Nudelsalat. »Hast du den gemacht?«

»Ist doch egal.«

»Nun sag schon.«

»Nein«, entgegnet sie. Ich fahre mit einer Nudel über ihre Lippen und verteile das Italian Dressing darauf. »Deshalb schmeckt er wahrscheinlich auch so gut.«

Wir müssen beide lachen. »Wolltest du mich wirklich in eine Jalapeño beißen lassen?«

Sie kichert. »Wir müssen dem Film treu bleiben.«

»Dann mach den Mund auf.« Ich stoße mit einer Schote gegen ihre Lippen.

Und sie beißt tatsächlich langsam zu. »Ein bisschen Schärfe kann ich schon vertragen.«

Doch dann verzieht sie schmerzvoll das Gesicht, schüttelt den Kopf und spuckt das Stück aus. Ich setze ein Glas Milch an ihre Lippen, und genau wie im Film läuft die Milch an den Seiten über und durchnässt ihre Robe, die nun an ihren steifen Nippeln klebt.

»Schlechte Idee«, sagt sie.

Statt des Wackelpuddings füttere ich sie mit ein paar Kirschen aus dem Einmachglas, und sie leckt sich die Lippen. Dann führe ich den Champagner wieder an ihren Mund, der erneut über ihren Körper fließt.

Sie öffnet die Augen. Ich lege sie auf den Küchenboden, streife die durchnässte Robe ab und lecke den Champagner von ihrem Körper.

»Das fühlt sich schön an«, flüstert sie. Nur ganz sanft hält sie meinen Kopf fest und erlaubt mir, jeden Quadratzentimeter ihrer Haut zu liebkosen.

Als ich ihren Bauchnabel erreiche, setzt sie sich auf, gießt den Champagner über meine Brust und leckt ihn auf. Ihr kleiner Körper liegt auf mir, und sie reibt sich an meiner Härte.

»Glückwunsch, Doktor«, flüstert sie und knabbert an meinem Ohrläppchen. »Willst du jetzt deinen Kuchen?«

Dann setzt sie sich rittlings auf mich und stützt die Hände auf meine Brust. Ich knete ihren Hintern und ihre Hüften und reibe sie über meinen Ständer.

»Ja, ich glaube, ich hätte Lust auf Kuchen.«

Sie lacht, steht auf, streift meine Boxershorts ab und senkt sich auf mich. Ich knete ihre Brüste und reibe ihre Nippel, während sie mich reitet.

Sie erhöht das Tempo, und ich hebe die Hüften, um so

tief wie möglich in ihr zu sein – als plötzlich die Haustür aufgeht.

»*Überraschung!*«

»Fuck!«, raunt Juno und greift nach ihrer Robe. Doch wir können uns nur hinter der Kücheninsel verstecken und über den Rand spähen.

Nur einen Augenblick später steht Calista in der Küchentür und kneift die Augen zusammen. Dion spielt mit irgendeinem elektronischen Spielzeug.

Phoebe deutet auf den Fußboden. »Kirsche.«

Als könnte es nicht noch schlimmer kommen, kommen nun alle Baileys herein.

Denver lacht. »Ihr versauten Bast…«

Harley schlägt ihm auf den Hinterkopf, bevor er das Wort ganz aussprechen kann.

Verdammt, ich muss unbedingt diesen Schlüssel zurückbekommen.

Kapitel 28

JUNO

Meine Familie feiert unten Coltons Erfolg, während wir duschen und versuchen, die Scham abzuwaschen. Aber schließlich sind wir erwachsene Menschen.

»Okay, Babe, das war's. Du musst Dori den Schlüssel abnehmen, okay?« Colton meint es ernst, denn er packt mich an den Oberarmen und starrt mich durchdringend an.

»Ich versuche es«, erwidere ich.

Ich glaube, ich schäme mich nicht so sehr wie Colton. Er ist ein Einzelkind. Ich bin eines von neun Geschwistern. Ich bin es gewohnt, dass meine ganze Familie hereinplatzt. Ich meine, Kingston hat erfahren, wofür Tampons gut sind, als er mich mal im Badezimmer erwischt hat. Ich glaube, wir waren die Ersten in der Schule, die wussten, wie die Genitalien des anderen Geschlechts aussehen. Denvers nackter Hintern hat sich förmlich in mein Gehirn gebrannt.

»Gib dir gefälligst Mühe. Ich konnte nicht mal aufessen, was bedeutet, dass wir die ganze Sache wiederholen müssen.«

Ich gebe ihm einen Kuss auf den Mund. »Versprochen.«

Wir gehen nach unten, wo mittlerweile meine Familie die Herrschaft über Coltons Haus übernommen hat. Kingston hat den Fernseher angemacht, auf dem Jamisons Fußballteam zu sehen ist. Alle gratulieren Colton, und sie haben Essen von Wok For U mitgebracht. Die Kinder sitzen essend am Tisch, und die Frauen stehen in der Küche, drei von ihnen mit Babys auf dem Arm. Phoenix trinkt ein Glas Wein, und ich beschließe, mich zu ihr zu gesellen.

Grandma Dori ist bei den Kindern und erklärt Calista, dass, nur weil sie ein Mädchen ist, es nicht bedeutet, dass sie nicht zurückschlagen darf, wenn sie von jemandem gehauen wird. Harley sieht kurz zu ihnen hinüber, schüttelt dann aber den Kopf, als hätte sie beschlossen, sich später darum zu kümmern.

»Das ist doch doof«, sagt Harley. »Ich bin nur schwanger geworden, weil ich mit euch gemeinsam schwanger sein wollte – und jetzt bin ich wieder allein.«

»Na ja, aber wir können immer noch keinen Alkohol trinken«, sagt Brooklyn und deutet mit dem Kinn auf meinen Neffen, der vor ihrer Brust hängt.

»Ich bin mir mit dem Stillen nicht so sicher«, meint Savannah. »Liam wird mittlerweile ein bisschen eifersüchtig, aber Brinley will das Fläschchen nicht annehmen. Immer hängt alles an mir. Ich weiß gar nicht, wie das funktionieren soll, wenn ich wieder arbeiten gehe.«

Harley nickt verständnisvoll. »Ich kann die Milch abpumpen, aber Easton hat immer Hunger. Ich habe nicht mal genug Milch. Wir müssen schon zufüttern.«

»Wisst ihr, was ich gar nicht ausstehen kann? Dass man erst sechs Wochen nach der Geburt wieder Sex haben kann und Wyatt so tut, als wäre es eine Gefängnisstrafe. Dabei habe ich nicht mal Lust auf Sex.« Brooklyn schüttelt den Kopf.

Die anderen frischgebackenen Mütter nicken, als wollten sie alle zustimmend »Amen« rufen.

Ich sehe Phoenix an, und sie reißt die Augen auf. »Sexspielchen in der Küche, was?«

Colton bekommt es mit, als er sich ein Bier aus dem Kühlschrank nimmt. Er verdreht die Augen und schüttelt den Kopf.

»Ich dachte, ich hätte *keine Party* gesagt?«, entgegne ich.

»Grandma Dori hatte schon alles geplant. Ich glaube, sie dachte, du könntest eine Party gut gebrauchen, jetzt, da du SparkFinder dichtmachst«, sagt Phoenix.

»Geht's dir denn gut?« Brooklyn streichelt meinen Arm.

»Ja.«

Savannah kaut auf ihrer Unterlippe herum und schaut sich um. Ich sehe sie durchdringend an.

»Liam.« Sie versucht, hinter Holly hindurchzuschlüpfen, doch mit dem Baby auf dem Arm kommt sie nicht so schnell weg.

Ich halte sie auf. »Was ist los?«

»Nichts.« Sie schüttelt den Kopf.

»Jemand muss Sedona anrufen. Ihr Kerl hat gerade ein irres Tor geschossen«, schreit Kingston.

Doch ich rühre mich nicht vom Fleck, meine Hand auf Savannahs Arm. Sie verschweigt irgendetwas.

»Du wirst es morgen erfahren«, flüstert sie.

»Sag's mir jetzt.«

»Ich kann nicht«, presst sie hervor.

»Ist es etwas Schlimmes?«

Ihr Blick wandert zu Grandma, was bedeutet, dass es tatsächlich schlimm ist.

»Nein. Überhaupt nicht.«

Das Jubeln der Jungs im Nebenzimmer verstummt.

»O Scheiße. Steh auf. Steh auf«, sagt Kingston leise, fast, als würde er mit sich selbst reden.

Alle Köpfe drehen sich. Kingston und Denver knien vor dem Fernseher, die Hände vor die Münder geschlagen.

»Was ist passiert?« Grandma Dori steht auf und geht ins Wohnzimmer, um nachzusehen.

Sie spulen zurück, und man sieht, wie ein Spieler versucht, Jamisons Schuss zu blockieren, und ihm dabei seitlich gegen das Bein tritt. Wir müssen mitansehen, wie sich Jamison mit schmerzverzerrtem Gesicht auf dem Rasen krümmt. Sowohl seine Teamkameraden als auch das gegnerische Team knien neben ihm, während die Sanitäter herbeieilen.

Phoenix schiebt sich an uns vorbei und stellt sich neben Griffin. Dann fangen sie an zu flüstern.

»Wurde Onkel Jamison schon wieder verletzt?«, fragt Maverick Phoenix.

Alle wenden sich ihm zu. Phoenix packt ihn an den Schultern und flüstert ihm etwas ins Ohr.

»Die Zwillinge haben Geheimnisse!«, ruft Kingston und deutet auf Phoenix.

Sie dreht sich zu Griffin, der mit den Schultern zuckt. Dann lässt sie Maverick los, der zu Dion rennt, um mit ihm Videospiele zu spielen.

»Ähm, Jamison hat sich vor ein paar Wochen schon mal verletzt«, erklärt Phoenix. »Sie dachten nicht, dass es irgendetwas Größeres ist. Er hat sich eine Auszeit genommen, um sich zu erholen. Das war, als Sedona für die Babyparty hier war. Aber ich glaube, es ist wieder dasselbe Bein.«

Wir drehen uns zum Fernseher und hören, wie der Kommentator berichtet, dass es Gerüchte gebe, dass sich Jamison vor Kurzem schon einmal verletzt habe, die Mannschaft aber dafür bekannt sei, sehr verschwiegen zu sein, was verletzte Spieler betrifft. Der Kerl, der das Videomaterial analysiert, spielt das Video an der Stelle, an der der andere Spieler Jamison blockieren will, in Zeitlupe ab. Man sieht, wie Jamison schreiend vor Schmerz zu Boden geht.

»Das ist eine Verletzung, die eine Karriere beenden kann«, erklärt der Kommentator.

»Hoffentlich nicht, denn Jamison ist viel zu talentiert, um so früh aufzuhören. Außerdem hat New York ohne ihn keine Chance«, sagt der andere Kommentator.

Wir sehen uns um, doch Phoenix ist verschwunden. Bestimmt ruft sie Sedona an. Ich hoffe, es geht ihr gut. Jamison wird auf einer Trage vom Spielfeld gebracht. Er umklammert sein Bein.

Colton kommt zu mir und legt mir den Arm um die Taille. »Das ist jetzt ein doofer Zeitpunkt, aber ich habe den Schlüssel«, flüstert er.

»Gut gemacht, Magnum P. I.«

• • •

Am nächsten Tag muss ich offiziell mein Büro räumen. Ich habe mit Mr. Richards einen Deal getroffen. Da er noch keinen Nachmieter hat, habe ich noch ein paar Wochen Zeit bekommen, meine Sachen zusammenzupacken. Ich werde alles in Coltons Garage stellen, bis ich herausgefunden habe, was ich machen soll.

»Was hast du sonst noch?« Colton kommt herein, verschwitzt, heiß und einfach männlich.

»Ähm, nur meinen Schreibtisch und den Tisch und die Stühle aus dem Hinterzimmer.«

Er nickt, und Kingston folgt ihm nach hinten.

Ich gehe ihnen nach und frage Colton: »Ist es für dich wirklich in Ordnung, dass ich die Sachen in deiner Garage deponiere? Ich könnte mir auch einen Lagerraum mieten, oder so. Oder ich verkaufe einfach alles.«

Colton lässt die aufgestapelten Stühle stehen, die er gerade hinaustragen wollte, und küsst mich. »Sei nicht albern. Ich habe genug Platz. Für dich *und* deine Sachen.«

Immer wieder versucht er, mich davon zu überzeugen, bei ihm einzuziehen, und ich muss zugeben, dass ich so oft bei ihm bin, dass es eigentlich dumm ist, es nicht einfach zu machen. Aber im Moment kann ich mir die Hälfte der Hypothek nicht leisten, und ich will nicht auf seine Kosten leben.

»Kümmern wir uns zuerst darum«, sage ich.

»Alles sauber. Ich bin mal gespannt, ob Mr. Richards irgendetwas zu beanstanden hat«, ruft Savannah, als sie aus der Toilette kommt.

»Danke.«

Sie streichelt meinen Arm. »Bist du sicher, dass du das wirklich machen willst? Ich kann dir Geld geben. Dir etwas leihen, wenn du willst.«

Ich schüttle den Kopf. »Auf keinen Fall.«

Sie nickt, denn wir sind aus demselben Holz geschnitzt. Wären unsere Rollen vertauscht, würde sie auch keine Hilfe annehmen.

Wir folgen Colton und Kingston nach draußen zum Umzugswagen. In dem Moment kommt ein weiterer Truck hupend angefahren. Ein rosafarbener.

»Tut mir leid«, flüstert Savannah, während der Truck hinter dem Umzugswagen hält.

»Das ist es, was du mir verheimlicht hast?«

Sie nickt.

Liam kommt den Bürgersteig entlang und schiebt Brinley im Kinderwagen vor sich her. »Zum Glück haben wir es nicht verpasst, Süße.« Liams Enthusiasmus ist nicht zu überhören. »Erzähl Mommy, wie du heute zwei Strampler vollgeschissen hast. Den Rest des Tages hat *sie* Wickeldienst«, sagt Liam in Babysprache.

»Da liegt Daddy leider falsch. Mommy hat schon viel mehr Windeln gewechselt als Daddy.« Savannah tut, als wollte sie Brinley kitzeln.

»Bitte seid keins von den Paaren, die ihre Kinder in ihre passiv-aggressiven Streitereien verwickeln«, wirft Kingston ein.

Colton lehnt sich zur Seite, um zu sehen, was auf dem

Truck steht, bevor er mich ansieht. »Hast du etwa einen Truck gekauft?«

Ich deute auf meine Brust. »Ich? Nein. Warum?«

Dann geht die Seitentür auf, und Rome schiebt ein Fenster auf, als könnte man bei ihm etwas zu essen bestellen.

»Steigst du jetzt ins Foodtruck-Business ein, Rome?«, frage ich.

Er schüttelt den Kopf und verkneift sich das Lachen.

Calista und Dion hüpfen heraus. »*Juhu!* Das hat Spaß gemacht.« Calista ergreift meine Hand und zieht mich zum Truck.

»O mein Gott«, flüstere ich.

»Ist er nicht toll?« Jetzt steigt auch noch Grandma Dori aus, dicht gefolgt von Ethel. »Sei froh, dass Rome so gute Kontakte hat. Ich habe die Lackierung bezahlt. Keine Rückzahlung nötig. Er ist für dich, weil du eine so tolle Enkelin bist.« Sie kneift mir ins Kinn.

Es ist ein rosafarbener Foodtruck mit der Aufschrift *SparkFinder*.

»So kannst du zu deinen Klienten fahren«, sagt Grandma. »Du kannst reisen. Vielleicht zu Messen und so.«

Ich sehe Colton an, der hinter vorgehaltener Hand sein Grinsen versteckt. Grandma Dori freut sich und ist wahnsinnig stolz auf sich selbst.

»Ähm ... danke.« Ich umarme sie.

»Los. Setz dich rein und fahr ein bisschen rum. Rome zeigt dir alles.«

»Vielleicht könntest du Herzkekse backen oder deinen

Klienten kleine Snacks anbieten, denn er hat sogar eine eingebaute Küche«, fügt Ethel hinzu.

Ich lächle sie an, doch sie ist zu sehr damit beschäftigt, Colton anzustarren.

»Nun, lasst mich das hier noch kurz zu Ende bringen.« Ich blicke zurück in das nun fast leere Büro.

»Ich kann das machen, Babe. Geh du nur«, sagt Colton, und ich mustere ihn mit zusammengekniffenen Augen.

»Okay, los geht's!«, ruft Rome.

Ich schenke ihm meinen Todesblick, weil er Teil der Verschwörung ist.

»Ich bleibe mit Colton hier«, erklärt Ethel.

Colton lächelt zwar, macht aber einen Schritt nach links – weg von ihr. Ha! Das geschieht ihm recht.

Als ich im Truck sitze, zeigt mir Rome, wo die Zündung ist. Wir fahren durch die Innenstadt von Lake Starlight, und Grandma Dori beugt sich immer wieder nach vorn, um alle Passanten anzuhupen, als wären wir bei einer Parade oder so. Je mehr Aufmerksamkeit wir erregen, desto mehr glühen meine Wangen.

»Park da an der Ecke. Dann können die Kinder im Park spielen, während ich dir zeige, wie man die Seite öffnet.« Rome deutet auf eine Stelle, und ich parke. Der Truck lässt sich erstaunlich gut rangieren.

Dann steigen wir aus. Zum Glück geht Grandma Dori mit den Kindern in den Park.

Als sie außer Hörweite ist, sage ich: »Ich fasse nicht, dass du ihr dabei geholfen hast.«

Er lacht. »Was hätte ich denn sonst tun sollen?«

»Mir keinen Truck besorgen und zulassen, dass sie mein Logo auf die Seite pinseln lässt? Ich meine, wer sucht bitte eine Partnervermittlerin in einem Truck auf?«

Er zuckt mit den Schultern. »Ich habe sowieso noch nie verstanden, warum Leute zur Partnervermittlung gehen, aber sie tun es. Ich stimme G'ma D zu. Das hier ist gut für dich. Keine übertriebenen Kosten. Und weißt du was? Für deinen ersten Auftritt bereite ich sogar Häppchen zu.«

»Und verteilst deine Visitenkarten«, erwidere ich.

»Hey, eine Hand wäscht die andere. Willkommen in der Welt der kleinen Betriebe.«

»Rome!« Ich vergrabe den Kopf in den Händen und setze mich auf die Ladefläche. »Ich bin so eine Versagerin. Das ist alles so peinlich.«

Er setzt sich neben mich und legt mir den Arm um die Schultern. »Ich weiß, dass es dir schwergefallen ist, dein Büro zu schließen. Aber krieg erst mal raus, welche Möglichkeiten dir das hier bietet. Vielleicht findest du ja Gefallen daran. Von Dion war ich am Anfang auch nicht begeistert, aber inzwischen habe ich ihn lieb gewonnen.«

Lachend ramme ich ihm den Ellbogen in die Rippen.

»Ja, ich weiß, er hatte bereits mein Herz erobert, bevor er mir beim ersten Windelwechsel ins Gesicht gepinkelt hat.«

Ich richte mich auf und wische meine Tränen weg. »Danke, Rome. Ich weiß das hier wirklich zu schätzen.«

Er nickt. »Für meine kleine Schwester mache ich doch alles.«

Kapitel 29

COLTON

Es sind nun fünf Monate vergangen, seit Juno SparkFinder geschlossen hat, und sie ist immer noch nicht zu mir gezogen. Inzwischen spreche ich das Thema nicht mehr oft an, doch das wird sich heute ändern. Ich habe ihr jetzt genug Zeit gegeben, um sich an uns zu gewöhnen.

Sie genießt es tatsächlich, mit ihrem Truck zu kleinen Messen zu fahren und dort Blind-Speeddatings zu veranstalten. Sie konnte ihr Business sogar ein wenig in Schwung bringen. Ich weiß, dass sie es liebt, Leute zu verkuppeln – und ich werde es ihr beweisen. Dafür habe ich sogar auf meinem Computer etwas vorbereitet.

Doch diese Überraschung ist für später gedacht. Im Moment verstecke ich mich im Baumhaus auf dem Grundstück der Baileys. Seit mindestens zwanzig Minuten sitze ich schon hier oben, als ich endlich die Stimme höre, auf die ich gewartet habe.

»Bist du sicher, dass du im Baumhaus spielen willst?«,

fragt Juno Calista, meine kleine Helferin. »Ist dir nicht kalt? Solltest du nicht lieber eine Jacke anziehen?«

»Nope. Alles gut. Wir Alaskaner haben doch dickes Blut, stimmt's?«

»Ich schätze schon«, erwidert Juno. »Wo sind Dion und Phoebe?«

»Oh, ich helfe Onkel Austin und Tante Holly heute mit dem Baby. Ich bin allein hier.«

»Wirklich? Das wusste ich gar nicht. Hilfst du Tante Brooklyn und Tante Savannah auch?«

»Nein. Nur Tante Holly.«

»Interessant.«

In Wahrheit ist Calista hier, weil sie mir mit meinen Plänen für Juno helfen muss. Die Idee hatte ich schon lange, aber ich wollte, dass es eine Überraschung wird und so wenige Baileys wie möglich involviert sind, denn das hier ist nur für uns zwei.

»Ich muss aufs Klo.« Calista ist die geborene Schauspielerin. »Bin gleich wieder da. Geh schon mal hoch.«

»Ich kann auch warten«, sagt Juno.

»Nein. Es dauert ein paar Minuten. Ich muss Nummer zwei. Geh lieber schon mal hoch.«

Ich muss mir das Lachen verkneifen. Das hier ist der knifflige Teil des Plans, aber wie ich Juno kenne, wird sie hochkommen und ein wenig in Erinnerungen schwelgen, bevor Calista zurück ist.

Und tatsächlich. Juno klettert die Leiter hinauf, während ich aus dem Fenster spähe und beobachte, wie Calista zurück ins Haus rennt.

Das Herz schlägt mir bis zum Hals. Jetzt ist es so weit. Der Moment ist gekommen, in dem wir unsere Zukunft in die Hand nehmen.

Dann taucht ihr Kopf auf. »Colton?« Sie zieht die Stirn kraus. »Ich dachte, du müsstest arbeiten?« Sie betrachtet die blinkenden Lichter und die Fotos, die ich an Schnüren aufgehängt habe. Wir mit sechs bei mir zu Hause im Sandkasten – das erste Spieldate unserer Mütter. Mit sieben, als wir zusammen auf dem Jahrmarkt waren und Karussell fahren durften. Mit acht, als unsere Familien zusammen zelten und wir ganz allein mit dem Kanu auf dem See waren und unsere Dads uns hinterherschwimmen mussten, weil wir zu weit hinausgefahren waren. Und so weiter. Wir mit sechzehn, als wir unseren Führerschein gemacht haben. Unsere Abschlussfeier in der Highschool. Meine College-Abschlussfeier. Eine ganze Wand des Baumhauses ist den letzten sechs Monaten gewidmet, in denen aus uns mehr geworden ist als beste Freunde.

»Colton.« Seufzend schlägt sie die Hand vor den Mund, während sie die Erinnerungen auf sich wirken lässt. »Wir waren so jung.« Ihre Finger berühren ein Foto von uns mit neun, als wir gelernt haben, Quad zu fahren.

Dann entdeckt sie die Schatulle in meiner Hand, und ich gehe vor ihr auf die Knie.

»Nein, Colton.« Sie schüttelt den Kopf und schaut ein wenig panisch drein.

»Doch, es ist Zeit. Ich weiß, dass du Angst hast. Aber ich bin da. Ich werde dich immer auffangen. Willst du all meine

Träume in Erfüllung gehen lassen und meine Frau werden? Willst du mich heiraten, Juno?«

Lächelnd streichelt sie meine Wange. Das macht sie nur, wenn ich eine überzeugende Rede gehalten habe. Sie hat es auch getan, als sie zugestimmt hat, ein paar ihrer Sachen in meiner Schublade zu deponieren. Und als ich ihr eine Zahnbürste gekauft habe, damit sie ihre nicht immer von zu Hause mitbringen muss.

Doch dann blickt sie herunter auf die abgenutzten Holzplanken. Ihr Lächeln verschwindet, und sie senkt die Hand. »Es tut mir leid, Colton. Ich kann nicht.« Sie klappt die Schatulle zu.

»Wie bitte?« Meiner Lunge entweicht jegliche Luft.

»Wir sind doch glücklich, oder nicht? Wir brauchen keine Ringe. Keinen Trauschein.«

»Ich schon«, erwidere ich. Wut keimt in mir auf.

»Warum?«, fragt sie ganz unschuldig, als wäre es eine Frage, die man jeden Tag stellt.

»Weil ich will, dass wir uns zusammen ein Leben aufbauen. Und für mich gehört es nun mal dazu, verheiratet zu sein. Ich will nicht, dass du nur meine Freundin bist. Oder meine Mitbewohnerin.« Ich reiße die Augen auf. »Aber du bist ja nicht mal meine Mitbewohnerin, weil du nicht bei mir einziehen willst.«

»Ich habe es dir doch gesagt. Es fällt mir schwer. Ich will dich nicht verlieren. Ich will nicht, dass dir irgendetwas passiert.«

»Mir wird aber nichts passieren, nur weil du mich heiratest. Warum glaubst du, dass irgendetwas Schreckliches geschehen wird, nur weil ich in deinem Leben bin und du glücklich bist?«

Sie starrt auf ihre Hände. »Können wir bitte einfach so weitermachen wie bisher? Wir sind glücklich. Warum sollten wir das jetzt kaputt machen?«

»Weil wir noch glücklicher sein können. Weil wir uns versprechen können, die Zukunft miteinander zu teilen.«

»Das tun wir doch.«

Ich schüttle den Kopf, und die Falte zwischen meinen Augenbrauen vertieft sich. »Du bist nicht mit ganzem Herzen dabei.«

»Doch, bin ich. Wie kannst du so etwas sagen?« Jetzt wird sie ebenfalls lauter. »Nur weil ich nicht heiraten will, heißt das noch lange nicht, dass ich nicht mit vollem Herzen dabei bin.«

»Für mich schon. Ich weiß, dass es Paare gibt, die keinen Wert auf einen Trauschein und einen gemeinsamen Namen legen. Für sie mag das funktionieren. Sie haben, was sie wollen. Aber ich will eine Ehefrau. Ich will eine Mrs. Stone. Ich will, dass meine Kinder und meine Frau denselben Namen tragen wie ich. Ich will vor der ganzen Welt versprechen, dich ein Leben lang zu ehren. Ich will, dass wir jede Nacht im selben Bett schlafen.«

»Das tun wir doch.«

Ich schiebe die Schatulle in meine Hosentasche. »Du willst mich wohl veräppeln. Ich muss jetzt gehen.«

»Geh nicht.« Sie packt mich am Arm, doch ich umrunde sie und klettere die Leiter hinab.

Kurz halte ich noch einmal inne. »Nur, damit du's weißt.

Wenn du wissen willst, warum es mit uns nicht funktioniert, dann schau in den Spiegel, Juno. Schau in den Spiegel.«

Unten angekommen, gehe ich seitlich am Haus entlang.

Auf der anderen Seite der Garage treffe ich auf Austin mit Easton vor seiner Brust. Wahrscheinlich hat er mich gehört.

»Hey, Colt«, sagt er und greift nach meinem Arm. »Lass uns bitte reden. Lass mich mit ihr reden. Sie liebt dich. Das weiß ich genau.«

Ich drehe mich um und werfe ihm die Schatulle mit dem Ring zu, bevor ich in meinen Truck steige. »Sag Juno, dass ich übers Wochenende wegfahre. Sie kann also ihre Sachen holen.«

»Nein. Sag so etwas nicht aus Wut.« Austin folgt mir. »Komm schon, du bist wie ein Bruder für mich. Ich bringe Easton zu Holly, und dann können wir reden.«

»Ich kann nicht. Ich muss hier weg.« Ich starte den Motor.

Aufgrund des lauten Geräuschs weicht er zurück. Ich beobachte, wie er Easton tröstet, und bekomme ein schlechtes Gewissen. Aber ich muss so weit wie möglich weg von Juno und allen anderen Baileys.

Kapitel 30

JUNO

Ich zupfe eines der Fotos von der Schnur. Es ist das von meinen Eltern, von mir und Colton an meinem dreizehnten Geburtstag, nur wenige Wochen vor ihrem Tod. Wir haben nie riesige Partys gefeiert, aber wir durften uns immer aussuchen, was wir machen wollten, und einen Freund mitnehmen. Ich entschied mich für Colton und Rafting. Das Foto wurde gemacht, kurz bevor wir ins Boot gestiegen sind.

Ich habe den Arm um Coltons Schultern gelegt, und meine Eltern stehen links und rechts neben uns, die Hände auf unseren Schultern. Wir tragen alle Schwimmsachen und Rettungswesten.

Ich rolle mich auf dem Boden zu einer Kugel zusammen und drücke schluchzend das Foto an meine Brust, denn ich würde meine Angst so gern überwinden. Weiß Colton das denn nicht? Warum gibt er mir nicht mehr Zeit?

»Juno Bailey!«, ruft Grandma Dori von unten. »Ich klettere nicht da hoch! Du bewegst deinen Hintern sofort hier runter!«

Ich wische mir die feuchten Wangen ab und spähe nach unten. Und natürlich steht sie am Fuß der Leiter und funkelt mich böse an. »Ich werde meine Meinung nicht ändern. Er überstürzt es. Ich bin noch nicht bereit.«

»Er überstürzt gar nichts. Ihr zwei seid Freunde, seit ihr sechs Jahre alt seid. Wenn überhaupt, geht das alles viel zu langsam. Ich habe ihm gesagt, dass er dich in deiner Meinung nicht bestärken soll. Dass du der Realität ins Auge blicken musst.«

»Das ist sehr nett von dir, Grandma. Ihm zu sagen, dass er mich unter Druck setzen soll, obwohl ich noch nicht bereit bin.«

»Uff.« Sie dreht sich zum Haus. »Ich klettere jetzt da hoch. Austin, ruf den Krankenwagen, falls ich runterfalle. Fürs Protokoll: Juno bekommt nichts, wenn ich falle und sterbe. Ich streiche sie aus meinem Testament, weil sie mich zwingt, da hochzuklettern.«

Ich werfe die Arme in die Luft. »Nicht hochkommen. Ich komme ja schon runter.«

»Zu spät. Mach Platz.«

Ich atme genervt aus und rutsche nach hinten.

Schnaufend kommt sie nach oben und sieht mich böse an.

»Ich habe doch gesagt, dass ich runterkomme«, murmle ich.

»Nun, jetzt bin ich aber hier.« Sie setzt sich und atmet ein paarmal tief durch. »Du bist schon immer die Schwierigste von allen gewesen.«

»Danke für das Kompliment«, erwidere ich.

»Ach, lass doch das Drama.«

Ich höre, wie noch jemand die Leiter hochkommt. Ich nehme an, es ist Austin, doch statt sich zu uns zu gesellen, schiebt er uns zwei Bücher zu.

»Sicher, dass das noch stabil ist?« Grandma überprüft, ob die Holzbretter ihr Gewicht halten, und greift nach den Büchern.

»Es tut mir leid, okay? Ja, ich liebe ihn. Aber zuerst will er unbedingt, dass ich zu ihm ziehe, und jetzt will er auch noch heiraten? Wir sind erst seit einem halben Jahr zusammen.« Ich ziehe die Knie an die Brust und schlinge meine Arme darum.

»Hier geht es nicht um dich und Colton. Es geht um dich und deine irrationale Angst. Man sollte meinen, der Tod eurer Eltern hätte euch alle auf dieselbe Weise verletzt, aber nein, ihr seid alle verschieden. Du denkst, je mehr du dich auf jemanden verlässt, desto wahrscheinlicher ist es, dass du ihn verlierst.«

»Das ist nicht wahr«, widerspreche ich.

Sie blickt gelangweilt drein. Es ist der Blick, der sagt, dass sie die Kluge ist und man lieber auf sie hören sollte. »Ich habe dich immer in Ruhe gelassen, weil du Colton hattest. Ich habe dich nie zu sehr gedrängt, weil ich so naiv war zu glauben, du würdest mit ihm über deine Probleme sprechen. Über deine Ängste und Sorgen. Aber ich verstehe jetzt, dass ich falschlag.« Sie richtet den Zeigefinger auf mich. »Schreib das lieber auf, denn ich gebe es nur selten zu, wenn ich unrecht hatte.«

Ich zeichne einen Haken in die Luft.

Sie blickt weiter finster drein. »Ich habe erst gemerkt, dass du komplett verloren bist, als du vor ein paar Monaten zu mir gekommen bist. Dass du deinen Weg nicht gefunden hast, wie ich immer dachte.«

»Willst du mir gut zureden?«

»Lass mich ausreden.«

Ich hebe die Hände, um ihr zu verstehen zu geben, dass sie fortfahren soll.

»Ein paar Wochen später hast du deine Firma dichtgemacht. Ich dachte, deine Selbstzweifel lägen daran. Weil du immer wieder gefragt hast, ob dich deine Mom belogen hat, damit du dich besser fühlst. Also habe ich ein wenig recherchiert.« Sie schlägt eines der Bücher auf. Auf der ersten Seite ist ein Stammbaum mit Namen aufgezeichnet. »Ich habe auf beiden Seiten der Familie nachgeforscht und überrascht festgestellt, dass es in unserer Familie auch Rotschöpfe gab.«

»Wirklich? Du hast den Stammbaum angefertigt?« Ich beuge mich näher zu ihr, um einen besseren Blick auf das Buch zu erhaschen.

Doch sie scheucht mich weg, denn wir wissen beide, dass es höchstwahrscheinlich Mr. Miller war, der ebenfalls in der Seniorenresidenz lebt. Er fragt mich immer wieder, woher mein rotes Haar kommt. Er meint, es sei äußerst selten und dass es ihm Spaß mache, rezessiv vererbte Merkmale durch Ahnenforschung nachzuverfolgen.

»Tante Etta hatte tatsächlich rotes Haar, aber sieh dir mal die ganzen Baileys mit roten Haaren an. Und dann dachte ich, ich hätte mich an etwas erinnert, und habe ein paar Fotos herausgesucht. Und siehe da, dein Großvater hatte als Baby auch rotes Haar, auch wenn er später blond wurde.«

Ich nehme das Buch und blättere durch die Seiten mit unseren Vorfahren. »Du hast das alles gemacht, um zu beweisen, dass die roten Haare auch von den Baileys kommen?« Tränen steigen mir in die Augen.

»Du bist schon immer eine Bailey gewesen. Kein anderer Bailey gibt mir so viel Kontra wie du. Was denkst du, von wem du das hast? Von mir natürlich.« Sie deutet mit dem Daumen auf sich.

Ich wische mir die Tränen weg.

»Und ich hatte in meiner Familie auch eine Partnervermittlerin. Vor ein paar Generationen. Keine Ahnung, wen sie verkuppelt hat, aber Mr. Miller hat es herausgefunden.« Ich muss lachen, und sie verdreht die Augen, weil ihr herausgerutscht ist, dass Mr. Miller seine Finger im Spiel hatte.

»Und das andere Buch?«, frage ich und deute mit dem Kinn darauf.

»Oh, nun ja.« Sie sieht sich im Baumhaus um. »Ich weiß nicht, ob das überhaupt noch nötig ist, nachdem ich die ganzen Fotos gesehen habe. Colton ist wirklich ein ganz besonderer Mann.« Sie gibt mir das Buch.

Ich schlage es auf. Die erste Seite ist voll mit Fotos von mir und meinen Geschwistern. Von meinen Eltern gibt es keine Bilder. Auf einem sieht man, wie Austin und Savannah uns anderen fünf helfen, einen Blick in die Wiegen von Sedona und Phoenix zu werfen. Andere Fotos zeigen uns beim Kämpfen, riesige Bettenburgen, beim Schwimmen im See, Theaterstücke, die wir aufgeführt haben.

»Ich dachte, das wäre die beste Möglichkeit, um dir zu beweisen, dass du immer denkst, es wäre besser, sich auf niemanden zu verlassen. Dass du lieber niemanden an dich ranlässt. Falls du verletzt wirst. Aber das stimmt nicht. Auch du verlässt dich auf andere.« Grandma blättert ein paar Seiten weiter.

Wir alle auf Hochzeiten, Babypartys, Ladeneröffnungen. Rome, der mir diesen lächerlichen Truck übergibt. Kingston, der mir beim Auszug hilft. Savannah, die in meinem alten Büro die Toilette putzt.

»Sie sind meine Familie. Natürlich liebe ich sie. Und sie müssen mich lieben. Ganz egal, was ist.« Ich wische eine weitere Träne weg.

»Wirklich? Vor fünf Minuten dachtest du noch, du wärst nicht mit ihnen verwandt.« Sie lacht. »Sollte mir dieser Hank Billings jemals über den Weg laufen, trete ich ihm in die Eier.«

Ich kichere.

»Aber ich glaube, dir entgeht der eine Mensch, der bei all diesen Sachen immer dabei ist.« Sie schiebt das Buch näher an mich heran.

»Ich weiß. Holly ist noch dazugekommen. Und Wyatt ...«

Sie schüttelt den Kopf. »Sieh genauer hin, Juno.«

Ich sehe mir die Fotos genauer an und lächle, denn Colton ist auf jedem einzelnen. Auf Austins Hochzeit steht er im Hintergrund und verteilt die Programmhefte. Er hilft Wyatt, die Veranda ihres neuen Hauses zu bauen. Er steht neben mir, als Rome bei der Eröffnung von Terra & Mare das Band durchschneidet. Und so weiter und so fort. Colton ist immer da. Immer an meiner Seite.

»Ihr seid schon immer füreinander da gewesen. Das wird sich nicht ändern, nur weil du einen Ring und seinen Namen trägst. Auch wenn ich finde, dass Colton Bailey ziemlich schön klingt.«

Wir müssen beide lachen.

»Ich wünschte, ich könnte dir versprechen, dass niemals etwas Schlimmes passieren wird. Ihr habt alle ein Leben voller Glück verdient. Aber im Leben gibt es für nichts eine Garantie, Juno. Aber ich garantiere dir, dass sich das Universum nicht gegen dich verschwören wird, nur weil du glücklich bist.« Sie drückt meine Hand. »Aber ich will dir eine Frage stellen. Würde es denn jetzt weniger wehtun, ihn wegen deiner Sturheit zu verlieren, als in vielen Jahren, wenn du seinen Ring trägst und seine Frau bist?«

Meine Brust zieht sich immer enger zusammen. »Ich habe einfach so große Angst, dass irgendetwas passiert, wenn ich zu glücklich bin. Sieh doch nur, was mit Mom und Dad passiert ist. In der einen Minute waren sie noch glücklich, und plötzlich waren sie nicht mehr da.«

Grandma Dori lächelt traurig. »Tut mir leid, dir das sagen zu müssen, doch darüber hast du keine Kontrolle. Das hat niemand. Wir können nur unser Leben leben.« Ich lege den Kopf auf ihre Schulter, und sie streicht mir übers Haar. »Das Leben passiert nun mal, ganz egal, ob man es auskostet oder nicht, Juno, meine Starke.«

Ich schmiege mich noch enger an sie. »Ich dachte, Savannah wäre die Starke.«

Sie lacht. »Savannah ist ein Dickkopf. So viel steht fest. Aber ich habe jetzt erkannt, dass du deine starke Fassade immer aufrechterhalten hast, obwohl du jemanden gebraucht hast, der dir sagt, dass alles gut wird. Aber du und Savannah habt noch etwas gemeinsam.«

»Was denn?«

»Ihr habt beide eure Jungs so lange von euch ferngehalten. Habt abwehrend die Arme ausgestreckt und sie auf Abstand gehalten.«

Ich kichere.

»Ich meine es ernst. Ihr hattet beide das große Glück, so jung eure große Liebe zu finden, und habt so viele Jahre verschwendet.« Sie lehnt sich zurück, legt den Finger unter mein Kinn und hebt meinen Kopf an. »Ich frage dich: Wie viele Jahre willst du noch verlieren, indem du versuchst, dem Schicksal auszuweichen?«

Ich schüttle den Kopf. »Es ist zu spät. Er hasst mich. Wenn du gesehen hättest, wie wütend er war ... So hat er mich noch nie angeschrien. Ich habe ihn zu sehr verletzt.«

»Nun, daran besteht keinerlei Zweifel. All diese Fotos beweisen, wie lange er dich schon liebt. Er ist ganz krank vor Liebe. Aber du weißt, dass Colton nicht perfekt ist. Ich wünschte, er hätte dich schon früher gedrängt. Er jagt dir schon sein ganzes Leben lang hinterher. Was denkst du, was du jetzt tun solltest?«

Die Wahrheit in ihren Worten trifft mich. »Ihm nachjagen.« Ich richte mich auf. »Aber ich habe keine Ahnung, wo er ist.«

»Das ist keine Ausrede.«

Ich greife nach meinem Smartphone und rufe ihn an, doch es springt sofort die Voicemail an. »Ich hole ihn mir zurück.« Ich küsse sie auf die Wange. »Danke, Grandma. Soll ich dir runterhelfen?«

»Gern geschehen. Und nein, geh du nur. Eins deiner Geschwister wird mir schon helfen.«

Auf der Leiter bleibe ich noch einmal stehen und lächle sie an. »Zum Glück haben wir dich. Das weißt du, oder? Wir machen dir zwar das Leben schwer, aber hätten wir dich nicht gehabt, hätten wir nicht überlebt.« Tränen rollen mir über die Wangen, und meine Sicht verschwimmt.

Sie tätschelt mir den Kopf. »Ich weiß. Aber schön zu hören. Geh jetzt.«

Ich nicke und klettere nach unten.

»Juno?«

Ich blicke nach oben. Mein Körper vibriert förmlich, denn am liebsten würde ich sofort losrennen. »Ja?«

»Wenn du ihn zurückbekommst, bist du mir etwas schuldig. Du kannst mir im Gegenzug Stellas Nummer geben.«

Ich schüttle den Kopf, und sie lächelt, auch wenn ich genau weiß, dass sie es ernst meint.

»Zuerst muss ich Colton zurückerobern.« Ich renne am Haus entlang und die Einfahrt hinunter zu meinem Auto.

»Juno!«, ruft Austin.

Ich drehe mich um, und er wirft mir Coltons Ringschatulle zu. Ich fange sie und frage mich, warum er sie hat. Doch statt ihn zu fragen, bedanke ich mich, springe in mein Auto und brettere die Einfahrt hinunter.

Ich fahre viel schneller als erlaubt, doch als ich Coltons Haus erreiche, ist er nicht da. Ich renne nach oben. Das Bett ist gemacht, alles ist ordentlich. Ich kann nichts Ungewöhnliches entdecken. Ich renne wieder nach unten und in die Küche. Nirgendwo liegt ein Notizzettel. Als ich in der Garage nachsehe, ist sein Truck weg. Wo ist er hin?

Ich eile über den Flur und in sein Büro, entdecke jedoch keinerlei Hinweise. Ich setze mich an seinen Schreibtisch und reibe mir die Schläfen, bevor ich mein Handy zücke, Kingston anrufe und ihn auf Lautsprecher stelle.

»Ich habe gehört, du steckst in einer Krise«, meldet er sich.

»Jetzt mal im Ernst. Wie schnell funktioniert bitte das Bailey-Baumhaustelefon?«

»Du kennst die Antwort.«

»Wo könnte er sein, King? Hier ist er nicht. Ich habe es total vermasselt. Er hat endgültig genug von mir!«

»Hey, hey, hey. Beruhige dich erst mal. Du wirst Colton nicht verlieren. Du bist bei ihm zu Hause, richtig? Ist sein Koffer noch da?«

»Warte.« Ich renne nach oben, um im Schrank nachzusehen. »Er ist weg. O Gott. Er fliegt bestimmt irgendwohin.«

»Fahr den Computer hoch. Wenn er zu Hause war, hat er den Flug bestimmt nicht übers Handy gebucht.«

Ich renne zurück ins Büro, befolge Kingstons Anweisung und tippe Coltons Passwort ein. »Ich sehe nichts.«

»Geh in den Verlauf.«

Ich muss eine Weile suchen, bis ich den Suchverlauf schließlich finde. »Nichts, was mir ins Auge sticht.«

»Klick mal auf die neuesten Dateien. Was hat er gemacht?«

»Okay.« Ich scrolle durch seine Dokumente und klicke auf die letzten Aktivitäten. Die erste Datei ist eine Foto-Slideshow. »Da sind Fotos von ...« Ich lehne mich weiter nach vorn. »Unmöglich.«

»Was ist es? Bitte sag es mir nicht, wenn es Nacktbilder von euch sind. Das will ich nicht in meinem Kopf haben.«

»Es sind Fotos von meinen Erfolgsgeschichten mit SparkFinder. Fotos der Paare, die jetzt verheiratet sind. Manche haben sogar Kinder. Alle bedanken sich bei mir. Eines der Kinder hält ein Schild in die Höhe, auf dem steht: *Juno, die Partnervermittlerin – ohne dich gäbe es mich nicht.*«

»Gut gemacht, Colton«, flüstert Kingston.

»O Kingston, sie wirken alle so glücklich und verliebt.«

»Und sie haben sich durch dich gefunden«, erwidert Kingston. »Zweifelst du jetzt immer noch an deinem Beruf?«

Ich schließe die Slideshow. »Ich muss Colton sofort finden. Wo soll ich noch suchen?«

»Lass mich mal sehen, ob er bei mir ans Telefon geht. Ich rufe dich gleich zurück.«

»Okay, ich fahre los und suche ihn.«

»Nein, warte kurz. Vielleicht kommt er ja gleich zurück.«

»Er hat seinen Koffer mitgenommen. Ich fahre jetzt los.«

Er atmet laut aus. »Okay. Ich rufe dich an, falls er rangeht.«

»Danke.«

Nachdem wir aufgelegt haben, schnappe ich mir meine

Schlüssel und renne zu meinem Auto. Ich werde jetzt zum Flughafen fahren. Ich gebe Vollgas. Inzwischen ist es so dunkel geworden, dass bereits die Straßenlaternen eingeschaltet sind. Ich versuche erneut, ihn anzurufen, doch er geht nicht ran. Ich fahre auf den Highway in Richtung Anchorage. Ich bin so nervös, dass ich die ganze Zeit auf dem Lenkrad herumtrommle.

Eine Weile später klingelt endlich mein Handy. Es ist Kingston. »Und?«

»Juno, kannst du mich abholen?«

»Wo ist er?«, frage ich.

»Hol mich einfach ab, dann fahre ich dich zu ihm.«

»*Kingston!*«, schreie ich.

»Er fährt in den Norden, in die Hütte seiner Eltern.«

Mir wird flau im Magen. »Moment.« Ich fahre rechts ran. »Hast du mit ihm gesprochen?«

Schweigen. »Nein, er ist nicht rangegangen. Aber Mrs. Stone.«

»Und was hat sie gesagt?« Ich bringe die Worte kaum hervor, aus Angst vor der Antwort. Wissen seine Eltern, wie dumm ich mich verhalten habe? Dass ich meine gemeinsame Zukunft mit ihrem Sohn aufs Spiel gesetzt habe?

»Sie meinte, er habe sie angerufen und nach dem Code fürs Haus gefragt. Er hat ihr gesagt, er müsse dringend rauskommen. Und jetzt hol mich ab.«

»O Gott, King. Bestimmt hasst sie mich jetzt.« Ich kann kaum noch atmen. Meine Kehle schnürt sich immer enger zu. »Ich glaube, ich kenne den Weg. Ich bin dort, falls jemand fragt.«

»Juno, ich lasse dich nicht allein dorthin fahren, wenn es dunkel ist. Ich bin auch schon ein paarmal dort gewesen. Ich fahre dich hin und nehme dein Auto mit zurück. Und du bleibst dort und genießt den Versöhnungssex.«

Ich kann Colton nicht verlieren, nur weil ich mich wie eine Idiotin verhalten habe. Das lasse ich nicht zu. »Nein, ich kann nicht länger warten.«

Ich lege auf und fahre wieder auf die Interstate.

Nach fünfzehn Kilometern muss ich fest auf die Bremse treten, um nicht mit einem Sattelschlepper zusammenzuprallen. Doch bevor ich erleichtert aufatmen kann, fährt ein Auto von hinten auf mich drauf, und ich schlittere in die Betonwand.

Kapitel 31

COLTON

Meine Mom schreibt mir, dass der Code zu unserem Ferienhaus immer noch derselbe sei wie letztes Mal, als ich dort war. Dann will sie wissen, ob Juno und ich zusammen hinfahren. Ich kann sie schlecht anlügen, denn sie wird Juno früher oder später sowieso in Lake Starlight über den Weg laufen. Also habe ich keine andere Wahl, als ihr zu sagen, dass ich ein bisschen Zeit für mich brauche und sie morgen anrufe, sobald ich mich eingerichtet habe. Überraschenderweise bohrt sie nicht weiter nach.

Ich drehe die Musik lauter und schalte mein Bluetooth aus.

Ich lasse alles Revue passieren, seit Juno und ich zusammengekommen sind. In den letzten Monaten sind wir sehr glücklich gewesen. Juno war glücklich. Das *weiß* ich. Ja, sie wollte noch nicht bei mir einziehen, und ich wusste, dass ich die Sache mit der Hochzeit langsam angehen muss ... Aber dass sie meinen Antrag tatsächlich abgelehnt hat? Ich habe das Gefühl, sie nicht mehr zu kennen. Will sie unser Glück wirklich wegwerfen, nur weil sie Angst hat, dass irgendetwas Schlimmes passieren könnte?

Ich verstehe, dass es schwer für sie war, ihre Eltern zu verlieren. Verdammt, ich verstehe sogar, warum sie wollte, dass wir nur Freunde bleiben. Ihre Angst ist real. Und das akzeptiere ich. Doch jetzt komme ich mir dumm vor, dass ich geglaubt habe, sie hätte ihre Angst überwunden.

Ich gebe Gas. Ich muss hier weg, bevor Buzz Wheel darüber berichtet, dass mir Juno das Herz gebrochen hat.

Als ein Liebeslied erklingt, drücke ich es schnell weg, denn das kann ich jetzt echt nicht gebrauchen. Verdammt, mir wäre jetzt sogar eine Oper lieber.

Ich gehe im Kopf noch mal unser Gespräch durch. Ihre Worte hallen in meinen Ohren wider. Dass sie sich voll und ganz auf mich eingelassen habe. Dass sie glücklich sei, wie es ist. Ich denke darüber nach, wie lange es gedauert hat, bis sie mir überhaupt ihre Gefühle gestanden hat. Vielleicht setze ich sie tatsächlich zu sehr unter Druck. Vielleicht hätte ich mit dem Heiratsantrag noch warten sollen. Ihr mehr Zeit geben sollen, um sich an uns zu gewöhnen.

Wie könnte ich je vergessen, was Liam an jenem düsteren Tag vor fünfzehn Jahren auf dem Hügel in Lake Starlight zu mir gesagt hat? Dass wir für sie da sein müssen. Daran habe ich mich immer gehalten. Ich bin immer als Freund für sie da gewesen. Ich habe versucht, für sie alle da zu sein.

Ich muss an den Tag der Beerdigung denken. Juno mit dreizehn Jahren. Wie sie keine einzige Träne vergossen hat.

Wem mache ich hier bitte etwas vor? Sie hat Gefühle für

mich. Juno hat viele Gefühle. Sie empfindet so viel, dass sie Zeit braucht, um es zu akzeptieren.

Ich fahre von der Interstate ab und in die entgegengesetzte Richtung. Zurück nach Lake Starlight. Wir werden eine Lösung finden. Gemeinsam. Ich werde sie nicht verlassen.

Noch Kilometer von Lake Starlight entfernt, beginnt der Verkehr zu stocken. Erst nach ungefähr acht Kilometern im Schneckentempo finde ich heraus, warum. Auf der anderen Seite in Richtung Norden sind mindestens fünfzig Autos zusammengestoßen. Automatisch wandert meine Hand zu meinem Smartphone, um Juno anzurufen und sie wissen zu lassen, dass es mir gut geht. Doch dann fällt mir ein, dass sie ja gar nicht weiß, dass ich auf dem Highway bin.

Der Verkehr wird immer langsamer, während ich an den blinkenden roten und blauen Lichtern vorbeirolle. Sanitäter und Feuerwehrmänner rennen zwischen den Autos umher. Rauch erfüllt die Luft, überall liegen Metallteile. Dann entdecke ich den schwarzen Truck auf der anderen Seite neben der Leitplanke.

Ich schwöre, es ist Kingstons Truck. Als ich näher komme, erkenne ich den Feuerwehraufkleber auf der Heckscheibe. Jetzt weiß ich, dass es seiner ist. Warum sollte er hier sein, wenn er gar keinen Dienst hat? Aber warum sollte sein Truck sonst hier stehen? Vielleicht haben sie mehr Leute gebraucht, weil so viele Autos involviert sind.

Der Typ hinter mir hupt, doch es ist mir egal.

Kingston rennt los, bleibt stehen und winkt einen Sanitäter herbei.

Ich trete so fest auf die Bremse, dass der Kerl hinter mir beinahe einen Auffahrunfall baut. Ich fahre auf den Seitenstreifen, parke und springe über die Mittelplanke. Bitte sagt mir, dass das nicht Junos Auto ist. Lieber Gott, bitte sag mir, dass noch jemand das gleiche Auto besitzt. Ich renne zu dem Wagen. Mein Herz hämmert wie verrückt in meinen Ohren.

»Juno!«, schreie ich.

Kingston, der gerade mit einem der Fahrer spricht, blickt auf und hebt die Hände. »Colton, du hast hier nichts zu suchen.«

»Doch, habe ich. Ist sie es? Ist das Junos Auto?« Ich versuche, an ihm vorbeizukommen, doch seine Hände liegen auf meiner Brust, und er blockt jeden Versuch ab. »Kingston.«

Er hält inne und nickt. »Sie muss ins Krankenhaus. Wir treffen uns dort. Ich halte dich auf dem Laufenden, okay?«

»Bailey, was zur Hölle tust du hier?«, ruft einer der anderen Feuerwehrmänner. Ich glaube, er heißt Lou. Ich bin ihm schon ein paarmal begegnet. »Du hast doch heute frei.«

»Es ist meine Schwester.« Er entfernt sich von mir und deutet auf ihr Auto. »Ihre Tür ist verklemmt.«

»Scheiße. Okay.« Lou folgt Kingston.

Jetzt, da sie nicht mehr auf mich achten, renne ich zu ihrem Auto. Sie blutet am Kopf und ist ganz blass, aber sie atmet. Sie lebt.

Gott sei Dank.

»Juno, alles okay?« Ich gehe zur Fahrertür.

»Colton, aus dem Weg«, schimpft Kingston, also gehe ich auf die andere Seite zur Beifahrertür.

Lou hebelt die Tür mit einem Stemmeisen auf.

»Es tut mir leid. Ich hätte niemals so reagieren sollen. Wenn du mich nicht heiraten willst, ist das vollkommen in Ordnung. Ich will nur ...«

Juno schüttelt den Kopf, Tränen rollen ihr über die Wangen. Lou schafft es, die Tür zu öffnen, und Kingston löst ihren Sicherheitsgurt.

»Ganz langsam, Juno«, sagt er. »Lass uns lieber auf eine Trage warten.«

Doch sie schüttelt den Kopf. »Ich bin nur ein wenig neben der Spur. Alles gut.« Während sie spricht, kippt ihr Kopf langsam nach hinten gegen die Nackenstütze.

Wie gut, dass Kingston Kontakte hat, denn sofort kommt ein Sanitäter zu uns, begrüßt ihn mit einem Faustschlag und legt Juno auf die Trage.

»Moment!« Sie versucht, sich aufzurichten. »Ich brauche meine Handtasche.«

Ich schnappe mir ihre Tasche und folge ihnen zum Krankenwagen. »Ich komme mit.«

»Und dein Auto?« Kingston zeigt auf meinen Truck.

»Lass ihn abschleppen. Ich lasse sie nicht noch mal allein.«

Juno lächelt mich an, während wir in den Krankenwagen steigen. Kingston erklärt, dass er nachkommt.

Während die Sanitäter ihren Puls überprüfen und sichergehen, dass sie keine schlimmeren Verletzungen hat, deutet sie auf ihre Handtasche, die an meinem Arm baumelt. »Kannst du mir die geben?«

»Nein, ich passe darauf auf. Lass dich erst mal untersuchen.« Ich ergreife ihre Hand, dankbar, dass sie hier ist, lebt und mit mir spricht. Vergesst die Hochzeit. Mit einer eheähnlichen Gemeinschaft kann ich auch leben – falls ich sie jemals dazu kriegen sollte, zu mir zu ziehen.

»Bitte, Colton. Ich brauche etwas.« Ich reiche sie ihr, und sie lächelt den Sanitäter an. »Mir geht es gut. Wirklich.« Sie wühlt in ihrer Tasche herum und reicht mir mit Tränen in den Augen die Ringschatulle. »Frag mich noch mal.«

»Juno«, flüstere ich kopfschüttelnd.

»Frag mich noch mal.« Sie streckt den Arm weiter aus.

Der Sanitäter lächelt und hört auf, sie zu untersuchen.

»Wenn es nur ist, weil du dachtest, dass ich gehe, dann lass es gut sein. Ich werde nicht gehen. Du wirst mich nicht mehr los. Ganz egal, ob du mich heiratest oder nicht.«

Sie schüttelt den Kopf. »Nein. Mir ist klar geworden, dass ich mich idiotisch verhalten habe und unsere Zukunft ruiniere, weil ich Angst habe, dich zu verlieren. Aber es macht keinen Unterschied. Ich liebe dich. Wenn dir etwas passiert und ich nicht deine Frau bin, wird der Schmerz nicht weniger sein. Ich schätze, Grandma Dori ist verdammt weise. Aber erzähl ihr nicht, dass ich das gesagt habe.«

Ich lächle ein wenig. »Heißt?«

Ihr Blick fällt auf die Schatulle in meiner Hand. »Frag mich noch mal.«

Ich nehme den Ring heraus. »Juno, willst du …«

»Ja! Ja, ich will deine Frau werden!«

Ich lache. Und der Sanitäter auch.

Juno schlingt die Arme um mich und bedeckt mein ganzes Gesicht mit Küssen. »Verzeihst du mir, dass ich so dumm war?«

»Ja, ich verzeihe dir, aber lass mich dir den Ring anstecken.«

Sie lässt mich los und beobachtet, wie ich ihre linke Hand ergreife und ihr den Silberring mit dem runden Diamanten anstecke. Dann nimmt sie mein Gesicht zwischen beide Hände und legt ihre Stirn an meine. »Meinst du, wir kriegen im Krankenhaus etwas zu essen?«

»Hast du Hunger?«

»Es war ein sehr emotionaler Tag«, antwortet sie.

• • •

Eine Stunde später wird sie entlassen.

»Ist dir eigentlich bewusst, dass du meinen Antrag ruiniert hast?«, frage ich, als wir das Behandlungszimmer verlassen.

»Willst du mich noch mal fragen?«

Kingston biegt um die Ecke und lächelt, als er uns im Korridor stehen sieht. »Was geht ab? Zum Glück wurdest du nur leicht verletzt.«

Ich schüttle ihm die Hand. »Ja, sie hatte ziemliches Glück.«

Kingston stellt sich breitbeinig hin und verschränkt die Arme vor der Brust. »Ich habe eine Frage.«

»Kingston, sie muss sich jetzt ausruhen.« Ich versuche, Juno an ihm vorbeizuschleusen.

Doch Kingston ignoriert mich und hebt eine Hand. »Bevor ihr gleich Doktor und Krankenschwester spielt, will ich wissen, warum du in Richtung Süden gefahren bist.«

Juno sieht mich an. Jetzt weiß sie, dass ich ihretwegen zurückgefahren bin.

»Dachtest du wirklich, ich könnte einfach verschwinden, ohne um dich zu kämpfen?«, frage ich sie.

Sie lehnt sich an mich und schmiegt die Wange an meine Brust. »Es ist allen anderen Frauen gegenüber unfair, dass ausgerechnet ich diesen Kerl abbekomme. Aber ich werde ihn für nichts in der Welt hergeben.« Juno drückt mich noch fester.

»Das ist so süß, dass mir beinahe schlecht wird«, bemerkt Kingston trocken.

»Dann mach dich auf Karies gefasst.« Juno ergreift meine Hand und geht mit mir den Flur hinunter.

Kingston sagt, er könne uns durch den Ausgang führen, wo die Krankenwagen ankommen, damit wir nicht durch den vollen Wartebereich müssen. Die Türen öffnen sich, als von rechts eine Krankenschwester aus einem Zimmer kommt und den Halt verliert. Kingston fasst sie an den Armen, damit sie nicht fällt.

»Danke.« Die Krankenschwester mustert ihn von oben bis unten. Offensichtlich gefällt ihr, was sie sieht.

Er nickt und schaut ihr hinterher, als sie weitergeht. Wir treten durch die Schiebetür, doch Kingston bleibt stehen. »Wir sehen uns dann später.«

»Tschüss, Kingston«, sagen wir wie aus einem Mund. Wir wissen genau, was er vorhat.

Wir gehen zu meinem Auto.

»Warum erträgst du meine Macken eigentlich?«, fragt sie.

Lachend küsse ich ihre Schläfe. »Ich habe gar keine andere Wahl. Du bist es schon immer gewesen.«

»Was gewesen?«

»Meine Traumfrau.«

Sie bleibt stehen. »Du bist es auch schon immer gewesen. Das weißt du, oder? Ich habe es vielleicht versteckt, aber ich habe auch schon immer von dir geträumt.«

»Ich weiß.«

»Ach ja?«

»Dachtest du, ich würde mein Leben damit verschwenden, auf dich zu warten, wenn ich es nicht gewusst hätte?«

Sie küsst mich sanft, und ich vertiefe den Kuss.

»Mach dich lieber auf etwas gefasst, jetzt, da du mich geangelt hast. Nicht, dass du mich eines Tages zurück ins Wasser werfen willst.«

Wieder drücke ich meinen Mund auf ihren. »Nie im Leben.«

Epilog

COLTON

Einen Monat später …

Als ich nach Hause komme, finde ich Juno auf dem Küchentisch sitzend vor. Sie trägt dieselbe Seidenrobe wie damals, als ihre Familie hereingeplatzt ist und ihre Überraschung für mich ruiniert hat. Ihre Tasche steht auf einem der Stühle, und auf der Tischkante stapeln sich ihre Papiere. Seit Juno vor einem Monat zu mir gezogen ist, ist mein Haus nicht mehr so ordentlich, wie es mal war, aber das ist mir egal. Alles, was zählt, ist, dass ich sie jeden Tag bei mir habe.

»Ich dachte, wir wollten heute Abend unsere Flitterwochen buchen«, sage ich.

Sie kichert. »Das machen wir später. Nackt. Im Bett.« Als sie die Beine spreizt, habe ich ein Déjà-vu. »Das ist die Wiederholung, die ich dir noch schuldig bin.«

Ihr Ring funkelt im Licht. Ich stelle meine Tasche ab, gehe zu ihr und hebe sie hoch. »Gott, wie ich dich liebe.«

Sie kichert, bis ich sie vor dem Kühlschrank wieder absetze.

Wir wollen nächsten Monat heiraten. Die Winterhochzeit war Junos Entscheidung, denn sie wollte so schnell wie möglich meine Frau werden. Aber solange sie will, dass wir unser Leben gemeinsam verbringen, ist es für mich in Ordnung, im Winter zu heiraten.

»Kirsche oder Erdbeere?« Ich nehme ein Stückchen Obst aus dem Kühlschrank und streiche damit über ihre Lippen.

»Colton, du musst dich ausziehen.«

»O Mist, ganz vergessen.« Ich stehe auf, schlüpfe aus meinen Schuhen und ziehe Hemd und Hose aus.

»Die Boxershorts diesmal auch«, fordert sie.

Also ziehe ich mich für sie aus, während sie nach dem Champagner greift und ihn über ihr Dekolleté gießt.

»Lassen wir das Essen weg?«, frage ich.

»Du kannst *mich* vernaschen, wenn du willst.« Sie legt sich auf den Rücken. Sie macht wohl Witze. Natürlich will ich. Aber es gibt da noch einen Teil des Films, den sie vergessen hat. Ich nehme einen Eiswürfel aus dem Eiswürfelbereiter. Schweigend blickt sie zu mir hoch und biegt den Rücken durch, um mir zu zeigen, dass sie es will.

Ich stecke mir den Eiswürfel in den Mund, beuge mich über sie und fahre damit über ihren Bauch, ihre Brüste, ihren Hals. Seufzend rekelt sie sich unter mir.

Dann nehme ich mir eine Kirsche und lasse sie vor ihrem Mund baumeln, und sie pflückt sie vom Stiel. Ihre Hand wandert meinen Oberkörper hinunter und legt sich auf meine harte Länge. Das habe ich mir schon den ganzen Tag lang ausgemalt – sie unter mir. Als ich den Rest des Eiswürfels zu ihrem Mund führe, fliegt ihre Hand nach oben und schlägt gegen den Küchenschrank. Ein paar ihrer Visitenkarten fallen neben uns zu Boden.

»Ich habe ganz vergessen zu fragen. Wie ist es heute mit SparkFinder gelaufen?«

Juno arbeitet inzwischen wieder als Partnervermittlerin, doch die meisten Geschäftstreffen finden in der Innenstadt bei Brewed Awakenings statt und nicht in einem Büro. Und lustigerweise gefällt es ihr mittlerweile, mit ihrem rosafarbenen Truck in die Nachbarorte zu fahren, um Veranstaltungen abzuhalten oder sich mit Klienten zu treffen.

»Wir reden jetzt nicht übers Business.« Sie packt meinen Kopf und zieht ihn zu sich herunter. »Ich frage dich ja auch nicht, wie viele Muschis du heute gestreichelt hast.« Ich muss lachen, doch sie rollt mich auf den Rücken und setzt sich auf mich. »Ich glaube, in dieser Stellung waren wir auch, als wir unterbrochen wurden.«

Sie beginnt, sich an mir zu reiben. Ohne Unterwäsche ist die Reibung so groß, dass ich die Augen schließe und den Kopf nach hinten sinken lasse. »Ja, ich glaube auch.« Ich umfasse ihre Brüste. »Und ich glaube, meine Hände waren genau da.«

»Wenn ich mich richtig erinnere, ja.« Sie hebt die Hüften und führt mich zu ihrer Mitte. »Und ich glaube, du warst genau so.« Sie seufzt.

»Und ich glaube, du hast mich geritten«, erinnere ich sie.

Dann ist Schluss mit den Witzen, denn wir können nur noch stöhnen vor Lust. Den funkelnden Ring an ihrem Finger zu sehen, während sie mich reitet, bringt mich neuerdings noch schneller zum Orgasmus. Sie lässt die Hüften kreisen und drückt sich gegen mich, als wollte sie die Reibung verstärken, und ich spiele mit ihrem Kitzler.

»Ich bin fast da. Nicht aufhören.« Um sicherzugehen, dass ich wirklich nicht aufhöre, hält sie mein Handgelenk fest und bewegt sich mit lasziver Hingabe.

»Huhu!«, erklingt Doris Stimme. Was für ein Albtraum.

Juno hält inne, reißt die Augen auf und klettert von mir herunter. »Hast du nicht die Tür abgeschlossen?«, flüstert sie.

»Doch.« Ich nicke.

»Ich dachte, du hättest dir den Schlüssel zurückgeholt?«

»Das dachte ich auch.«

Genau wie beim letzten Mal verstecken wir uns auch diesmal hinter der Kücheninsel. Verdammter Mist!

»Schon wieder?« Dori schüttelt den Kopf. »Ab ins Auto. Kingston hatte einen Arbeitsunfall. Sie meinten, es sei nichts Ernstes, aber wir sollten trotzdem hinfahren.«

Juno verspannt sich neben mir, und ich frage: »Sicher, dass es ihm gut geht?«

»Ich sage euch nur, was ich gehört habe. Aber ich glaube nicht, dass sie lügen würden.«

»Okay, wir ziehen uns an. Grandma, du musst ab jetzt wirklich vorher anrufen«, schimpft Juno.

Dori wedelt mit der Hand. »Ich bin der Grund, warum ihr zwei überhaupt zusammen seid. Vergesst das nicht.«

Und weil sie irgendwie recht hat, halte ich den Mund und fordere nicht meinen Schlüssel zurück – mal wieder.

...

Als wir das Krankenhaus in Anchorage erreichen, sind fast alle Baileys bereits da. Nachdem ich gesagt habe, dass ich uns fahren würde, hat Dori noch gewartet, bis wir geduscht haben. Anscheinend war das aber sowieso ihr Plan, denn Duke hat sie bei uns abgesetzt. Ich freue mich schon darauf, dass sie uns endlich in Ruhe lässt und sich dem nächsten Bailey widmet.

Juno steuert auf Easton zu und hebt ihn hoch. Er liebt sie genauso sehr wie seine eigenen Eltern.

»Wo ist Phoenix?«, will Grandma Dori von Griffin wissen.

»Sie wird bald hier sein. Sie holt gerade Sedona vom Flughafen ab«, erwidert er.

»Sedona kommt nach Hause?« Normalerweise überrascht Dori wirklich nichts, aber diese Neuigkeit scheint sie zu verblüffen.

Griffin zuckt mit den Schultern.

»Wie lange bleibt sie denn?«, fragt Savannah.

Griffin hebt erneut die Achseln.

Dori geht zur Krankenschwesternstation und redet mit jemandem, doch es dauert noch eine Weile, bis Kingston Besuch empfangen darf.

»Ich verstehe das nicht. Was ist denn passiert?«, frage ich Austin.

»Anscheinend ist er beim Einsatz eine Treppe runtergefallen. Aber sein Chef kam gerade zu uns und meinte, es sei ihm gut gegangen, als er eingeliefert wurde. Höchstens eine

Gehirnerschütterung. Offensichtlich hat er sich nichts gebrochen.«

Ich setze mich neben ihn. »Das ist doch schon mal gut.« Aber ich weiß, dass es Kingston gar nicht passen wird, für eine Weile arbeitsunfähig zu sein.

Trina, die Krankenschwester, die mir geholfen hat, als Juno nach ihrem Autounfall hier war, kommt ins Wartezimmer. Da Juno zu sehr mit Easton beschäftigt ist, um sie zu bemerken, stehe ich auf, um mit ihr zu reden.

»Können Sie sich noch an mich erinnern?«

Sie lächelt. »Ja. Sie sind Kingstons Freund.«

»Genau. Ist es vielleicht möglich, ihn zu besuchen?«

Sie sieht sich um und verzieht das Gesicht, als sie die vielen Familienmitglieder sieht. »Ich werde sehen, was sich machen lässt. Vielleicht nur die Hälfte auf einmal?«

»Klar. Danke.«

Als sie zurückkommt, teilt sie mir mit, dass der Arzt sein Okay gegeben habe und sie noch auf die Ergebnisse vom Röntgen und vom MRT warten.

»Die Hälfte von uns kann jetzt zu ihm«, verkünde ich.

Alle fangen auf einmal an zu reden, bis wir endlich beschließen, dass Dori, Juno, Savannah und ich zuerst zu ihm dürfen. Wir gehen den Flur hinunter, Juno hat ihre Hand in meiner. Sie sagt zwar nichts, aber wieder hier zu sein, erinnert sie bestimmt daran, dass sie dachte, sie würde mich verlieren. Verdammt, wenn man bedenkt, wie schwer andere verletzt waren, die in den Unfall verwickelt waren, bin ich echt froh, dass es sie nicht schlimmer erwischt hat.

Kingston wirkt überrascht, als wir sein Zimmer betreten. Neben seinem Bett stehen zwei Krankenschwestern, die sich mit ihm unterhalten.

»Hey, Leute«, sagt er mit leiser Stimme.

Die Krankenschwestern verabschieden sich mit einem Winken und teilen ihm mit, dass ihre Schicht nun zu Ende sei.

Wir reden darüber, was passiert ist, und er meint, er sei ziemlich sicher, dass er nur eine leichte Gehirnerschütterung habe. Aber sie würden noch ein paar Untersuchungen durchführen, um wirklich sicherzugehen. Während Dori und Juno mit ihm sprechen, versuche ich, an Doris Handtasche heranzukommen, um mir meinen Schlüssel zurückzuholen.

»Finger weg von meiner Handtasche. Dein Schlüssel ist an einem sicheren Ort verwahrt.« Dori tätschelt sich die Brust.

Mir fällt die Kinnlade herunter. Das soll wohl ein Scherz sein.

Dann höre ich, wie hinter uns jemand den Raum betritt. »Hallo, ich bin die Assistenzärztin, die sich heute um Sie kümmern wird.« Sie notiert sich auf ihrem Klemmbrett und blickt dann auf. »Was machen die Schmerzen? Kann ich Ihnen irgendetwas bringen?«

Kingston wird kreidebleich. »Stella? Meine Güte, wie schlimm habe ich mir den Kopf gestoßen?«

Sie macht einen Schritt rückwärts. »Kingston.«

Juno sieht mich an, und ich nicke. Wir sind uns einig, ohne ein Wort gewechselt zu haben. Es ist Zeit, von hier zu verschwinden.

»Stella, Liebes.« Grandma Dori geht auf sie zu und umarmt sie.

»Hi, Dori«, sagt sie, doch ihr Blick bleibt auf Kingston gerichtet. »Ich bin gleich wieder da.«

Kingston versucht, sich aufzurichten, krümmt sich jedoch vor Schmerz und fasst sich an den Kopf.

Savannah drückt ihn wieder auf das Bett zurück. »Du kannst nicht aufstehen.«

»Aber …«

»Ich gehe jetzt, damit einer von den anderen zu dir kann.« Ich verschwinde, bevor gleich das Gezanke losgeht, und gehe über den Flur.

Zurück im Wartezimmer, steht Austin auf, um meinen Platz in Kingstons Zimmer einzunehmen.

»Da sind Phoenix und Sedona.« Holly deutet den Flur hinunter. Alle stehen auf, um sie zu begrüßen.

Doch bevor wir überhaupt die Chance haben, Hallo zu sagen, knöpft Sedona ihren Mantel auf. »Bringen wir es hinter uns.« Sie stellt sich seitlich hin und streichelt ihren runden Bauch.

Mir fällt die Kinnlade herunter. Schweigen legt sich über den Raum.

»Du bist schwanger?«, kreischt Brooklyn.

»Nein, sie hat eine Wassermelone verschluckt«, erwidert Phoenix. »Und sie zieht zurück nach Hause.«

Alle sehen sich um, um zu überprüfen, ob noch jemand davon wusste, doch anscheinend waren Phoenix und Griffin die Einzigen.

»Endlich!«, schreit Harley und eilt hinüber zu Sedona.

»Endlich bin ich mit jemandem gemeinsam schwanger.« Sie stößt ihren Bauch gegen Sedonas.

Als hätte sie jemand alarmiert, dass es in der Bailey-Truppe einen Störfall gibt, kommen Savannah und Juno zurück ins Wartezimmer und bleiben abrupt stehen.

»Weiß G'ma D davon?«, fragt Denver.

»Nein«, antwortet Sedona stirnrunzelnd.

»Gleich wird sie es wissen«, flüstert Rome.

»Hattest du geplant, uns das im Krankenhaus mitzuteilen? Falls sie diesmal einen Herzinfarkt bekommt?«, fragt Denver.

»Nein.« Sedona ist stiller geworden.

»Sonst hätte ich *Hut ab* gesagt, denn sie musste wirklich schon viel verkraften. Aber das …« Mit kreisendem Zeigefinger deutet er auf ihren Bauch und schüttelt den Kopf.

»Wenn sie dich nächstes Mal nach deiner Meinung fragt, erinnere ich sie daran, dass sie sie nicht hören will«, sagt Phoenix und legt den Arm um Sedonas Schultern, als wäre sie ein verwundetes Vögelchen.

Hm. Ich glaube, da ist noch etwas, von dem wir nichts wissen.

»Ein Kind ist immer ein Segen«, meint Harley. »Ganz egal, wie die Umstände sind.«

Als wüsste sie, dass die Anspannung im Raum irgendwie gelockert werden muss, tritt Calista zu Denver. »Onkel Denver, lass uns Daumenkrieg spielen.«

»Klar doch, Kleines.« Er gibt ihr seine Hand und sieht Sedona an. »Tut mir leid. Du weißt, dass wir hinter dir stehen. Das Baby kann froh sein, dich als Mutter zu haben.«

Dann beugt er sich zu ihr. »Aber muss ich einen Flug nach New York buchen?«

Sedona kommen die Tränen.

»Das fasse ich als ein Ja auf«, sagt er und sieht alle Männer im Raum an, als müssten sie Jamison gemeinsam einen Besuch abstatten.

»Damit es alle wissen: Stella ist auch zurück.« Savannah nimmt Liam Brinley ab und setzt sie auf ihre Hüfte.

Alle wechseln Blicke, als würden sie sich auf den Orkan gefasst machen, der schon bald auf die Baileys treffen wird.

Und zum Schluss noch ein wenig Einhorngeschwafel …

Wir müssen euch etwas beichten: Eigentlich mögen wir keine Geschichten, in denen aus Freunden Liebende werden. Was wahrscheinlich der Grund ist, warum wir davon nur selten welche schreiben. Aber Juno und Colton waren anders. Wir haben schon so viel Zeit mit den Baileys verbracht, dass wir unbedingt wollten, dass die beiden ein Happy End bekommen – und wir haben uns riesig auf das Buch gefreut! Wir mussten tief graben, um herauszufinden, warum sie nicht schon früher zueinandergefunden haben (den Grund kennt ihr ja jetzt).

Wir verraten euch jetzt noch ein Geheimnis. Eigentlich hätte Juno schwanger sein sollen – von ihrer Nacht mit Colton nach der Babyparty. So hatten wir es auf jeden Fall geplant, als wir *Desires of a Rebel Girl* geschrieben haben. Doch als es dann so weit war, wurde uns klar, dass Colton Brigette niemals betrügen würde, ganz egal, wie lange er Juno schon liebt oder wie inszeniert seine Verlobung auch ist. Und zu Juno hätte es auch nicht gepasst. Dann hatten wir vor, dass sie im Verlauf der Geschichte schwanger werden soll, doch es hat sich einfach falsch angefühlt. Also haben wir die gesamte Idee verworfen. ABER sie war niemals die Unbekannte in der Operation »Bailey-Babys«. Aber jetzt wisst ihr ja, wer es war 😉

Also haben wir uns für eine andere Storyline entschieden, eine, die besser zu den beiden Charakteren passt, die ihr nun schon so lange kennt: beste Freunde, die endlich ein Paar werden, nachdem sie sich so lange gegen ihr Schicksal gesträubt haben. Entweder war das Timing falsch, oder sie hatten jeweils andere Partner, oder die Angst, einander zu verlieren, falls es schiefgeht, war einfach zu groß. Aber letzten Endes war die Liebe so stark, dass sie gar nicht anders konnten!

Ein RIESIGES DANKESCHÖN an unser Team, ohne das wir nicht in der Lage wären, unsere Bücher fertigzustellen!

Danielle Sanchez und das ganze Team von Wildfire Marketing Solutions!

Cassie von Joy Editing fürs Lektorat.

Ellie von My Brother's Editor fürs Lektorat.

Shawna von Behind the Writer fürs Korrektorat.

Sarah von Okay Creations für das Cover und das Branding der gesamten Serie.

Sara von Sara Eirew Photography für das superheiße Foto von Juno und Colton.

Die Blogger*innen, die sich immer wieder Zeit nehmen,

unsere Bücher zu lesen, zu rezensieren und Werbung für uns zu machen.

Unsere Einhörner, die unsere Neuerscheinungen von den Dächern schreien und unsere Charaktere genauso sehr lieben wie wir.

Die Leser*innen, die sich bei der großen Auswahl da draußen für unsere Bücher entscheiden.

Endlich habt ihr Stella kennengelernt! Und? Was sagt ihr? Ist sie so, wie ihr es euch vorgestellt habt? Wie schon bei Juno und Colton gibt es auch bei Kingston und Stella noch eine Menge, was ihr nicht wisst. Seid gespannt auf ein paar unerwartete Wendungen. Wendungen, die uns eingefallen sind, während wir *Secrets of a Small Town Girl* geschrieben haben. Wir können es gar nicht erwarten, dass ihr die Geschichte endlich lest. Wer liebt bitte nicht einen Helden, der weiß, was er will? Und Kingston will Stella – egal, ob er es zugibt oder nicht.

Xo,
Piper & Rayne

Band 6 der Baileys-Serie: Verliebt in den Produzenten

Phoenix Bailey hat seit der Highschool nur einen Traum: Sie möchte Sängerin werden. Als der berühmte Musikproduzent Griffin nach Lake Starlight zieht, kann sie ihr Glück kaum fassen. Sie nutzt die Chance, sich zu bewerben, und bekommt eine Zusage. Was sie dabei jedoch überhört hat: Griffin ist auf der Suche nach einer Nanny für seinen Sohn und nicht nach einem neuen Talent. Phoenix beginnt als Babysitterin und versucht, Griffin von ihren Gesangsfähigkeiten zu überzeugen. Aber je enger die beiden zusammenarbeiten, desto näher kommen sie sich. Und es fällt ihnen immer schwerer, Berufliches von Privatem zu trennen ...

Piper Rayne
Desires of a Rebel Girl
Roman

Aus dem Amerikanischen von Cherokee Moon Agnew
Klappenbroschur
Auch als E-Book erhältlich
www.ullstein.de